VICILISATION

La Chute

VICILISATION

La Chute

Chris Antone

Editions Crmsector

CRM Sector
Conseil sectoriel en stratégie client

Avertissement :

Formulons le vœu que ce récit demeure une œuvre de pure fiction. Ainsi, toute ressemblance avec des lieux, des situations réelles, des personnes existantes ou ayant existé devrait pouvoir rester fortuite.

Dépôt légal : Février 2011

ISBN : 978-2-9525238-0-6

« Nous sommes au futur.

Voici demain qui règne aujourd'hui sur la terre »

René Char (1907-1988)

La chute – Acte 1

An 0 – « La chute »

Jacques n'entend pas immédiatement son réveille-matin lorsqu'il se met à sonner. Le bruit lui parvient d'abord indistinctement avant de devenir insupportable. D'une claque mal ajustée il le fait taire, et s'assoit au bord du lit. Il reste ainsi quelques minutes, le regard perdu dans le vague, en se jurant de ne plus faire la fête en pleine semaine. Ses tempes battent le rythme d'une migraine confirmant que l'alcool acheté au marché noir par ses amis n'était pas de première qualité. Mais qui s'en était vraiment soucié ? Désormais, toutes les occasions sont bonnes pour humer les derniers effluves d'insouciance et oublier tout ça, ne serait-ce qu'un bref instant…

À l'étage du dessus, son voisin se lève à son tour, et fait du remue-ménage. Ils doivent être les deux derniers résidents de l'immeuble à conserver un travail régulier. Mais pour combien de temps encore ? Hier soir, la plupart des convives avec lesquels il avait discuté ne disposaient plus de revenus stables ou légaux.

La stabilité a été balayée par une crise économique mondiale sans précédent dont personne ne voit la fin. Des vagues d'employés perdent leur travail du jour au lendemain, et les embauches sont à l'arrêt dans tous les secteurs. Les aides sociales, les retraites et les salaires des fonctionnaires ne sont plus versés régulièrement, alors que l'État cherche toujours des solutions pour renflouer les caisses, et maintenir le dispositif à flot.

La légalité quant à elle, semble pouvoir indéfiniment repousser ses limites alors qu'une part grandissante de la population doit trouver des solutions pour vivre, ou plutôt survivre. Depuis que l'économie s'est effondrée, un gigantesque marché parallèle a bénéficié de la tolérance et de l'impuissance des pouvoirs publics, incapables d'endiguer les pénuries qui se généralisent.

Les cheveux en bataille, Jacques finit par se lever et se traîne sans enthousiasme vers la salle de bains. Il traverse un salon spacieux où trône un canapé design de bonne facture encombré de piles de livres et d'habits posés en tas. Il reste néanmoins suffisamment de place pour s'asseoir en face d'une télévision écran plasma connectée à une console de jeux et à ses manettes. Arrivé devant sa glace, il tapote la dernière ampoule qui fonctionne encore. Elle finit par éclairer son visage anguleux de jeune trentenaire, à peine marqué par la gueule de bois. Il frictionne vigoureusement son épaisse tignasse sombre et légèrement bouclée, comme pour tenter de réanimer une activité cérébrale ralentie. Il parvient à raser une barbe rebelle de trois semaines avec de vieilles lames ayant déjà trop servi, et s'en sort avec quelques petites coupures. Une douche plutôt froide finit par définitivement le réveiller et lui ôter son mal de tête. Il extrait patiemment d'un flacon usé les ultimes gouttes d'après-rasage qui apaisent un peu le feu du rasoir. Puis, il se dirige vers sa chambre et enfile une chemise à peine repassée, sortie au hasard d'un placard où règne un désordre de célibataire endurci. En s'habillant devant la grande glace, il constate les premiers effets des restrictions alimentaires en serrant sa ceinture d'un cran supplémentaire. Il considère avec une apparente satisfaction son profil athlétique, en se disant que de toute façon, il ne gagne plus assez d'argent pour pouvoir régulièrement manger de la viande et s'acheter des produits frais. Leurs prix ont littéralement explosé ces derniers mois suite aux difficultés d'acheminement vers les grandes villes.

Il travaille depuis sept ans en tant qu'architecte dans le bureau d'études d'une grosse société de BTP installée dans le quartier de La Défense, tout proche de Paris. Son travail est parfois routinier, et il s'est bien dit qu'il devrait peut-être changer de perspective… Mais, avec la crise qui sévit, abandonner volontairement son emploi relève du suicide économique pur et simple.

Arrivé dans la cuisine, il se résout après quelques hésitations à utiliser la dernière recharge de café qu'il conservait précieusement, telle une relique d'un passé abondant. Il le déguste religieusement en prenant son temps, et allume machinalement sa télévision. Sur une chaîne d'information en continu, un économiste explique doctement à un journaliste que rien ne pourra contenir le flot de faillites touchant tous les secteurs d'activité dans un monde devenu global. Il rappelle que c'est en effet la première fois dans l'histoire de l'humanité que des pays échangent dans de telles proportions, au travers d'interconnexions financières et commerciales aussi ténues et complexes. Selon lui, le coupable tout désigné de cette pandémie mondiale, c'est la finance internationale.

Un autre expert, visiblement mécontent, l'interrompt. Ce dernier reconnaît qu'en l'absence totale de régulation, les marchés et les banques centrales ont effectivement fini par créer une dette totale qui dépasse de loin toutes les capacités imaginables de remboursement.

« Mais c'est aussi parce qu'on les a laissé faire, précise t-il malicieusement à l'intention de son interlocuteur. On a beau jeu aujourd'hui de conspuer le mécanisme du crédit après l'avoir surexploité durant des décennies. La finance internationale n'est pas la cause de tout ça, elle n'est qu'une des nombreuses conséquences de nos choix de société. Si elle a pu prospérer au-delà du raisonnable, c'est parce que nous en avions tous besoin pour ne surtout rien changer à nos habitudes. Les États eux-mêmes ont eu recours à un endettement massif pour soutenir l'illusion du modèle et retarder l'échéance. Aujourd'hui, ils ne peuvent même plus faire face aux intérêts de leurs dettes abyssales… Dans l'impossibilité de collecter des impôts auprès de contribuables exsangues, ils se déclarent en cessation de paiement les uns après les autres tels des dominos. Mais cette crise systémique était-elle à ce point imprévisible ? Avons-nous su produire d'autres réponses, sinon creuser plus encore la dette pour rembourser ? »

Alors que l'économiste s'apprête à répondre à son contradicteur, l'animateur l'interrompt et remercie ses deux invités pour leur participation. Il rappelle que désormais, tous les regards sont tournés vers la conférence internationale de Londres. Ce sommet, qu'il qualifie de la "dernière chance", permettra peut-être d'évoquer un effacement pur et simple de la plupart des dettes souveraines.

Comme ses contemporains, Jacques suit le feuilleton planétaire mettant en scène les convulsions terminales de l'édifice économique. Sans trop y croire, il observe les médecins tentant de réanimer le mourant en injectant dans ses veines inégalement irriguées d'impensables doses de zéros. Partagé entre fatalisme et renonciation, il se demande parfois si ceux qui ont entretenu et amplifié le problème durant si longtemps sont les mieux placés pour le régler aujourd'hui… Mais que peut-il faire à son modeste niveau, à part attendre que d'autres prennent des décisions à sa place, et continuer à travailler tant qu'il le peut encore ?

Le jeune architecte éteint l'écran plat, abandonne sa tasse dans le bac de l'évier qui déborde de vaisselle sale, prend ses affaires et sort de l'appartement. Arrivé dans le parking au sous-sol de son immeuble, il se dirige vers le box où se trouve son scooter. Malgré l'heure tardive, la plupart des voitures sont toujours garées à leur place, recouvertes de poussière, ou protégées sous des bâches éclairées par quelques néons blafards. C'est l'une des conséquences de la flambée des prix du carburant et des ruptures d'approvisionnement causées par les grèves, les sabotages en Occident et les guerres permanentes au Moyen-Orient. Jacques fait partie des privilégiés qui roulent encore en moto, parce qu'il a pu stocker deux gros bidons d'essence. Désormais, faire la queue aux rares pompes encore ouvertes prend une journée complète, sans aucune certitude de réussite compte tenu des restrictions.

Il démarre son Vespa rouge Italie, et sort à l'air libre pour s'insérer dans un trafic dense de vélos et de quelques motos klaxonnant bruyamment. Les trottoirs sont eux aussi encombrés d'une foule compacte qui a renoncé à utiliser le métro et le RER. Ils fonctionnent de manière irrégulière à cause des mouvements sociaux à répétition, mais surtout des coupures électriques quotidiennes que subit la capitale. À chaque coin de rue, des particuliers vendent des affaires personnelles posées à même le sol, ou sur des tréteaux installés entre les poubelles qui s'entassent. Quels que soient les arrondissements, Paris est devenu un gigantesque marché aux puces crasseux où tout s'échange et se vend. Lorsqu'il arrive enfin sur le périphérique, les cycles n'occupent plus que deux voies : celle de droite est réservée aux vélos, celle du milieu aux motos, et celle de gauche est attribuée, par arrêté préfectoral, aux rares voitures circulant encore. Il s'agit pour l'essentiel de véhicules officiels, roulant à faible allure, gyrophares allumés, en direction des Ministères qui tentent vainement de contenir le séisme économique et social.

Jacques slalome durant dix minutes sur un boulevard circulaire transformé en étape du tour de France. Quelques motos narguent le gros du peloton qui sue et ahane sous un soleil estival. Il remarque que de plus en plus de personnes, seules ou en famille, marchent au bord de la route chargées de sacs et de valises…

Arrivé à La Défense, il contourne un barrage de manifestants bloquant un autopont avec des pneus en feu. Le rituel se répète inlassablement depuis des mois, jusqu'à ce que les CRS viennent déloger les "gilets jaunes" à coup de matraque et de gaz lacrymogènes. Comme ils n'ont plus rien à faire, les "gilets jaunes" vont plus loin, et recommencent une nouvelle partie de cache-cache urbain... Jacques se gare dans le parking souterrain de sa société où une dizaine de véhicules de fonction esseulés semblent jouer aux échecs sur l'immense damier numéroté. Le bruit de ses pas résonne dans le millefeuille bétonné étrangement désert. Il se mêle à de la musique classique diffusée en boucle par des haut-parleurs nasillards que plus personne ne semble contrôler. Jacques appelle l'ascenseur, et soupire de soulagement en constatant qu'il fonctionne toujours. Il hésite un instant, puis entre dans la cabine, en priant pour qu'une panne électrique ne le bloque pas entre deux niveaux comme la semaine précédente…

Lorsqu'il arrive au quarantième étage, les portes coulissent en silence sur un hall d'accueil désert richement décoré de marbre et de bois précieux. Les deux belles réceptionnistes ne sont plus derrière leur comptoir pour l'accueillir depuis longtemps. Elles ont été les premières à faire les frais des réductions budgétaires.

Dans le grand espace ouvert regroupant plus de cinquante bureaux, tables à dessin et ordinateurs dernier cri, Jacques ne trouve personne non plus. Il ne s'en étonne pas vraiment, car seulement cinq collaborateurs ont échappé à trois vagues de licenciements successives. Il fait néanmoins un tour par la machine à café, lieu immanquable de la première réunion informelle de la journée. La pièce est également déserte. Seul, face au distributeur alertant vainement depuis des semaines sur le manque de café et de chocolat, il se résout à commander un thé. La machine clignotante lui sert dans un borborygme peu aimable le breuvage chimique censé évoquer les senteurs de Darjeeling. Jacques se force à en boire la moitié, puis jette le reste dans une poubelle pleine. En quittant la pièce, ses pieds collent sur un sol en lino qui n'a pas vu de serpillière depuis que son entreprise a supprimé le contrat d'entretien.

Revenu à son poste, l'open space est toujours silencieux. Il se souvient de l'endroit bourdonnant d'activité lorsqu'il y avait encore du travail pour tous. L'architecte allume machinalement son ordinateur avec le mince espoir d'y trouver un e-mail. Jacques connaît pourtant la situation : le cours de l'action du groupe a été suspendu suite à la clôture de toutes les bourses mondiales trois mois auparavant, les grands chantiers sont gelés faute de crédits, d'approvisionnement et d'ouvriers. Pour couronner le tout, certains murmurent que sa société ne parvient même plus à honorer le paiement de ses dettes vis-à-vis des créanciers encore debout…

Comme il s'y attendait, il n'y a aucun courriel dans sa boîte aux lettres électronique, et Jacques se retrouve une nouvelle fois sans activité. Il a déjà terminé une étude pour un projet qui ne verra vraisemblablement jamais le jour, actualisé tous les dossiers sur lesquels il pouvait apporter quelque chose, et même ceux sur lesquels son avis n'était pas forcément requis. Il reste à l'arrêt devant son ordinateur sans trop savoir comment justifier de son salaire qui n'a malheureusement pas évolué aussi vite que l'inflation galopante des derniers mois…

Il sent que le vide l'encercle inexorablement, qu'il envahit les bureaux et les couloirs, abat les cloisons, terrasse les plus actifs, dissout les plannings et vaporise les agendas.

Le désœuvrement devient pénible à supporter pour Jacques habitué à des journées denses et trépidantes dans lesquelles il pouvait se noyer avec délectation. Même si sa passion pour son travail demeure intacte, il n'a plus aucun moyen de l'exercer. Il se demande parfois s'il n'aurait pas mieux fait de créer son propre cabinet libéral dans sa région natale des Alpes-de-Haute-Provence comme le lui avaient conseillé ses parents, plutôt que de servir dans un bataillon d'architectes interchangeables. Mais pour l'heure, l'économie ne va pas mieux en province qu'ailleurs dans le monde… Il partage le sort de millions d'autres travailleurs, figés devant leur poste de travail, ne pouvant plus ni alimenter la "bête", ni s'en nourrir. La relation symbiotique est totalement anéantie. Il se sent inutile, et s'explique mieux pourquoi, dès le début de la crise, les taux de dépression et d'absentéisme sont montés en flèche, tout comme le nombre de suicides. Mais que faire ? Où aller ? Et surtout dans quel but ?

Devant le brouillard de son écran d'ordinateur, l'architecte ressent maintenant cette même angoisse existentielle, lancinante et inhabituelle. L'organisation du travail est en train de voler en éclats, elle ne fournit plus aucun sens, plus aucune prise avec le réel. Une gigantesque purge arrache sans ménagement les travailleurs de leurs postes devenus sans objet. Elle coupe les connexions nerveuses, et sectionne les synapses reliant "l'homo urbanus" à la compréhension d'un quotidien rempli et bien organisé. Il se retrouve soudainement privé de buts connus, seul face à lui-même.

Au bout d'une heure d'inactivité, ne voyant toujours personne arriver, Jacques commence à s'interroger, et emprunte la coursive desservant les alignements de bureaux désertés afin d'y trouver une trace de vie. Au fur et à mesure de son exploration, rien ne vient troubler l'étrange silence qui règne dans le sarcophage vitré. Il trouve enfin son chef de service dans un bureau d'angle offrant une vue imprenable sur l'esplanade et sur la capitale étonnamment cristalline. La ville est presque vierge de toute pollution atmosphérique, elle a perdu le halo grisâtre qui l'asphyxiait en permanence.

L'homme porte une cravate défaite sur un col de chemise ouvert, et range bruyamment des affaires dans un carton.

— Salut Boris. Qu'est-ce qui se passe ?

— Ah Jacques… Je me demandais si tu viendrais au bureau aujourd'hui. Bon, j'ai une mauvaise nouvelle : notre service est purement et simplement supprimé, et nous sommes tous licenciés, annonce t-il abruptement.

— Hein ? Mais personne ne m'a prévenu, et je n'ai reçu aucun courrier… argumente Jacques comme si cela pouvait retarder l'inévitable.

— Tu recevras un courrier recommandé le jour où la poste se décidera à reprendre les distributions ! répond Boris sur un ton agacé. Puis, son responsable explique plus calmement :

— La direction du personnel tient une copie de la lettre de licenciement à ta disposition. Notre entreprise est à l'agonie, et va fermer ses portes, conclut-il avec une grande émotion dans la voix. Quant à nos salaires, je ne sais même pas si nous serons payés ce mois-ci…

Boris est un "pur produit maison". Simple dessinateur projeteur à son arrivé trente ans auparavant, il avait gravi les échelons à force de compétence et dirigeait, jusqu'à ce jour, un service chargé de donner vie aux projets de villes nouvelles. Avant que tout ceci n'arrive, Jacques et ses collègues de bureau concevaient à la chaîne des architectures intégrant habitations, commerces et services de proximité. Le groupe de BTP était le spécialiste mondial de ces projets de périurbanisation, consistant à déplacer la ville à la campagne en implantant de grandes concentrations humaines en périphérie des villes, là où les terrains étaient les moins chers.

Partout dans le monde industriel moderne, ce conglomérat immobilier s'appuyait sur l'expansion et l'efficacité croissante des réseaux de transports urbains. Leur slogan résumait à lui tout seul cette philosophie qui fit leur succès : "C'est parce qu'on peut aller plus vite, qu'on peut habiter plus loin !"

— Il faut espérer que la situation s'améliore et que le monde recommence à tourner rond… Pour l'heure, le gel des activités de financement ne nous permet plus de vendre nos programmes, ou d'en concevoir de nouveaux. Nous sommes dans une impasse. Notre système tout entier est grippé...

Jacques écoute la suite des explications de Boris sans trop y prêter attention. Sa voix se perd dans le vide, lequel poursuit méthodiquement son œuvre, alors que son boss récite son catéchisme macro-économique ressassé en boucle par les médias de masse : « Les mesures de relance de la croissance vont bientôt porter leurs fruits », « C'est une correction naturelle des marchés», « Il faut relancer la croissance par le crédit…»

Le jeune architecte s'en veut d'avoir délibérément ignoré l'évidence qui grossissait jour après jour. Il est maintenant convaincu d'avoir été frappé par une cécité partielle, une sorte d'anesthésie collective destinée à rendre le quotidien plus acceptable.

Ne pouvant pas espérer une embellie providentielle avant que les prochaines vagues de licenciements ne le balaient, il avait préféré le déni, plutôt que d'affronter la réalité. D'un naturel insouciant et plutôt optimiste, l'électrochoc lui rappelle ses engagements en termes de loyers, de crédits à rembourser, ou tout simplement de vie quotidienne.

Ce matin-là, en ressortant sur l'immense esplanade presque déserte, il reste un long moment à l'arrêt comme abasourdi par la nouvelle. Jacques se retourne enfin, et lève les yeux pour contempler les grandes tours de verre qui viennent de le refouler sans ménagement. Elles étincellent fièrement dans la canicule estivale, totalement indifférentes au sort des insignifiantes fourmis idolâtres à leurs pieds.

Il ne peut s'empêcher alors de penser à d'autres gratte-ciel qui, bien des années auparavant, étaient tombés de l'autre côté de l'Atlantique. Et il est frappé par cette même sidération qui avait figé la planète toute entière, avant qu'elle ne reprenne sa course folle vers un but connu d'elle seule.

Ce qui lui arrive, ainsi qu'au monde dans lequel plusieurs générations ont prospéré, persuadées que rien ne changerait fondamentalement, est tout aussi impensable et soudain que l'était l'effondrement, pourtant prémonitoire, des deux symboles triomphants qui tutoyaient jadis les nuages.

Malgré les signes avant-coureurs et les mauvais augures, personne n'avait raisonnablement accepté l'idée que tout ceci puisse s'arrêter un jour, et que le système ploie sous le poids des dettes, comme les poutrelles d'acier des buildings avaient d'abord fondu dans la fournaise, puis brusquement cédé sous la masse de béton. Il repense à tout ceci, et trouve que finalement son univers ressemble beaucoup à ces deux édifices en flamme : tout le monde le regarde se consumer, en espérant que des pompiers pyromanes parviendront à stopper les feux de l'enfer, mais sans envisager un seul instant l'impensable effondrement.

Dès le début de la récession mondiale, Jacques fut de ceux qui comprirent qu'il faudrait faire de gros efforts. Il s'était résigné à accepter des changements importants, mais sans pour autant renoncer aux rêves que ne produisait pourtant plus le modèle planétaire depuis longtemps. Aujourd'hui, il se demande jusqu'où il s'est trompé, et quels nouveaux buts il pourra trouver…

Sur l'immense parvis, les tracts anarchistes et les affiches des manifestations tourbillonnent dans le vent brûlant et s'élèvent au dessus de quelques passants qui pressent le pas. Jacques s'assoit sur un banc, tel un boxeur sonné. Au loin, des explosions sourdes se font entendre, les coups de sifflets stridents des CRS couvrent à peine les cris des manifestants… Maintenant, il commence enfin à entrevoir l'ampleur de la catastrophe qui l'avait jusqu'alors épargné.

La chute – Acte 2

An 0 – « La chute »

Trois semaines se sont écoulées depuis que Jacques a été licencié. Au début, il a naïvement passé du temps à chercher un nouveau travail, une mission temporaire ou même un petit job secondaire dans son domaine d'activité. N'y parvenant pas, il s'était dit que n'importe quelle activité rémunérée lui permettant de payer son loyer et sa nourriture quotidienne ferait bien l'affaire… Mais il n'est pas le seul à battre le pavé et à faire la queue jusque sur le trottoir devant les dernières agences d'intérim encore ouvertes. Il n'y a plus vraiment de salaire de référence et tout le monde se vend à n'importe quel prix, pour quelques billets qui permettront de tenir encore un peu, en espérant une prochaine amélioration. C'est ce que promet le gouvernement qui répète sans cesse qu'il "faut être patient", alors que les pays modernes sont sous assistance respiratoire. La crise touchant indistinctement tous les secteurs et toutes les catégories professionnelles, s'intensifie, ainsi que les pénuries et les manifestations qui l'accompagnent. De moins en moins de camions parviennent jusqu'aux magasins, les trains sont à l'arrêt, et les stocks de vivres diminuent inexorablement depuis l'attentat incendiaire des Halles de Rungis. Si la ville donne l'impression d'être en mouvement, c'est uniquement parce que la population se contorsionne désespérément dans son bocal pour trouver des solutions. En frappant Rungis, un maillon stratégique de la chaîne logistique française et européenne, un obscur groupuscule de jeunes anarchistes, avait semble-t-il accéléré la désorganisation de circuits d'approvisionnement déjà passablement affaiblis. Avant la crise, Paris recevait quotidiennement des milliers de tonnes de vivres, livrées au petit matin par une noria de véhicules serviles consommant de l'essence pas chère. Pendant que les habitants dormaient insouciants, les rayons se garnissaient, les fournils chauffaient et les étals s'achalandaient généreusement. La profusion et le gaspillage étaient la règle. Lorsque les sources se tarirent jusqu'à disparaître totalement pour certains produits, une peur oubliée et presque honteuse s'empara des estomacs. Désormais, elle peut se lire dans le regard de ceux qui n'ont plus ni vivre, ni emploi ni argent disponible. Leur nombre s'accroît chaque jour sans que le gouvernement ou que les associations d'aide ne puissent endiguer la gigantesque vague qui se dresse et menace de submerger les pays occidentaux.

Pour Jacques, qui n'a jamais rencontré le moindre souci financier dans sa vie, le choc est rude lorsqu'il se retrouve à l'agence pour l'emploi, perdu parmi d'autres naufragés de l'économie moderne. Un bout de papier jaune à la main, il attend qu'on appelle son numéro. Dans ce bureau d'aide à l'emploi, il peut facilement détecter à leurs attitudes les habitués du système, et ceux qui viennent ici pour la première fois, presque honteux d'en être arrivés là. Il croise furtivement leurs regards et partage leur désarroi. Son numéro s'affiche enfin sur un panneau lumineux. Il entre dans un box étroit, où il est reçu par une conseillère compréhensive, mais aussi désemparée que lui. Entre deux piles de dossiers qui la dépassent, elle reconnaît à demi-mot que les paiements des indemnités chômage ne sont plus réguliers, voire stoppés selon les bureaux de rattachement. Elle semble avoir des consignes pour ne pas affoler les allocataires et en dire le minimum. Le discours est bien rôdé :

Elle n'a plus d'informatique depuis des semaines, suite à l'attentat non revendiqué qui a partiellement détruit le site national regroupant les dossiers des bénéficiaires. Elle se dit incapable de centraliser les éventuelles offres et de recenser les demandes. La jeune femme note sur un bout de papier le profil professionnel de Jacques, et lui propose de repasser le mois suivant pour faire le point. Un mois ? Tout simplement une éternité à l'échelle de sa situation de plus en plus critique depuis qu'il ne parvient plus à trouver de distributeur de billets en état de marche. Répondant à un accroissement des demandes de retrait ainsi que des rachats de contrats de placement, les agences bancaires de la capitale ont simultanément fermé sans préavis. Comme d'autres, il se retrouve pris en otage et ses maigres réserves sont gelées par ceux-là même qui clamaient leur solidité et leur fiabilité. Il devra se déplacer au siège social de sa banque en banlieue pour espérer faire un hypothétique retrait. Sans aucun revenu et sans argent liquide, Jacques ne pourra plus payer son prochain loyer et faire face à ses obligations. Il va vite se retrouver jeté à la rue, obligé de faire la queue à la soupe populaire s'il ne parvient pas à vendre des affaires personnelles. En sortant du box, il assiste à un mouvement de foule à l'intérieur des bureaux : deux individus surexcités s'en prennent à un pauvre conseiller tentant de parer les coups sans que personne n'intervienne. La police, omniprésente en ces temps de crise, est rapidement sur place. Elle évacue les lieux et procède à l'arrestation musclée des deux fauteurs de trouble sous les huées des chômeurs. A l'extérieur, un groupe se forme spontanément et tente de s'interposer, mais il se fait violemment repousser à coup de gaz lacrymogène et de tir de flash-ball à bout portant. Un homme s'effondre. La voiture de la police parvient à s'échapper in-extremis, alors que les opposants surexcités jettent tout ce qu'ils peuvent trouver sur le véhicule. Jacques les observe chercher des pavés, mais la plupart sont enfouis depuis des décennies sous une épaisse couche de bitume refroidie. Certains doivent désormais songer à les rendre plus accessible et à les débarrasser de leur gangue visqueuse et nauséabonde.

Dans cette atmosphère insurrectionnelle, Jacques rentre chez lui en se demandant comment se sortir de cette poudrière où plus rien ne fonctionne correctement. Peut-être doit-il sérieusement envisager de retourner chez ses parents à Mazel dans le sud ? Il n'est pas parvenu à les joindre par téléphone depuis deux semaines, mais les dernières nouvelles étaient plutôt bonnes, malgré les difficultés croissantes que semblent aussi rencontrer les villages et les bourgs. Son frère et sa sœur auront peut-être la même idée, et ils se retrouveront alors tous là bas. Dès que la grève des transports paralysant le pays depuis des semaines cessera, il essaiera de les rejoindre pour se mettre "au vert", et attendre en famille que les choses se calment…

L'architecte allume sa télévision, et zappe le regard dans le vide alors que les chaînes déversent leur flot de divertissements et de spots publicitaires en tous genres. Il s'étonne de ce que la machine puisse imperturbablement continuer à stimuler les consommateurs, alors que certains n'ont même plus de quoi se nourrir. Au détour d'un canal, un télévangéliste gominé s'adresse à lui en le pointant du doigt :

« Notre modèle implose dans le vide sidéral qu'il a lui-même créé en monétisant l'espoir et en spéculant à outrance. Sur toute la planète, il va continuer de s'effondrer tel un château de cartes qui est monté trop haut, trop loin, trop vite, sans s'assurer de la solidité de ses bases et du bien-fondé de ses buts… »

Le réalisateur zoome sur le regard inquisiteur du Cassandre numérique. Le décor est sobre, seule une immense croix en bois le surplombe. Il reprend son prêche grandiloquent :

« Le shopping mondial, voilà la nouvelle religion de ce triste siècle. Est-ce le seul moyen offert à l'homme pour se bâtir, concevoir des projets, et combler sa vacuité ? »

Le prédicant pointe à nouveau son index vers Jacques et autres milliers de téléspectateurs contrits :

« On vous conditionne pour que vous achetiez compulsivement ce que vous pensez être du bonheur. Mais à peine avez-vous acquis une chimère, qu'il vous faut déjà trouver de nouvelles satisfactions éphémères censées apaiser vos frustrations et vos doutes. À longueur d'année, des mannequins retouchés sur papier glacé se chargent de vous expliquer ce qu'est le bonheur, et ce qui vous ferait du bien à l'âme. Croyez-vous vraiment que tout puisse s'acheter ? Maintenant que les derniers crédits qui vous permettaient d'acheter des biens que vous ne produisiez plus depuis longtemps avec de l'argent que vous n'aviez pas se sont taris, qu'allez-vous faire ? »

Le prédicateur marque une pause en esquissant un sourire narquois. Jacques a l'impression qu'il jubile intérieurement en assistant à l'agonie tant attendue du monde matériel. Cela laisse une chance à son monde spirituel pour revenir sur le devant de la scène… Une nouvelle ère en perspective, alléluia !

« Je vous le dis, l'homme moderne est inapte à la limite. Il a vécu dans l'illusion qu'une croissance sans fin était soutenable. Seul le royaume de Dieu est infini, et sa colère qui s'abat sur nous aujourd'hui est là pour nous le rappeler. Ni les milliards de l'argent roi injectés en pure perte dans un bateau prenant l'eau de toutes parts, ni les promesses des politiques ne pourront vous sauver. Dieu seul nous montre le chemin de la rédemption. Mais il est encore temps. Pour votre salut, rejoignez-nous, et envoyez vos dons dès aujourd'hui à l'église de… »

Jacques change de canal, et trouve enfin une chaîne d'information en continu. Le reportage analyse les conséquences de la spéculation mondiale sur les matières premières, dont les cours se sont envolés suite à deux années consécutives de mauvaises récoltes, et une sécheresse mondiale record. Des images de l'autre bout du monde montrent une masse grouillante de réfugiés qui se battent dans la poussière pour les quelques grains de riz qu'on leur jette. « La contamination est planétaire », répète machinalement Jacques après le journaliste, comme pour essayer de se réveiller d'un mauvais rêve. Mais rien ne se passe…

Puis un autre sujet tourné aux portes même de Paris, décrit le quotidien d'ONG totalement débordées, obligées de monter des campements d'urgence en périphérie de la capitale. Sur fond de bidonville d'un autre âge, l'envoyé spécial rend hommage au dévouement des bénévoles exténués. Il explique avec empathie que "ces pauvres gens" sont arrivés au bout de leurs indemnités chômage, qu'ils n'ont plus d'épargne, plus d'amis ou de famille vers qui se retourner. Ils doivent mendier pour eux et leurs enfants, et les dispositifs d'aide cèdent un à un. « Voilà ce qui m'attend si je ne trouve pas rapidement un boulot », comprend Jacques avec anxiété. Le présentateur dans les studios interrompt soudainement le reportage, et reprend l'antenne pour annoncer un flash spécial : la plupart des manifestations prévues aujourd'hui dans les capitales occidentales ont simultanément dégénéré en affrontements armés !

Les journalistes en duplex de Paris, Rome, Berlin, Madrid, Londres, apparaissent en incrustation à l'écran. Tous confirment les premières informations, et font état de nombreux morts. Les envoyés spéciaux ne savent pas encore s'ils ont été victimes de piétinement, suite à de gigantesques mouvements de foule, ou s'ils ont succombé aux tirs des forces de l'ordre. La confusion est totale… A Paris, les images défilent sur fond de poubelles incendiées, de magasins pillés, de voitures renversées, de charges de CRS recevant des projectiles divers. Plans chocs sur un visage de manifestant ensanglanté, plus loin la caméra tremblotante saisit des corps inanimés et une femme prostrée à leurs côtés. Dans les fumées des explosions, des groupes cagoulés s'en prennent aux commerces, saccagent le mobilier urbain, se battent entre eux pour d'obscures raisons. Derrière leurs écrans, des millions de téléspectateurs avachis consomment avidement le spectacle. Est-ce une nouvelle fiction ? Le présentateur commence à interroger son correspondant parisien sur la surprenante simultanéité des affrontements, lorsque le quartier de Jacques se retrouve de nouveau sans électricité. En cette soirée d'été, par les fenêtres ouvertes des voisins, un seul et unique cri de dépit monte vers le ciel, comme un jour de grand match…

Une alerte vient de s'allumer dans un coin de son cerveau à cet instant précis. Jacques sait qu'il va devoir prendre une décision radicale dans les prochains jours si les nouvelles continuent à être aussi catastrophiques. Et elles le sont. Car dès le lendemain, de nouveaux affrontements ont lieu en plein Paris. C'est ce qu'il apprend en essayant de se procurer, en vain, des vivres chez l'épicier en bas de chez lui. L'architecte y croise une voisine affirmant avoir assisté à des heurts et des échanges de tirs entre les émeutiers et l'armée vers Bastille et aussi sur les Champs-Élysées. L'électricité étant revenue, il allume sa TV pour glaner des informations. Mais la plupart des chaînes affichent désormais un écran noir ou une mire prétextant un problème technique. Seules quelques chaînes d'État émettent encore, minimisant l'ampleur des événements ou omettant d'en parler… Les journalistes indiquent que l'armée va procéder à des distributions de vivres quartier par quartier, et va mettre en place des barrages temporaires afin de filtrer les allées et venues pour sécuriser la capitale. Jacques renonce à consulter internet pour compléter son information, car le réseau a progressivement été cadenassé afin d'empêcher les groupuscules anarchistes européens d'appeler au soulèvement général et de coordonner leurs actions. Face à la multiplication des attentats et des sabotages visant principalement les infrastructures routières, électriques et ferroviaires, presque toutes les nations se sont aussi résolues à contrôler le web. En l'espace de quelques semaines, une chape de plomb s'est abattue sur des populations qui baignent habituellement dans l'hyper information en temps réel. Hier encore, il pouvait d'un simple clic de souris consulter les nouvelles de n'importe quelle partie du globe, aujourd'hui, il a du mal à savoir ce qui se passe dans son propre arrondissement. Son champ de perception s'est rétracté à une vitesse inouïe. Les objets nomades auquel il était greffé en permanence ne lui sont plus d'aucune utilité. Ces extensions de lui sont là, posées sur son bureau, placides et froides. Jacques ne peut s'empêcher de les manipuler compulsivement et de les allumer en quête d'un souffle, d'un éclair de pixel. Ses doigts glissent sur la surface lisse, ouvrent des fenêtres qui ne donnent sur rien, des applications devenues muettes et des serveurs fermés pour cause de sédition.

Comme l'avait annoncé le présentateur, des herses sont effectivement dressées au bout de sa rue en fin d'après-midi par des militaires. Désormais, des soldats montent la garde et contrôlent les déplacements. Paris prend des allures de capitale en guerre. Jacques essaye de joindre son ami et voisin Vince sur son mobile. Mais il n'y a plus de réseau sans fil, et le téléphone fixe émet lui aussi une tonalité d'occupation. L'architecte commence à s'inquiéter pour son copain qui est peut-être resté bloqué quelque part dans les affrontements, ou pire encore…

Pour son dîner, il ouvre sa dernière boite de conserve de haricots blancs, et les mange froids à la lueur d'une bougie car le courant vient encore d'être coupé. Il se couche avec la désagréable impression d'avoir avalé des blocs de béton. Durant la nuit, il est réveillé en sursaut par des cris et des explosions dans sa rue. Par la fenêtre, Jacques aperçoit de petits groupes cagoulés et casqués qui harcèlent les soldats en leur jetant des cocktails Molotov, des pierres et tout ce qu'ils peuvent trouver. Il remarque que sous le bitume arraché, il y a des pavés… D'autres générations avaient cherché la plage sur ces mêmes avenues, sa génération semble se contenter des pavés. L'armée riposte avec des gaz lacrymogènes et des tirs tendus. Il ne sait pas si ce sont des tirs à balles réelles, mais des manifestants en sang sont évacués par leurs camarades insurgés. Ceux qui peuvent encore marcher sont soutenus, les autres sont traînés sur le sol…

Il demeure un moment derrière ses rideaux, en spectateur incrédule de la scène. Il ne se sent pas vraiment concerné et n'éprouve pas l'envie d'en découdre, car jusqu'à présent les manifestions, les piquets de grève et autres actions plus ou moins musclées n'ont jamais rien donné de significatif. Les foyers de revendications ont toujours été matés et désamorcés, les mouvements sociaux vidés de leur substance puis éradiqués méthodiquement. Il décide de retourner se coucher, mais ne parvient à se rendormir que lorsque les détonations et les heurts cessent au bout de quelques heures. Au petit matin, la rue ressemble à un vrai champ de bataille, avec ses voitures calcinées et ses barricades improvisées.

Pour son petit déjeuner, Jacques doit explorer de fond en comble ses placards vides avant d'y découvrir un vieux quignon de pain dur, vite avalé. C'est la première fois qu'il se retrouve avec des réserves complètement vides. De plus en plus préoccupé par son approvisionnent, il sort pour questionner les bidasses postés au bout de la rue, à propos de l'aide alimentaire annoncée. Mais ils ignorent à quel moment elle sera distribuée. Ils viennent de se battre toute la nuit, leurs visages sont marqués par l'intensité des combats, et une peur grandissante face à la tournure dramatique que prennent les événements.

La chute – Acte final

An 0 – « La chute »

Dans la rue en bas de chez lui, Jacques croise par hasard un voisin revenant d'un dépôt de vivres situé dans l'ouest parisien. Ce dernier lui indique qu'il reste encore de la nourriture, et que l'armée se charge de la distribution. L'architecte décide d'aller immédiatement voir sur place, avant que tout ne soit dévalisé.

Il repasse prendre les clefs du Vespa et son casque dans son appartement, puis descend rapidement au garage où il découvre qu'on lui a volé son dernier bidon d'essence… Les réservoirs des véhicules du parking ont presque tous été siphonnés. Heureusement, son deux-roues est encore intact, et il a largement assez de carburant pour aller à l'adresse indiquée.

En circulant dans Paris, il doit éviter de nombreux foyers d'émeutes. Une foule immense laisse exploser sa colère. Elle vient s'échouer sur les barbelés et les grilles qui protègent encore les palais de la république. Jacques parvient finalement à contourner les dangers des affrontements qui se multiplient. En arrivant au dépôt, une petite centaine de personnes patientent calmement entre des barrières disposées par les militaires devant un grand bâtiment gris. La nouvelle n'a pas encore dû faire le tour de la capitale…

Jacques gare et attache son engin dans une rue adjacente, puis revient en courant faire la queue sous un soleil de plomb. D'autres personnes commencent elles aussi à affluer de toutes parts, et se pressent derrière lui. Les conversations tournent autour des combats, des pillages et des violences qui se généralisent en France. Des rumeurs circulent sur un embrasement général dans les principales villes d'Europe. Une femme, n'ayant sans doute pas mangé à sa faim, se sent mal. Elle est évacuée à bout de bras derrière les grilles, où des militaires la réceptionnent et la font boire. Au bout d'une demi-heure d'attente, le tour de Jacques arrive enfin. Il ne reste plus que deux palettes de vivres derrière les soldats en arme. Un bidasse lui donne un seul paquet de pâtes sans même daigner le regarder, un autre le marque sur le dos de la main avec de l'encre indélébile, et un troisième l'oriente vers la sortie tel un bovin dans les couloirs d'un abattoir.

Lorsqu'il repasse devant le bâtiment, les barrières ont du mal à contenir le flot de sinistrés qui a considérablement grossi. Malgré la chaleur étouffante, les gens se serrent les uns contre les autres pour ne pas se faire voler leur place dans la file d'attente. L'atmosphère est explosive, et les regards trahissent l'enjeu du moment. Jacques dissimule son précieux butin dans son sac à dos. En repartant, il croise de plus en plus de Parisiens qui convergent vers le centre de distribution. Il s'inquiète un bref instant des quantités dont disposent les soldats…

Alors qu'il circule sur son scooter dans des rues désertes jonchées de détritus et de voitures brûlées, il est contrôlé à un check-point militaire où flotte une odeur pestilentielle. À l'approche des barbelés, l'architecte ralentit et s'arrête à la hauteur du militaire en arme. Ce dernier transpire à grosses gouttes.

— Papiers ! Où allez-vous ?

— Je rentre chez moi vers la porte de Bagnolet, répond Jacques en tendant ses documents.

Les soldats qui l'entourent sont nerveux, et cela ne le rassure pas… En discutant devant l'entrepôt de vivres, il a appris que les forces de l'ordre sont harcelées depuis des jours par une guérilla urbaine très mobile pillant les magasins encore intacts, et cherchant à s'emparer des dépôts de denrées alimentaires. Les militaires scrutent les toits alentour et l'un d'eux, dans le véhicule blindé, converse à la radio. Ils sont sans doute les derniers à encore bénéficier d'un réseau de communication en état de marche. Mais il ne semble pas d'un grand secours dans la situation actuelle. D'énormes colonnes de fumée noire en provenance de l'est parisien obscurcissent le ciel par intermittence. Depuis deux jours, elles plongent la capitale dans une sorte de crépuscule étrange et crasseux. Le factionnaire interroge Jacques en lui rendant sa carte d'identité :

— Avez-vous vu des attroupements en venant ici ?

— J'ai évité des pierres que me jetaient trois gamins à quelques immeubles d'ici. Ils en voulaient à mon sac et à mon scooter sans doute, répond Jacques impressionné par la rapidité à laquelle les choses se dégradent.

— Vous ne devriez pas circuler avec votre moto, la situation devient hors de contrôle.

Pour confirmer cette réalité, des coups de feu claquent non loin, sans que cela ne fasse réagir outre mesure les soldats qui vérifient simplement qu'ils ne sont pas pris pour cible.

Aux étages d'un immeuble voisin, Jacques aperçoit des rideaux bouger furtivement. Les parisiens retranchés semblent attendre une amélioration, et guettent de meilleurs lendemains… Il est autorisé à passer le point de contrôle et redémarre son Vespa. Plus loin, il croise un camion de l'armée dans lequel des soldats équipés de masques à gaz chargent des sacs mortuaires. Les militaires sortent les cadavres des immeubles surchauffés, et les entassent sans ménagement à l'arrière du véhicule. L'hécatombe, qui touche principalement les personnes âgées, dure déjà depuis plusieurs semaines… Jacques porte sa main sur son nez et sa bouche en passant à leur hauteur et continue à rouler dans des rues méconnaissables. Les massifs de fleurs et les arbustes sont morts depuis que l'arrosage automatique de la ville ne fonctionne plus. Les murs sont recouverts de tags et d'affiches révolutionnaires appelant au renversement d'un système ne parvenant plus à nourrir tout le monde. Il peut lire : « Sans rêve, la jeunesse n'est rien » ou encore « Je n'ai jamais voté pour les banques qui nous gouvernent ».

Après plusieurs minutes de route dans ce Paris irréel et presque désert par endroit, l'architecte s'arrête enfin devant son immeuble, une ancienne usine reconvertie en lofts. Lorsque le robuste panneau métallique de l'entrée claque derrière lui, il se retrouve dans la pénombre du couloir desservant les appartements. Une porte s'ouvre au fond, et son ami Vince apparaît dans l'entrebâillement.

— Hey, Vince c'est toi vieux ? interroge Jacques en clignant des yeux pour s'habituer à la faible luminosité… T'étais où bon sang ? Je me demandais si tu n'étais pas parti sans rien me dire…

— Et comment j'aurais pu partir tout seul Jacquot ? T'as vu la panique que c'est dehors ?

— Je te confirme que ça s'aggrave d'heure en heure.

— Dis donc, t'aurais pas un truc à manger mon pote, parce que moi j'ai plus rien. Vince tire ostensiblement sur sa ceinture, comme dans un dessin animé de Tex Avery.

— Ne t'inquiète pas, ce soir c'est "pasta party" ! lance Jacques en brandissant triomphalement son seul paquet de pâtes tel un trophée de chasse.

Peu de temps après, les deux affamés se retrouvent à cuisiner dans l'appartement de Vince, car l'électricité est encore coupée et qu'il est le seul à avoir du gaz. L'ex publicitaire au chômage, artiste à ses nombreuses heures perdues, utilise des bouteilles de butane pour souder ou fondre des matériaux.

— Bon Vince, j'ai réfléchi : on est piégés si on reste dans Paris, lâche Jacques la bouche pleine de pâtes. Faut qu'on se tire d'ici le plus vite possible.

— C'est ce que je me disais aussi. La sécurité se dégrade tous les jours. Il y a des quartiers complets qui ont échappé à tout contrôle… Beaucoup de gens sont déjà partis.

— La ville s'est un peu vidée, mais pas tant que ça. On dirait que les habitants espèrent encore un miracle. C'est sans doute humain comme réflexe, mais ça peut aussi nous mettre en danger, on doit se bouger.

Les deux amis restent un instant silencieux, admettant sans mal que des millions de naufragés puissent refuser de regarder en face l'improbable réalité qui se dessine.

— Mais qu'est-ce qu'on fiche encore ici, bon sang ? interroge Jacques en se resservant un verre de rosé de Provence ouvert pour l'occasion. Nos jobs ont disparu pour longtemps, les vivres ne parviennent plus jusqu'aux villes, et il faudra bientôt une brouette de billets pour acheter le moindre quignon de pain. On est seuls mon pote ! On ne doit compter que sur nous !

L'architecte répète comme pour s'en convaincre :

— On ne reviendra plus jamais à la "normale" dit-il en dessinant des guillemets dans l'air avec sa fourchette. C'est décidé, je pars demain. Tu viens avec moi ?

— Tu sais Jacquot, moi je n'ai plus rien qui me retienne ici. Mon père s'est installé en Afrique depuis bientôt dix ans, et je n'ai pas de famille en France. Alors, si tu pars, je viens avec toi, mais où ? Et comment ?

— J'y ai pensé, répond Jacques. On peut tenter de descendre dans les Alpes-de-Haute-Provence chez mes parents à Mazel. Il y a des fermes un peu partout, on pourra manger à notre faim.

— Pourquoi pas. Mais on fait comment pour arriver en bas dans le sud alors que le pays est complètement bloqué sans train ni essence ? Il paraît même qu'il y a de véritables batailles rangées avec l'armée. C'est sans doute la guerre civile dehors, comme dans *Mad Max* ! s'inquiète le jeune artiste.

— Mais c'est aussi la guerre civile ici Vince ! Et on va se retrouver avec des briques à bouffer ! Ou des rats s'il en reste ! Moi, je pars demain c'est décidé, affirme-t-il. Il marque une pause, puis reprend :

— C'est sûr qu'on ne peut pas marcher sur les routes jusqu'à Mazel. C'est trop loin et trop risqué. Il faut trouver un autre moyen…

— Ben, il nous reste le vélo, ou la voie des airs…

— Et pourquoi pas après tout ? Si on parvenait à trouver un avion dans l'aéro-club de Lognes où j'ai volé quelques fois, je pourrais peut-être le piloter. Mais, y a-t-il encore des "zincs" en état de voler dans ce foutoir sans nom ? s'interroge l'architecte alors qu'une lumière hésitante revient enfin…

Jacques avait son brevet de pilote privé depuis plus de six ans. C'était une passion qu'il avait pu se payer avec ses premiers salaires de jeune cadre célibataire, avant que la crise ne s'aggrave. Il n'avait pas beaucoup volé, et s'était contenté de faire de petits vols circulaires en région parisienne. Il n'aurait jamais imaginé entreprendre un tel périple avec un passager à son bord.

— Ce serait un bon moyen de rapidement rejoindre tes parents, confirme Vince.

— Bon Ok, admettons qu'on se fasse pas tuer sur la route et qu'on en trouve un avec suffisamment d'essence… Une fois en l'air, on risque de se faire intercepter par l'armée, car l'espace aérien est certainement bouclé avec tout ce qui se passe. Il faudrait pouvoir voler assez bas pour espérer passer au travers des mailles du filet…

— Ça m'emballe quand même ton truc Jacquot ! exulte Vince qui n'y connaissait rien en aéronautique, mais avait beaucoup d'imagination et se faisait déjà le film de leur évasion…

— J'ai quelques cartes aériennes de la région pour préparer le début du vol, poursuit Jacques désormais persuadé de tenir la solution. Dans l'idéal, il faudrait trouver un avion avec un moteur quatre temps, car il fonctionne à l'essence classique, ça facilitera la recherche de carburant…

— On mettra combien de temps pour arriver dans les Alpes-de-Haute-Provence ? S'inquiète finalement Vince.

— C'est difficile à dire, car ça va dépendre de l'engin que nous allons trouver sur place. Si c'est un avion de tourisme classique, on peut faire ça dans la demi-journée. Mais sur le petit aérodrome de Lognes, nous risquons surtout de trouver un Ultra Léger Motorisé.

— Et ça change beaucoup ?

— Et bien ça change tout ! En fonction du vent et de notre chargement, il ne faut pas espérer voler à plus de 120 km ou 150 km/h avec un ULM. Ensuite, on n'aura pas plus de trois ou quatre heures d'autonomie de vol. Donc nous serons obligés d'effectuer des petits sauts de puce pour ravitailler en essence. Avec ces arrêts, on mettra sans doute un jour ou deux pour rallier notre destination depuis Paris.

— Pas plus ? Mais c'est génial ! s'exclame Vince. Il faut qu'on se tire de ce bourbier à tout prix, conclut-il alors que la lumière vacille, puis disparaît à nouveau.

Sortir du chaos parisien

An 0 – « La chute »

Le lendemain matin, Vince frappe à la porte de l'appartement de son ami, et entre bruyamment équipé d'un sac à dos :

— Alors, t'es toujours décidé ? lance t-il en guise de bonjour.

— Plus que jamais ! répond Jacques en relevant le nez de ses cartes aériennes sur lesquelles il est en train de méthodiquement tracer des routes et les principaux caps à suivre pour s'extraire de la région parisienne.

— T'es sûr qu'on trouvera un avion en état de voler là bas ? s'inquiète finalement Vince, tout en essayant de comprendre les annotations par-dessus l'épaule du pilote installé sur la table du salon.

— Ça, rien ne le garantit. De toute façon, nos options se réduisent d'heure en heure, et je ne vois pas comment faire autrement, répond Jacques déterminé à rapidement quitter le piège urbain avant qu'il ne se referme définitivement sur eux.

— Bon, ne perdons pas de temps alors. C'est quoi le meilleur itinéraire selon toi ?

— L'aérodrome de Lognes est à moins de vingt-cinq kilomètres au sud-est de Paris. Je mettais trente minutes pour m'y rendre par les voies rapides, mais là on ne connaît pas vraiment l'état des routes derrière la ceinture du périphérique, et je m'attends au pire…

— J'ai croisé notre voisin dans le couloir ce matin. Il était en train de partir en poussant un vélo chargé comme un bourricot. Il dit qu'il y a des affrontements en banlieue. C'est la panique générale… explique Vince en se rongeant ce qui lui reste d'ongles.

— Ça confirme qu'il faut qu'on se magne d'arriver jusqu'à l'aérodrome. Mon souci, c'est qu'on doit impérativement trouver de l'essence pour le scooter qui ne tiendra pas plus de dix bornes avec nous deux dessus…

— On continuera à pied ou en vélo… propose Vince en essayant machinalement d'allumer la télévision, alors que l'électricité n'est toujours pas revenue depuis la veille au soir.

Jacques ne répond pas, et réalise en l'observant faire que c'est la première fois qu'une coupure électrique dure aussi longtemps. De par son métier d'urbaniste et ses connaissances techniques, il sait qu'une agglomération de plus de quinze millions d'habitants ne peut pas rester trop longtemps privée de l'énergie qui irrigue ses veines et ses mécanismes vitaux. « Raison de plus pour ne pas s'éterniser ici », se répète l'architecte en pliant ses cartes, et en les rangeant dans un sac à dos légèrement moins volumineux que celui de Vince. Ils ont pris le strict minimum, et laissent derrière eux de nombreuses affaires qu'ils ne peuvent pas emporter. Jacques fait une dernière fois le tour de son appartement, en se demandant s'il reviendra un jour… Lorsque tout est enfin prêt, ils sortent dans le couloir de l'immeuble en poussant le scooter vers la sortie. Par sécurité, Jacques l'avait garé dans l'appartement plutôt que dans le garage qui avait déjà été pillé et fouillé de fond en comble les jours précédents.

Lorsqu'ils se retrouvent dans la petite rue, elle est étrangement déserte. La porte métallique de l'immeuble claque derrière eux comme le couperet d'une guillotine, il est 10 h 30 du matin. Au loin, la ville résonne de nombreuses détonations. Elles marquent une augmentation des accrochages entre les émeutiers et les forces de l'ordre qui semblent avoir du mal à contenir l'embrasement de certains quartiers.

— C'est la révolution ! commente Vince en s'installant derrière Jacques sur la double selle.

— Pour que ce soit une révolution, il faudrait qu'il y ait un projet politique, ou une alternative à tout ça. Là, les gens n'ont plus d'option, et cherchent simplement à survivre, ou à partir…

— C'est quoi alors si c'est pas la révolution ?

— C'est le chaos.

Le Vespa lourdement chargé s'ébranle dans la fumée. À quelques immeubles de chez eux, les deux amis arrivent en vue d'un nouveau barrage tenu par des militaires qui les mettent immédiatement en joue.

— Halte ! Où allez-vous ? crie l'un d'eux.

— On rentre chez nous, répond spontanément Jacques en mettant pied à terre.

— Et c'est où ?

— À quatre rues d'ici, indique Jacques en montrant la direction de la porte de Bagnolet.

— On n'a plus le droit de circuler le matin les gars. Vous n'avez rien à faire ici ! lance le cerbère.

— Mais on doit absolument rentrer chez nous, c'est juste là… Laissez-nous passer s'il vous plaît, insiste Jacques.

Les deux soldats discutent brièvement entre eux.

— Ok, coupez votre engin et approchez. On veut voir vos mains !

Vince et Jacques descendent du scooter, le mettent sur sa béquille et s'avancent vers le poste de contrôle les mains en l'air. Jacques a le cœur qui bat à tout rompre, il se demande pourquoi les soldats sont aussi nerveux et les menacent ainsi…

— Vous n'avez pas écouté les annonces à la TV et à la radio les gars ? Depuis hier, c'est le couvre-feu tous les jours de 21 heures à 12 heures le lendemain !

— Ben y'a plus d'électricité dans notre quartier, alors on n'a rien entendu à ce sujet, désolé m'sieur…

— Qu'est-ce que vous comptez faire avec votre chargement là ? ce sont vos affaires ? interroge le soldat en fouillant les sacs et en inspectant toutes les poches.

— Oui, oui m'sieur, on rentrait juste chez nous… répond Jacques.

— Vraiment ?

— Ben en fait, on déménage là, car on a décidé d'habiter ensemble avec mon ami qui n'a plus trop de vivres, répond

Jacques en montrant du doigt Vince engoncé dans un casque jaune trop petit qui lui comprime la tête.

— Mouais…, répond le soldat d'un air dubitatif. J'espère que vous n'êtes pas de ces pilleurs qui font la razzia dans les appartements vides.

Il referme les deux sacs et leur tend en concluant :

— Vous avez de la chance que ce soit le premier jour de couvre-feu. Magnez-vous de rentrer chez vous et de rester enfermés jusqu'à midi car vous risquez de vous faire dégommer si vous tombez sur des patrouilles moins conciliantes.

Les deux amis s'empressent de remonter sur leur engin en remerciant obséquieusement le militaire. Ils dépassent le barrage puis décident de s'arrêter à trois blocs d'immeubles de là, et d'attendre encore trente minutes que le couvre-feu cesse, afin de pouvoir poursuivre leur route.

Ils s'assoient sur les marches d'un magasin de vêtements dont la grille a été arrachée et la vitrine cassée. À l'intérieur, il ne reste que quelques cintres tordus, du verre brisé et une caisse éventrée. Accablés par la chaleur et les effluves des poubelles, tenaillés par la faim, les deux compères ne disent rien. Peut-être commencent-ils déjà à regretter leur décision en constatant qu'il est difficile de parcourir ne serait-ce qu'un seul petit kilomètre dans ce chaos urbain. Il faudra un miracle pour réussir à en faire neuf cents…

Soudain, à l'angle de la rue sur le trottoir d'en face, surgissent trois hommes armés de barres de fer et de battes de base-ball. Ils sont à la poursuite d'un autre homme lourdement chargé tentant de leur échapper !

Ce dernier passe de l'autre côté de la rue en courant comme un dératé sans voir Jacques et Vince, cachés par une voiture vandalisée reposant sur ses quatre jantes. On entend la respiration du fuyard et le bruit d'objets métalliques bringuebalant dans son sac à dos.

Derrière, la cavalcade fond sur lui. Ils passent eux aussi devant les deux amis sans les voir, tout entiers focalisés sur leur proie. La meute le rattrape à l'autre bout de la rue, au moment où il s'apprête à enjamber une grille qui protège l'entrée d'un immeuble cossu. Il s'y cramponne un instant comme à son salut, puis est violemment mis à terre. Paralysés, Jacques et Vince observent la scène à distance sans savoir quelle attitude adopter… Ils entendent les nombreux coups sourds portés au malheureux qui n'a même pas le temps de crier. Les barres et les gourdins s'élèvent au-dessus des toits des voitures, et retombent lourdement.

Enfin, les agresseurs cessent leur macabre besogne. Jacques et Vince les voient s'affairer autour de leur victime et lui ôter son sac à dos, d'autres le fouillent méthodiquement. Jacques se déplace en restant accroupi et pousse discrètement le scooter, sans le démarrer, dans la direction opposée. Vince ramasse son sac, et le suit en se baissant le plus possible derrière les voitures. Ils sont presque arrivés au bout de la rue, lorsque l'un des hommes les interpelle :

— Hé vous là-bas, revenez !

Instinctivement, sans même regarder derrière lui, Jacques pousse le scooter au milieu de la rue, et saute dessus en le démarrant.

— Allez monte ! crie t-il à Vince qui grimpe difficilement derrière lui, car son sac le gêne. Jacques accélère néanmoins, le scooter fait des embardées à cause de son chargement complètement de travers. Ils zigzaguent dangereusement sur une dizaine de mètres, frôlent une première voiture en stationnement, mais ne peuvent éviter la seconde. Le choc n'est pas très brutal, car ils ont simplement glissé contre le véhicule à l'arrêt, mais les deux amis sont à terre et le scooter aussi.

Depuis le fond de la rue, deux des trois assaillants courent déjà dans leur direction, et se rapprochent dangereusement. Jacques bondit aussitôt, et relève le scooter dont le moteur tourne toujours. Il se remet en selle, et attend que Vince, qui ne cesse de jurer, fasse de même. Une fois installés, il tourne franchement la poignée de l'accélérateur alors que Vince affolé, lui hurle dans les oreilles :

— Plus vite, plus vite !

Sur sa gauche, Jacques voit tourbillonner, comme au ralenti, une barre de fer qui les frôle. Elle va exploser la vitrine d'un magasin, à l'angle d'une rue perpendiculaire dans laquelle il s'engouffre avec Vince cramponné à lui comme à sa vie. Derrière eux, à moins de dix mètres, les deux poursuivants ne lâchent pas prise et Jacques invoque le Dieu Vespa pour que le scooter 125 cm3 lourdement chargé tienne le coup. La machine n'est pas très récente, et l'accident l'a peut-être endommagée…

Il peut voir ses poursuivants dans le seul rétroviseur encore utilisable. Ils sont vraiment près, mais ne semblent plus avoir de projectile à leur disposition… Puis la moto prend progressivement de la vitesse, et les agresseurs perdent du terrain pour finalement disparaître dans la fumée d'échappement.

Jacques, en sueur, reste néanmoins poignée des gaz à fond, tout en se dirigeant vers la porte de Bagnolet. Lorsqu'ils arrivent enfin le long du périphérique, les deux amis découvrent avec stupéfaction qu'un véritable champ de barbelés barre la chaussée des boulevards circulaires en contrebas.

Cette vision des voies désertes, récemment condamnées par un enchevêtrement de herses métalliques et de protections diverses est surréaliste et les laisse sans voix. Nulle image, ou bribe d'information ne les a préparés un tant soit peu à un tel spectacle. Encore sous le choc du meurtre auquel ils viennent d'assister, ils découvrent un Paris cadenassé aux allures de camp retranché dont aucun journaliste n'a jamais parlé. Ils croisent quelques personnes qui se déplacent entre les tas de détritus sans doute à la recherche d'un hypothétique ravitaillement. En l'espace de quelques semaines, la ville est devenue une décharge à ciel ouvert. À cet endroit, les égouts aux pompes hors d'usage, et les réseaux d'assainissement bouchés exhalent un parfum suffocant qui s'accroche à la peau et aux vêtements. Vince remonte son tee-shirt sur son nez, alors que Jacques semble mieux supporter l'odeur des matières en décomposition. Sous un soleil de plomb, les deux amis suivent le cordon sanitaire érigé sur le périphérique, et arrivent enfin à la porte de Bagnolet qui marque le point de passage au-delà de Paris intra-muros vers l'A3. L'endroit est désormais fortifié.

— On dirait un check-point militaire comme à la télévision ! s'exclame Vince.

— Sauf qu'on ne pensait pas être en guerre à ce point là... répond Jacques en se faufilant entre une première série de chicanes en béton contre lesquelles des véhicules incendiés sont venus s'encastrer.

— Regarde ça ! y'a même des miradors... c'est dingue !

— Et on dirait qu'il y a eu des combats violents ici. T'as vu tous ces impacts de balles ?

— C'est pas croyable ! ne cesse de répéter Vince en enlevant difficilement son casque.

Les deux motards mettent pied à terre, et attendent qu'un jeune couple devant eux passe le contrôle. Sur le bord de la route, une longue palissade de bois entourant un chantier à l'abandon depuis des années est recouverte de petits messages, d'appels à témoin rédigés par des familles cherchant un des leurs, ou annonçant leur départ vers un refuge connu d'eux seuls...

Un impressionnant feuillage de portraits et d'ex-voto griffonnés à la va-vite frémit ainsi dans la brise d'été. Certaines suppliques se sont décrochées, et scellent peut-être dans les immondices le destin d'un être aimé. Une interminable canopée de sourires insouciants et si précieux, de familles et d'amis tête contre tête témoigne de l'ampleur insoupçonnée de l'exode.

— On n'est manifestement pas les seuls à avoir parié qu'il n'y avait plus rien à attendre ici... commente Jacques, saisi par l'émotion qui se dégage de cette simple palissade branlante.

— Oui, on dirait que beaucoup de personnes sont déjà parties... Mais est-ce la bonne décision ?

— Personne ne peut répondre à cette question pour l'instant Vince. Qu'on reste ou qu'on parte, on prend des risques de toute façon. Alors moi, je préfère me fier à mon instinct, et tenter ma chance ailleurs plutôt qu'ici...

— Oui, oui y'a pas de doute là-dessus, rassure Vince, alors qu'un policier fait signe aux deux amis d'avancer.

Ils poussent leur scooter au travers d'un étroit corridor dans lequel il faut cheminer un par un pour atteindre les gardes. Les panneaux de béton forment une sorte de goulet d'étranglement percé de meurtrières. Un policier à l'air fatigué leur demande leurs papiers et, tout en les lisant, les questionne :

— Êtes-vous bien sûrs de vouloir sortir, messieurs ? Car c'est irrévocable, et on ne vous laissera plus entrer si vous changez d'avis.

— Eh bien oui, répond Jacques. Derrière lui, Vince hoche ostensiblement la tête.

— Savez-vous qu'après ce check-point votre sécurité ne sera plus assurée ?

Malgré les circonstances, Jacques se retient pour ne pas éclater de rire…

— Oui, nous le savons, mais nous devons absolument nous rendre à Lognes. Savez-vous s'il y a des problèmes là-bas ?

— Il y a des risques dans toute la zone autour de Paris, messieurs. Nous faisons face à des groupes de cinq à dix individus armés, parfois plus. Ils ont pillé le dépôt d'armes de Senlis. Après le périph' c'est la guérilla urbaine, admet-il, gêné de ne pas pouvoir y faire grand-chose, alors que des tirs se font toujours entendre au loin...

— Nous allons quand même y aller en prenant garde de ne pas les croiser, confirme Jacques au policier qui leur rend leur carte d'identité.

— Soit, un dernier conseil : essayez de rester sur les grands axes où vous rencontrerez sans doute d'autres personnes. Il n'est pas sûr qu'elles vous viennent en aide, mais au moins vous serez en groupe. Cela impressionnera peut-être d'éventuels agresseurs…

Tout doit disparaître avant fermeture

An 0 – « La Chute »

Après avoir dépassé le check-point de la porte de Bagnolet, Jacques et Vince se retournent pour observer l'imposant système de défense érigé afin de protéger la capitale. Des panneaux en béton barrent toute la largeur de la place sur plusieurs mètres de hauteur. Ils sont ponctués de miradors qui contrôlent les bretelles d'accès de ce qui fut le périphérique. Une longue file de personnes tente en vain de rejoindre Paris. Les réfugiés sont repoussés sans ménagement par des policiers, dont certains se servent parfois de leurs chiens pour les dissuader d'insister.

— Mais pourquoi tous ces gens cherchent-ils à entrer dans cet enfer ? demande Vince en tentant de remettre son casque.

— Sans doute parce que l'enfer doit être encore pire à l'extérieur… répond Jacques en démarrant la moto qui s'engage dans le carrefour encombré de détritus.

Tout ceci n'est pas rassurant, et leurs impressions se confirment lorsqu'en passant sur le pont au-dessus du périphérique, à l'ombre de deux grandes tours aux vitres brisées, ils aperçoivent des colonnes de fumée emplissant tout l'horizon. Il y en a des centaines, peut-être des milliers, comme autant de cierges allumés vers un ciel indifférent. La lointaine banlieue et la région parisienne ne semblent être qu'un vaste brasier, aussi loin que le regard puisse porter. L'autoroute A3, qu'ils doivent emprunter, est saturée de véhicules détruits qui s'entassent sur une partie des huit voies, et sur plusieurs kilomètres.

Une peur jaillie du fond des âges est instinctivement remontée de leurs entrailles. Elle irradie intensément, et les rappelle à leurs origines primitives. Une partie oubliée de leur ADN, capable de tétaniser les proies, ou bien d'insuffler une énergie nouvelle aux prédateurs. Jacques et Vince la sentent confusément se diffuser en eux mais, dans leur vie d'avant, ils n'ont jamais vraiment eu l'occasion de vérifier s'ils étaient des prédateurs ou bien des proies.

Jacques roule à faible allure pour ne pas gaspiller son essence, et surtout pour éviter de faire du bruit. Ils sont presque seuls et n'ont dépassé que le jeune couple effrayé qui était devant eux au check-point porte de Bagnolet. Au loin, ils aperçoivent furtivement trois véhicules rouler à vive allure dans les banlieues désertes. Certains ont encore du carburant pour faire un dernier rodéo. Est-ce vraiment une bonne nouvelle ?

Les deux amis progressent en terres inconnues, sans boussole et se doutent bien, au vu du spectacle de désolation et des destructions qui les entourent, qu'atteindre Lognes sera sans doute beaucoup plus compliqué qu'ils ne le pensaient.

— Qui a pu vandaliser autant de véhicules, aux portes mêmes de Paris ? questionne Vince.

— S'il y avait du monde sur notre portion d'autoroute, on pourrait peut-être leur poser la question, ironise Jacques.

— Et c'est quoi toutes ces colonnes de fumée un peu partout ?

— J'en sais rien mon pote, arrête de poser des questions à la con, et surveille ce qui ce passe…

La catastrophe a brusquement plongé les deux accros des Smartphone et de l'information en continu dans le noir total. Le manque dans lequel ils se trouvent est palpable, alors que Vince tente vainement de capter du réseau avec son téléphone qu'il dirige dans toutes les directions en sachant pertinemment que plus rien ne fonctionne depuis des semaines… Jacques prend conscience qu'ils ne pourront compter que sur ce qu'ils comprendront de la situation, et sur leur instinct. L'architecte slalome prudemment entre les voitures abandonnées, vidées de leurs occupants et de leur contenu. Vitres brisées, pneus crevés et surtout trappes de réservoir à essence systématiquement ouvertes. Tout le carburant a été siphonné sur leur voie. Sur les quatre autres voies, en sens inverse vers Paris, des voitures carbonisées s'empilent pare-chocs contre pare-chocs sur trois ou quatre kilomètres jusqu'à la porte de Bagnolet. L'incendie a dû être proprement gigantesque, comme en témoigne encore l'état du bitume complètement déformé par la chaleur.

Ils continuent à rouler dans la grande montée de l'A3 au sortir de Paris, et s'engagent sous un pont en se demandant si on ne les y attend pas dans l'ombre pour les dévaliser. Mais rien ne se passe, sans doute grâce à une forte présence militaire postée un peu plus loin sur la droite, en protection d'un site industriel qui ressemble à une centrale électrique avec sa grande cheminée et ses deux grandes cuves. Un véhicule blindé surplombe les huit voies, des soldats regardent passer les deux acolytes qui s'arrêtent pour les saluer et glaner quelques informations.

— Dans quel état se trouve la route un peu plus loin ? demande Jacques à un bidasse descendu de son terre-plein pour venir à leur rencontre.

— On n'en sait rien, avoue-t-il. Où allez-vous comme ça ?

— On se dirige vers Lognes, on va bifurquer vers l'A86, répond Jacques qui boit la moitié de sa gourde d'eau tant la chaleur est forte. Sa tête tourne et il a faim.

— C'est quoi tous ces incendies que l'on voit partout ? demande Vince.

— Sans doute des véhicules qui brûlent, des maisons ou des magasins en feu… répond le jeune soldat avec flegme, chassant du revers de la main les mouches qui pullulent.

— Mais personne ne va apporter de l'aide ? Ou voir ce qui se passe ? interroge Vince.

— On a de nouveaux ordres, répond sobrement le militaire.

— Et quels ordres si ce n'est pas indiscret ? hasarde Jacques.

Le soldat ne se formalise pas de la question, et lui répond :

— On doit maintenant protéger en priorité les sites sensibles. Depuis quelques jours, l'armée s'est redéployée partout en France pour garder ces points stratégiques. Entre ces poches militarisées votre sécurité n'est pas forcément assurée. Nous avons ordre de garder la position, et de ne pas bouger quoi qu'il arrive.

— Ça veut dire que c'est partout comme ça en France ? s'exclame Jacques.

— D'après mes informations, ça varie d'une région à l'autre, mais la situation est sous contrôle ici, tempère le militaire.

— Avez-vous des informations sur l'état de l'A86 un peu plus loin ? questionne Jacques.

— Je sais que hier, il y a eu des tirs à quelques kilomètres d'ici, mais nous ne sommes pas allés voir, répond le militaire avec une moue désapprobatrice. Vous savez, il y a des centaines de milliers de personnes qui sont passées par ici avant vous les semaines précédentes. D'abord en voiture, puis à vélo, et maintenant à pied. Ça faisait longtemps que je n'avais pas vu un scooter rouler pour tout vous dire…

— Mais où sont passés tous ces gens ? demande Vince.

— Pour la plupart, ils sont en sécurité dans les camps de réfugiés répartis en région Parisienne et partout en France, répond le soldat.

— J'ignorais qu'il y avait des camps de réfugiés. On a rien entendu aux infos…

— C'est temporaire. Comme ça on peut distribuer plus facilement des vivres et assurer la sécurité.

— Y a-t-il des camps dans la direction de Lognes ? questionne Jacques.

— Non, pas vers Lognes, mais il y en a un grand au sud, vers Melun… Ça vous intéresse ? Je peux vous indiquer la direction, propose le soldat.

— Non, nous devons absolument nous rendre à Lognes. Savez-vous où nous pourrons trouver un peu d'essence pour mon Vespa, car nous n'en avons presque plus ?

— Toutes les stations-service ont été pillées en périphérie de Paris, il n'y a plus une goutte sur des kilomètres…

— C'est très gênant, répond Jacques, nous n'irons pas bien loin avec notre réservoir rempli au quart.

Le silence s'installe entre les trois hommes… Puis le soldat leur souffle une solution :

— Au centre commercial, à quelques kilomètres d'ici, j'ai vu des voitures encore intactes sur le parking. C'était il y a deux jours, et je ne peux pas vous certifier que ce soit encore le cas, car le contingent militaire qui gardait l'endroit vient juste d'être réaffecté ailleurs. Je ne suis pas autorisé à vous donner du carburant, car il est déjà rationné pour nos propres véhicules, mais je peux vous donner de quoi siphonner un réservoir. Ça vous intéresse ? demande-t-il.

— Oui volontiers, en fait on n'a rien prévu pour ça, répond Jacques conscient d'avoir sous estimé ce détail technique d'importance et de faire preuve d'amateurisme.

— Attendez-moi ici. Il repart vers son campement, puis revient un instant plus tard avec un bout de tuyau qu'il tend à Vince.

— Voilà c'est tout ce que je peux pour vous.

— Merci beaucoup pour votre aide, ça nous sera utile, précise Jacques en le rangeant dans son sac. Puis il redémarre son scooter.

Vince se retourne, et fait un signe d'adieu au militaire qui lui répond en remontant sur son parapet. Ils roulent durant dix bonnes minutes sur une autoroute à l'abandon et sous un ciel toujours noir de fumées. Aucune présence visible à des kilomètres à la ronde, les habitations en bord de route sont toutes saccagées. L'atmosphère est acide, chargée d'odeurs chimiques et chaque respiration donne encore plus envie de s'extraire de cette fournaise aux allures de fin du monde. Il y a de moins en moins de véhicules arrêtés, mais aucun dont le réservoir ne soit pas ouvert. Jacques regarde d'un œil inquiet la jauge indiquant qu'ils sont sur la réserve depuis quelques kilomètres déjà. Ils arrivent enfin à la hauteur de l'immense centre commercial s'étalant sur des hectares de part et d'autre de l'A86. C'est à cet instant précis que le moteur du scooter toussote, puis s'arrête. La moto roule encore quelques mètres, puis stoppe définitivement. Ils viennent à peine de parcourir la moitié de leur trajet.

En s'approchant du parapet, ils découvrent une agitation inhabituelle en contrebas, et aperçoivent sur le parking une foule s'éparpillant en tous sens, les bras chargés d'objets dérobés dans une gigantesque galerie marchande. Alentours, de nombreuses enseignes ont déjà brûlé, mais l'imposant centre marchand semble épargné pour l'instant.

— On dirait que c'est la grande braderie depuis qu'il n'y a plus personne pour surveiller… ironise Vince.

— Ouais, et ça doit se savoir dans les environs que tout doit disparaître avant la fermeture… ajoute Jacques, en observant le dernier temple du shopping de la région encore intact.

Il se vide dans la frénésie de ses dernières marchandises, et ne sera sans doute pas réapprovisionné de sitôt. Pour l'instant, les gens ne se battent pas entre eux, car ils sont beaucoup trop occupés à repartir avec un four micro-ondes, une console de jeux, des habits, des chaussures… Jacques et Vince restent un instant à contempler le pillage en cours de l'autre côté de la clôture : deux jeunes ont du mal à porter un immense écran plat encore dans son emballage d'origine, une femme ressort avec un caddie rempli d'aliment pour chien, plus loin un homme pousse un chariot débordant d'habits.

— Bon, il faut qu'on trouve dix litres d'essence dans ce souk ! s'inquiète Jacques après avoir couché le scooter au sol près d'une voiture accidentée. Il bloque la roue avec son antivol, et met les clefs dans sa poche de jean.

— Bien, c'est quoi le plan ?

— On doit aller explorer le centre commercial pour trouver un bidon ou un récipient quelconque. Ensuite, il faudra trouver une voiture non siphonnée dans le parking. On doit se couvrir et rester ensemble Vince… On va droit au but, on ne se mêle pas de ce qui se passe à droite et à gauche, c'est clair pour toi ?

— Oui, c'est clair. Bon alors, on y va ? lance Vince, tout excité à l'idée de pouvoir entrer dans le plus grand magasin gratuit de France…

Les deux amis sautent par-dessus la glissière, se faufilent dans les herbes sèches, enjambent le grillage et traversent au pas de course un immense parking comptant des centaines de voitures abandonnées et vandalisées. Ils pénètrent en courant dans les allées du temple richement décoré de marbre et de dorures. Les grandes verrières au-dessus de leur tête diffusent, telles des vitraux, des rais de lumière dans les couloirs et les travées du sanctuaire. Ils croisent beaucoup des pèlerins béats, occupés à ressortir les bras chargés de tout ce qu'ils ont pu dérober. Les boutiques de luxe proposant des marques ont fait les premières les frais du pillage. Vince manque de se faire renverser par un homme qui emporte une énorme plante verte en plastique, et voit à peine où il met les pieds… En avançant plus profondément ils trouvent un supermarché du sport dont la grille vient à peine d'être arrachée, et se ruent au rayon camping encore partiellement achalandé. Ils prennent à la volée un sac de randonnée qu'ils bourrent de rations lyophilisées, et de quelques barres énergétiques. Jacques trouve un bidon de quinze litres, des lampes frontales, des piles, et même un GPS.

— Il faut vraiment se concentrer sur l'essentiel, sinon on va être trop chargés, dit-il à Vince qui regarde avec envie une grosse tente familiale pliable.

— Ok je laisse la tente, et je me rabats sur cette petite bâche. Oh regarde là bas ! dit-il, en montrant le rayon chasse. Viens, suis-moi ! ordonne Vince possédé par la frénésie communicative de la curée. Jacques lui emboîte le pas en dévorant des barres énergétiques. Le magasin se remplit.

Ils jouent des coudes et se frayent un passage jusqu'à l'espace "Chasse et Pêche". Vince brise la vitrine d'un présentoir d'où il sort deux beaux poignards encore dans leurs fourreaux. Il en donne un à Jacques, et accroche immédiatement l'autre à sa ceinture. Il n'y a plus d'arme de chasse, ni de munitions. Tout a été déjà dévalisé en quelques minutes. Les deux pillards décident de sortir rapidement, alors que la foule se fait plus compacte, et qu'une querelle éclate pour la possession du dernier vélo d'appartement disponible en rayon. Ils passent en coup de vent à côté de la scène sans se soucier de l'issue de l'explication. Arrivés sur le parking, ils se dirigent au pas de course vers un groupe de véhicules vandalisés. Après quelques minutes, ils en trouvent un dont la trappe est toujours fermée. Il s'agit d'un vieux modèle dont le réservoir peut facilement être siphonné.

Tout en surveillant avec anxiété ce qui se passe alentour, Vince l'ouvre avec son nouveau couteau. Jacques dévisse le bouchon et glisse le tuyau dans le réservoir. Il aspire, manque de s'étouffer lorsque l'essence arrive dans sa bouche, et la fait couler dans leur bidon tout neuf. L'opération n'a pris que quelques minutes. Il rebouche son bidon rempli jusqu'au goulot, et se retourne vers Vince tout en restant accroupi.

— Bon, maintenant il faut rapidement s'arracher de cet endroit, propose Jacques.

À peine a-t-il achevé sa phrase, qu'une fusillade éclate à l'entrée du centre commercial ! Ils se plaquent immédiatement au sol et observent la scène cachés derrière une voiture :

Dans la confusion générale traversant la foule, deux bandes rivales, armées de fusils de chasse et de pistolets, s'affrontent. Un homme est déjà à terre, d'autres passants semblent blessés. Ils en ont assez vu.

Jacques et Vince se faufilent entre les voitures jusqu'à la lisière du parking, et repassent de l'autre côté de la clôture, pour retrouver leur scooter toujours caché au même endroit. Avec d'infinies précautions, Vince remplit le réservoir en essayant de ne pas en mettre à côté.

— Met pas tout, prévient Jacques qui surveille l'opération en tenant la moto, il faut qu'on en garde un maximum pour l'avion…

— Si on en trouve un…

— Te voilà bien pessimiste. C'est pas le moment de douter mon pote, vu l'endroit où on se trouve…

— C'est justement à cause de cet endroit, et de ce qui s'y passe que je me pose des questions sur l'état de l'aérodrome… répond-il alors que la fusillade en contrebas s'intensifie.

Vince met le petit bidon d'essence dans son sac à dos, et Jacques redémarre leur Vespa dans l'indifférence générale…

Si près, si loin…

An 0 – « La chute »

Sur la route, les deux motards dépassent de plus en plus de naufragés à la dérive. On leur fait parfois signe de s'arrêter, mais ils continuent tout droit, s'efforçant d'ignorer la misère dans laquelle ils s'enfoncent. Une détresse commune a balayé d'un revers de la main les différences entre les individus. Tous sont indistinctement frappés par l'impensable effondrement. Ils dépassent d'improbables équipages faits de bric et de broc, des chargements sur des brouettes, des vélos attachés entre eux, de vieilles remorques reconditionnées sur lesquelles s'entassent des enfants, des personnes âgées et des valises. Quelques rares charrettes sont tirées par des chevaux ou des ânes, mais la plupart des radeaux naufragés sont mus par la force humaine, ou ce qu'il en reste. Images d'un autre âge. Les hommes sont exténués, leurs habits sales et leurs chaussures ne sont pas prévues pour de telles expéditions. Et partout ce sont les mêmes regards, la même incompréhension teintée de fatigue et de désarroi. Chacun écoute son souffle, mesure ses forces pour tendre vers un but ultime : se nourrir et protéger les siens.

Arrivés à Nogent en début d'après-midi, ils sortent de l'A86 pour s'engager sur l'autoroute de l'est. Un pont enjambe une rivière dont le niveau est très bas. Jacques et Vince sont à moins d'une dizaine de kilomètres du petit aérodrome, et n'ont plus qu'à traverser quelques zones pavillonnaires. En prenant l'autoroute, ils rejoignent un important groupe de réfugiés marchant tous dans la même direction. Tant bien que mal, ils se fraient un passage dans ce flot compact sentant la crasse et la souffrance.

Les deux amis roulent ainsi à faible allure durant des kilomètres. L'indescriptible marée humaine ne semble pas avoir de fin… Le dénuement dans lequel ces gens sont plongés dépasse l'entendement. Hier encore, ils vivaient dans le confort, n'achetaient leur nourriture que pour une semaine, ne se souciaient pas de l'eau potable, tournaient facilement le bouton de la climatisation, et prenaient l'avion comme on prend la voiture. Aujourd'hui, ils avancent à pied sous un soleil de plomb, emportant avec eux quelques affaires, des enfants en pleurs et l'espoir de leur trouver un refuge. Enfin, le cortège des migrants s'étire, autorisant Jacques et Vince à rouler normalement vers leur destination. Ils dépassent des voitures en panne et quelques groupes épars fuyant on ne sait où…

C'est en doublant un de ces groupes isolés, qu'ils sont soudainement attaqués par deux hommes marchant dans la même direction qu'eux. Les agresseurs ont attendu que le scooter parvienne à leur hauteur pour les frapper violemment avec une grosse branche qu'ils dissimulaient. Ce qui reste de la verrière explose, et ralentit heureusement le rondin de bois venant percuter de plein fouet le thorax de Jacques. Ce dernier bascule à la renverse entraînant Vince dans sa chute. Le Vespa poursuit sa route seul sur quelques mètres, puis se couche sur le côté. Jacques a le souffle coupé net, et ne peut même plus bouger. Vince se relève péniblement, et hurle :

— Qu'est-ce qui vous prend ? Vous auriez pu nous tuer !

— On veut juste ton scooter, bouge pas ! lui ordonne un adolescent, en braquant nerveusement un pistolet dans leur direction. Tu bouge pas, et tout ira bien…

Plus loin, son complice remet déjà la moto sur ses roues, et monte dessus. Vince se demande ce qu'il peut faire… Ils ne sont plus très loin de l'aérodrome, et l'agresseur se dirige maintenant vers le scooter tout en les tenant en joue. Il regarde autour de lui, mais aucun groupe ne peut leur venir en aide dans les parages. Il décide donc de ne pas jouer au héros, et regarde leur scooter, chargé des deux hommes, partir péniblement dans un nuage de fumée. Les voleurs n'iront pas bien loin de toute façon avec le peu d'essence restant dans le réservoir. Il va relever son ami qui reprend son souffle.

— Ça va vieux ? Rien de cassé ? lui demande Vince en sueur.

— Non, rien à priori, mais ils m'ont touché au plexus, ça m'a coupé le souffle, répond Jacques encore plié en deux, les mains sur les genoux en crachant un peu de sang sur la chaussée brûlante.

Il débouche sa gourde, et termine d'un trait ce qui ne s'était pas encore évaporé. Il dévore une nouvelle barre énergétique et en donne une à Vince.

— Ils ont volé le Vespa, Jacques, j'ai rien pu faire, le gars nous braquait avec son flingue, s'excuse Vince encore tout tremblant.

— T'inquiète pas, on est arrivés. C'est juste de l'autre côté de ce bois, dit-il en montrant la forêt qui s'étend à droite de la route. Soit on la traverse dans cette direction, soit on reste sur la route, on fait cinq cents mètres, et on y est. Regarde, on aperçoit là sortie là-bas…

— Moi, je préfère rester sur la route, va donc savoir les sauvages qu'il doit encore y avoir dans ce bois ! répond Vince en essayant de plaisanter malgré la gravité du moment. Ah vraiment, heureusement que t'as rien de cassé vieux, répète t-il avec anxiété.

— Oui, je me rends compte que dans la situation actuelle, ça pourrait être fatal, répond Jacques conscient de sa chance et du fait que désormais, la moindre blessure ou la plus petite invalidité pourraient avoir des répercutions catastrophiques sur sa capacité à se mouvoir ou à se défendre…

Après quelques minutes de marche, les deux naufragés arrivent enfin à proximité du petit aérodrome. Ce qu'ils voient d'abord les rassure : le lieu est désert, aucune présence militaire pour les empêcher d'accomplir leur plan d'évasion. Mais, lorsqu'ils aperçoivent les vitres brisées de la petite tour de contrôle vandalisée, ils se demandent alors si les avions sont dans le même état… Jacques et Vince dépassent la grille de l'entrée principale toujours fermée par une lourde chaîne. Ils préfèrent pénétrer plus discrètement par une brèche dans la clôture dans l'hypothèse, peu probable, où il y aurait encore des gardiens. Avançant prudemment dans un site à l'abandon, les deux intrus rejoignent subrepticement une allée bordée de quatre vieux hangars d'aviation.

— C'est là, indique Jacques en s'approchant de l'entrée du premier bâtiment qui est ouvert et totalement mis à sac.

— Et bien, pas besoin d'être un expert en aéronautique pour comprendre que cet avion ne revolera pas de sitôt, conclut Vince en désignant un Cessna dont le moteur est démonté, et l'empennage arraché.

Le second hangar offre le même spectacle : les deux appareils stationnés, dont un ULM, sont inutilisables. Le troisième parking, le plus grand de tous, est totalement vide.

— On n'est pas les seuls à avoir eu cette idée, constate Jacques.

— Si le dernier hangar est dans le même état que les autres, on va devoir marcher jusque dans le sud... s'alarme Vince.

Jacques ne lui répond pas, car son inquiétude augmente alors qu'ils se rapprochent du quatrième bâtiment dont les grandes portes sont partiellement ouvertes. Par l'entrebâillement, ils découvrent, dépités, deux ULM détruits. Le cockpit flambant neuf de l'un d'eux a été complètement saccagé, l'autre a été renversé, et ne repose plus que sur deux de ses trois roues. L'aile au sol, servant de béquille est trouée, cassée en son extrémité, comme si des vandales avaient délibérément sauté dessus à pieds joints.

— C'est foutu ! se lamente Vince. Ah, on est dans la merde mon Jacquot, c'est moi qui te le dis !

Jacques reste silencieux, et fait le tour des deux aéronefs, inspectant les cockpits, effleurant les bords d'attaque, faisant jouer les volets et les dérives... Puis, il s'arrête longuement devant l'ULM renversé, et s'accroupit pour contrôler le fuselage.

— Tu fais quoi, là ? interroge Vince agacé. Il faut vite qu'on se trouve un autre moyen de se tirer d'ici… On perd du temps !

— Pas si sûr… On devrait pouvoir en réparer un, avec les pièces de l'autre. Ce sont exactement les mêmes machines du même fabricant, répond l'architecte en étudiant l'ULM biplace.

— Hein ? Tu crois vraiment que c'est possible ? demande Vince qui retrouve enfin un peu d'espoir.

— Les commandes de vol du premier sont mortes, c'est sûr. Mais on peut essayer de remplacer l'aile piétinée du second, avec une aile encore intacte de celui-ci. Remettons-le d'abord sur ces roues pour voir de quoi il a l'air…

Les deux amis redressent facilement l'avion en matériaux composites. Jacques s'installe à la place du pilote, et met la batterie principale sur "ON" en priant qu'elle fonctionne… Les compteurs de l'anémomètre, de l'altimètre et du compas s'allument, tout semble en état de marche. Vince regarde d'un air dubitatif l'aile gauche tordue.

— T'es sûr qu'on va pouvoir la remplacer ?

— Oui, ces avions sont transportables, et peuvent se démonter très facilement. Une fois, j'ai même aidé un gars du club à assembler son ULM. Je vais pouvoir m'en sortir… L'autre bonne nouvelle, c'est qu'il reste encore un peu carburant dans les réservoirs sur les ailes. On va les vidanger avant de démonter.

Joignant le geste à la parole, Jacques récupère un bidon vide qui traînait dans un coin, le place au niveau de la purge située sous le moteur et ouvre les deux vannes d'essence dans le cockpit. En attendant que les réservoirs se vident, il commence à débrancher des câbles électriques et les tuyaux du circuit pneumatique dans l'habitacle. Puis, il desserre une grosse vis située au milieu des moignons de longerons, et retire les écrous de verrouillage des axes fixant les ailes au dessus de l'habitacle.

— Ça ne coule plus. Et on a presque vingt litres ! s'étonne Vince en surveillant la vidange qui se termine.

— Excellent ! je pense qu'on en récupérera encore un peu dans l'autre. Essaye de trouver des bidons dans l'atelier, peut-être qu'on aura de quoi faire le plein finalement…

Pour éviter que l'avion ne soit déséquilibré lorsqu'ils retireront l'aile cassée, Jacques coince une échelle sous la demi-aile droite intacte, qui sera ainsi maintenue à environ un mètre soixante-dix du sol durant la réparation. Il enlève avec précaution les axes qui retenaient encore la demi-aile gauche.

— Vince… Viens me filer un coup de main pour la décoincer. Après quelques mouvements de va-et-vient, elle se détache sans peine, malgré les mauvais traitements subis. Ils la posent dans un coin, et se dirigent vers l'autre ULM afin de répéter la même opération. C'est alors que plusieurs coups de feu claquent au loin, sans doute à l'extérieur de l'aérodrome.

— Faut qu'on se magne Jacquot, ça sent pas bon du tout…

— Ouais, il ne faut pas qu'on traîne. Mais ne t'inquiètes pas, y'a plus qu'à faire pareil, et remonter l'aile. Purge les réservoirs de celui-là pendant que je défais les câbles.

Vince s'active fébrilement, et récupère encore un bidon de vingt litres plein. Lorsque Jacques a terminé les débranchements, ils s'attaquent à la suite des opérations plus déterminés que jamais. Ils parviennent à retirer la demi-aile de rechange, et la positionnent au sol près de son nouveau fuselage. Il doit être 14 heures, et le soleil chauffe intensément les tôles du vieux bâtiment. Vince sent ses jambes flageoler. Il est assoiffé et vérifie un à un les robinets d'eau des sanitaires, mais les canalisations sont désespérément vides. Ils se partagent les quelques gouttes d'eau qui restent dans sa gourde, et reprennent leur ouvrage en surveillant régulièrement ce qui se passe à l'extérieur.

— Bon, maintenant on va l'insérer dans son nouvel emplacement. Je vais la guider pour introduire le longeron dans l'ouverture du fuselage, et toi, tu pousseras doucement.

— En priant pour que ça marche… répond Vince en sueur.

— Ça marchera, c'est le même modèle d'ULM…

Les deux amis lèvent la demi-aile à hauteur de leurs épaules, et la rentrent sans trop de problème. Avant de la fixer définitivement, Jacques passe les câbles électriques et les conduits de carburant au travers du trou prévu à cet effet. Puis, ils la font glisser doucement dans sa position finale, où elle s'ajuste au millimètre.

— On dirait qu'on a fait ça toute notre vie ! fanfaronne Vince soulagé en admirant l'oiseau en composite de plus de dix mètres d'envergure.

— Ouais, on n'est pas mauvais, renchérit Jacques en vérifiant que les branchements des gouvernes fonctionnent correctement.

— Si t'as plus besoin de moi, je vais voir si je peux encore récupérer de l'essence sur les autres avions détruits, propose Vince.

— Bonne idée… il doit nous manquer environ dix litres pour faire le plein. Attention, avec ce moteur Rotax quatre temps, c'est de l'essence ordinaire qu'il nous faut, pas du kérosène. Va voir sur l'autre ULM, dans le deuxième hangar, précise Jacques alors qu'il finit de mettre en place tous les axes, et de serrer des écrous.

Au bout de quinze minutes, Vince, en sueur, revient triomphant avec un nouveau bidon presque plein. Jacques vient de remplir les deux réservoirs avec les quarante litres déjà récupérés, et complète avec la nouvelle récolte de son ami.

— Voilà, on a le plein, et il nous reste même dix litres pour plus tard… A ce propos, combien tu pèses ? demande Jacques.

— Ben, j'dois faire dans les soixante-dix huit kilos, pourquoi ?

— Parce qu'on n'est pas sur un Airbus A380 mon pote ! On ne doit pas dépasser la masse maximale au décollage si on ne veut pas finir dans les arbres en bout de piste. Comme je pèse quatre-vingt kilos, on doit encore vider nos sacs pour pouvoir emporter tout le carburant…

— On peut laisser du matériel ici, et encore jeter des affaires de nos sacs, non ?

— Oui, on a récupéré assez de rations lyophilisées pour trois ou quatre jours. Le superflu, on le bazarde.

— Et moi qui pensais que tout ceci était absolument essentiel, commente Vince en jetant une tablette numérique et des affaires personnelles dans un coin.

— J'ai l'impression qu'au bout de trente kilomètre dans ce chaos, "l'essentiel" prend subitement une toute autre dimension, non ? Au lieu d'emporter des conneries, on aurait mieux fait de prendre un ou deux litres de flotte en plus ! On s'en souviendra à l'avenir si on ne meurt pas de soif d'ici là…

Les deux amis arriment solidement ce qui reste de leurs sacs et le bidon d'essence dans la minuscule soute à bagage située derrière leurs sièges. Le cockpit fait à peine plus d'un mètre de large…

— Bon Vince, je viens encore de vérifier le zinc. Théoriquement, c'est bon. Je dis "théoriquement" parce qu'il faudrait que je prenne plus de temps pour contrôler d'autres points après notre changement d'aile, mais le principal est correct. On va voir s'il n'y a personne dehors, puis pousser l'avion sur la piste. T'es toujours avec moi ?

— Plutôt deux fois qu'une mon pote ! t'imagines pas que j'ai risqué ma vie jusqu'ici pour te regarder décoller tout seul ?

Jacques ouvre aussi doucement que possible un seul panneau du hangar, en priant pour que le grincement métallique n'attire pas de curieux. Il sort, reste un instant accroupi à sonder le silence alentour, puis rentre.

— Personne en vue, c'est parti on y va.

Les deux apprentis pirates de l'air ouvrent le second panneau qui fait autant de bruit que le premier, sortent l'appareil du hangar, et marquent encore une courte pose, toujours à l'écoute d'éventuels bruits suspects. Ils poussent doucement l'ULM jusqu'au centre de l'allée goudronnée. Ils ne cessent de regarder avec anxiété par-dessus leurs épaules, redoutant qu'on ne vienne leur dérober leur précieux sésame.

— On va s'installer. Ensuite, je vais essayer de démarrer et on va rouler aussi vite que possible jusqu'à la piste principale.

— D'accord, chuchote Vince comme un gamin qui fait le mur pour la première fois. J'y crois pas Jacquot qu'on va voler dans ce coucou !

— On n'est pas encore partis. On ne sait même pas si le moteur va démarrer… Si ça se trouve, il est mort comme l'autre. Prépare-toi à te sangler, et mets ce casque radio pour qu'on puisse se parler lorsqu'il y aura trop de bruit. Et surtout, quoiqu'il arrive, ne touche pas au manche à balai et aux deux pédales qui sont de ton côté. C'est clair ?

— Oui, oui c'est clair commandant, répond Vince jubilant intérieurement et trépignant d'impatience. Il observe avec intérêt

Jacques ouvrir des vannes, tourner des contacteurs, ajuster des boutons auxquels il ne comprend pas grand-chose.

Ils ferment les deux portes latérales en plexiglas, et se serrent dans l'espace exigu et surchauffé. Ils transpirent à grosses gouttes, leurs larges épaules se touchent presque. Jacques met le contact, et lance le moteur qui toussote, mais ne démarre pas… Vince jure, en scrutant avec inquiétude autour d'eux.

— C'est normal, il s'est désamorcé, rassure Jacques en actionnant une vanne à plusieurs reprises, comme s'il pompait.

À la seconde tentative, l'hélice fait quelques tours de plus, mais s'arrête dans un hoquet. Vince est au comble du désespoir, et se perd désormais en jurons.

— Calme-toi vieux, le moteur vient de dire « Oui »… Cette fois-ci, c'est la bonne, prophétise Jacques en actionnant le démarreur.

Le moteur marque quelques hésitations, pétarade une fois, puis deux, démarre enfin, et se met à tourner comme une horloge au bout d'interminables secondes. Trop heureux, les deux amis se sanglent, puis le pilote relâche immédiatement les freins, et commence à rouler en direction de la piste.

Au bout de cent mètres de roulage, l'ULM pivote au bout de l'allée. Ils sont maintenant totalement à découvert en plein champs. Les trois pales de l'hélice font danser l'herbe jaunie par le soleil. L'ULM fait encore un dernier virage, et s'aligne au bout de la piste principale. Le pilote effectue les principales vérifications de la check-list.

— Mesdames, Messieurs bienvenue à bord de ce vol à destination de Mazel, merci de relever vos tablettes, et de garder vos ceintures attachées jusqu'à l'extinction du signal lumineux, annonce t-il à la radio interne en mettant les gaz à fond.

Le moteur monte dans les gammes, et l'appareil prend de la vitesse. Après une bonne centaine de mètres, il décolle face à l'ouest, puis fait cap au sud en survolant l'exode et les incendies. Vu du ciel, le chaos semble déjà un peu moins effrayant…

« Éviter les péages »

An 0 – « La chute »

Après avoir décollé du petit aérodrome de Lognes Émerainville, les deux pirates de l'air volent le plus bas possible en espérant, sans doute naïvement, passer sous les radars. Le jeune pilote est tout entier focalisé sur les commandes de vol, et découvre les réactions de cet ULM très nerveux. Il n'imaginait pas que les 100 chevaux de puissance annoncés sur la notice du moteur, permettent une telle vitesse en vol… C'est une bonne nouvelle, mais elle accroît aussi les risques compte tenu de sa très faible altitude et de son inexpérience. À la moindre erreur, ou au moindre accrochage avec des câbles électriques, ils peuvent se retrouver "au tapis" avant même d'avoir pu réagir… Jacques ne cesse de surveiller la demi-aile remplacée, en espérant avoir bien suivi toutes les étapes de montage sans rien oublier... Malgré cette petite incertitude, il préfère être à sa place plutôt que dans les longues files de réfugiés qu'ils aperçoivent désormais un peu partout sous leurs ailes.

— J'en reviens pas, ne cesse de répéter Vince collé à sa vitre.

Jacques se tait, assommé par ce qu'il découvre vu du ciel, et l'impensable étendue de la catastrophe. Ils survolent quelques villes nouvelles partiellement détruites. Des maisons clonées sont disposées autour d'un centre de village reconstitué avec sa traditionnelle fontaine artificielle censée apporter plus de convivialité. Jacques, qui avait collaboré à de nombreux projets de « rurbanisation », les observe maintenant d'un autre œil à la lumière des brasiers qui constellent toujours l'horizon. L'architecte trouve qu'elles ressemblent à de bien fragiles toiles d'araignée, dépendantes d'un dédale de routes asphaltées, de fils électriques et de réseaux d'alimentation divers. Privées de leur sève nourricière, elles sont sans doute condamnées à l'asphyxie. Il revient à sa navigation, et remarque Vince qui essaye de comprendre les différents compteurs sur le tableau de bord devant lui.

— Tu veux savoir à quelle vitesse on va ? Tu vois le compteur "Air speed" là ? dit-il en le montrant. Ça c'est notre vitesse réelle, on est à plus de cent soixante-dix kilomètres par heure en croisière dans la zone verte malgré notre chargement et nos gros gabarits respectifs. Pas mal pour ce "coucou" comme tu disais…

— J'y comprends rien, mon Jacquot, mais je vois bien le paysage qui défile à toute vitesse sous nos pieds. C'est très impressionnant.

— Ne t'inquiète pas vieux, d'ici une heure de vol, tu t'y seras habitué. En revanche, tu m'aiderais vraiment si tu sortais le GPS de mon sac, et si tu suivais notre position parce que je ne peux pas quitter un seul instant notre route du regard pour voir mes cartes.

En attendant que Vince fasse fonctionner le GPS, Jacques conserve un cap plein sud et se repère aux tronçons de route "La Francilienne" devant eux. Elle sert l'axe nord-sud et rejoint l'autoroute du Soleil. Ils laissent à bonne distance les nombreux groupes de réfugiés qui cheminent sur les voies, et préfèrent voler en rase-motte au-dessus des champs où plus rien ne pousse. Ils prennent un peu d'altitude lorsque des ponts ou des ouvrages importants se présentent devant eux, puis redescendent immédiatement après. Les deux casse-cou passent sous les quelques câbles à haute tension encore épargnés par les sabotages, et frôlent dangereusement la cime des arbres lorsqu'ils survolent des bosquets.

Le ciel est toujours strié de fumées noires qui montent verticalement en l'absence quasi-totale de vent. Plus bas, de nombreux naufragés continuent de marcher, passant à côté de corps allongés que personne ne relève. Ils ne tardent pas à découvrir la destination de cette transhumance, lorsqu'ils voient s'étaler sur des hectares, à quelques kilomètres devant leur hélice, le camp de Melun, formant un horizon de bâches bleues ONU.

— T'as vu ça ? La zone est gigantesque ! s'exclame Vince.

— C'est le camp humanitaire dont parlait le bidasse. Regarde, ça grouille de monde !

— Tu crois que c'est partout comme ça en France ?

— J'espère que non, sinon on est tous très mal…

Jacques craint que l'ULM ne soit pris pour cible par les soldats, et s'écarte un peu de cet océan de tentes et de bâches. Mais personne ne tire, fort heureusement. Ils laissent derrière eux des milliers de visages levés vers le ciel.

— Mais qu'est-ce que vont devenir tous ces gens ? s'inquiète Vince.

— J'en sais rien ! mais inquiète-toi plutôt pour nous. Parce que si, par miracle, on ne s'était pas encore fait repérer jusqu'à présent, je peux te dire que là on a fait carton plein en matière de relations publiques ! Les soldats ont dû alerter le contrôle aérien de la zone, et on va voir débarquer du monde dans le ciel très rapidement…

— T'es sûr ? questionne Vince, qui vérifie si des menaces n'arrivent pas à leur rencontre, tout en essayant de faire marcher leur GPS. Ne t'inquiète pas, ils ont suffisamment à faire avec les réfugiés que nous venons de voir.

Les deux amis volent en direction du sud depuis cinq minutes, lorsque soudain, sur la gauche de l'ULM, à moins de cent mètres, un gros hélicoptère apparaît sur une route parallèle, rasant lui aussi le sol avec agilité.

— Tiens qu'est-ce que je te disais : on s'est fait intercepter, annonce-t-il calmement à Vince.

Jacques reprend un peu d'altitude, estimant qu'il ne sert plus à rien désormais de risquer leur vie à tenter de se cacher derrière les mottes de terre. L'hélicoptère Super Puma de l'armée de Terre les imite, et reste à leur hauteur en se calant sur leur vitesse. La porte latérale s'ouvre, découvrant des hommes armés qui les tiennent en joue ! Jacques les regarde, puis montre ostensiblement son casque radio, et lève le poing fermé contre le haut de la verrière. Il fait tanguer l'ULM de droite à gauche.

— Mais qu'est-ce que tu fous bon sang ? lui demande Vince en s'accrochant à son harnais.

— Ne t'inquiète pas, c'est un code international. Je leur signale par cette manœuvre qu'on a une panne radio. Ça va nous éviter d'avoir à justifier de notre tentative d'escapade incognito.

Les soldats embarqués discutent entre eux, puis pointent un index autoritaire vers le bas.

— Ils veulent qu'on atterrisse, annonce Jacques dans l'hypothèse ou l'injonction aurait laissé planer le doute.

— Jamais ! Pas pour finir dans la boue sous des toiles bleues à Melun ! Plutôt crever ! hurle Vince dans la radio interne.

— On risque gros, ils ne plaisantent pas ces gars-là. Je vais continuer en ligne droite mais je te préviens qu'on va devoir réviser nos plans, sinon ils vont nous descendre.

Jacques reste donc à la même altitude, feignant l'incompréhension, et priant pour qu'un miracle survienne… Depuis l'hélico, un des commandos s'impatiente et tire une rafale de balles traçantes juste devant l'ULM.

— Bien Vince, on a la confirmation que si on ne se pose pas, ils vont découper notre avion comme une vulgaire boîte de conserve !

— Ok vieux, je comprends qu'on n'a pas le choix, vas-y, répond le copilote résigné.

Ce paysage d'agriculture intensive aligne des champs rectilignes à perte de vue. Ils sont bordés de quelques bosquets desséchés rappelant aux deux jeunes urbains qu'il ne pleut plus depuis des mois. Trouver une piste d'atterrissage n'est vraiment pas un problème pour Jacques, qui choisit un pâturage jauni à côté d'une vieille ferme isolée. L'ULM survole un enchevêtrement métallique de plusieurs pylônes haute tension tordus par des explosions. Le jeune pilote ralentit, sort ses volets de quelques crans, et s'aligne tout en prenant soin de ne pas effectuer de manœuvres trop brutales qui auraient pu être interprétées comme une vaine tentative de fuite…

L'hélico les suit comme leur ombre puis, une fois qu'ils sont près du sol, les laisse se poser en faisant des cercles autour d'eux, tel un aigle autour de sa proie. Jacques, ruisselant de sueur, coupe le moteur, déboucle sa ceinture et ouvre sa porte sans sortir. Vince l'imite. L'hélico se pose à plus de deux cent mètres sur leur gauche, entre la ferme et les deux amis toujours dans leur ULM. Quatre commandos sortent de l'engin qui laisse tourner ses pales et émergent du nuage de poussière. Ils couvrent rapidement la distance, armes d'assaut pointées dans leur direction, et encerclent l'appareil.

— Descendez, main en l'air, ordonne l'un d'eux en leur faisant signe.

Jacques et Vince s'exécutent et sont projetés sans ménagement face contre terre, puis fouillés. Les militaires jettent leurs deux couteaux plus loin dans le champ craquelé, puis les relèvent brutalement.

— Bande d'abrutis, qu'est-ce que vous foutez là avec votre coucou ? Hurle un gradé.

— Ben on va vers le sud m'sieur, hasarde Jacques.

— Ça, je vois ! Vous ne savez pas que l'espace aérien est bouclé autour des grandes villes ?

— Ben non, on ne savait pas m'sieur, sinon on n'aurait pas décollé, répond Jacques, satisfait d'apprendre que l'exclusion aérienne ne concerne que la périphérie des agglomérations.

— Vous n'avez rien à foutre dans cette zone, vous allez prendre vos affaires et nous suivre.

— Hein ? Où ça m'sieur ? demande Vince.

— Au camp de Melun !

— Enfin m'sieur ce n'est pas possible, argumente Vince très énervé, on doit continuer notre trajet vers le…

Pour toute réponse, il reçoit un énorme coup de crosse dans l'estomac, et s'effondre plié en deux. Jacques tente de calmer la situation :

— Messieurs, on ne peut pas abandonner notre avion ici ! Laissez-nous poursuivre notre voyage, on ne fait rien de mal, on veut juste passer…

— Tu veux tâter de ma crosse toi aussi ? menace le soldat qui se met sous le nez de Jacques en beuglant.

— Non, non, ce ne sera pas nécessaire, on a compris, répond-il en aidant Vince à se relever.

Les deux amis récupèrent leurs sacs à dos dans la soute à bagages. Les soldats les inspectent, puis les leur rendent. Jacques ferme sa porte côté pilote, et regarde une dernière fois en s'éloignant la belle invention qui leur a permis de croire, un trop court instant, qu'une issue était envisageable…

Les soldats les encadrent et les conduisent sous bonne garde vers l'hélicoptère Puma qui brasse l'air de son énorme rotor de l'autre côté du champ. Ils ont parcouru plus de la moitié du chemin, et voient déjà s'ouvrir la porte latérale qui va les engloutir vers l'infâme bourbier humanitaire.

Mais, contre toute attente, l'appareil commence à décoller sans eux ! Ses turbines soudainement poussées au maximum crachent un souffle chaud distordant le paysage. Les passagers, qui s'apprêtent à embarquer, sont dans l'incompréhension la plus totale.

— Hélico, hélico qu'est que vous foutez bordel ? hurle le bidasse dans sa radio. L'équipe d'intervention est toujours au sol ! Je répète : l'équipe est toujours au sol !

L'engin, sourd aux appels, s'est déjà élevé à plus de vingt mètres lorsqu'il explose en vol, et se disloque dans une boule de feu en retombant à quelques mètres à peine du groupe de six hommes. Ils sont littéralement propulsés dans les airs par le souffle chaud de la déflagration. Alors qu'il lévite comme au ralenti dans l'exhalaison meurtrière mêlée à une constellation d'objets hétéroclites, Jacques a brièvement le temps de voir une des pales tourbillonnantes décapiter le radio.

Complètement sonné par la violence du souffle, il reste allongé au sol et tente de recouvrer ses sensations. Les premières qui lui parviennent sont celles de l'odeur des taches de kérosène en feu qui constellent la zone du crash. Il regarde autour de lui. Vince, visiblement en un seul morceau, bouge un peu devant lui. C'est un miracle ! Plus loin derrière eux, un des soldats reste inanimé. Les deux autres, sans doute plus aguerris, sont déjà debout et tirent en progressant en direction de la ferme.

« Mais que font-ils bon sang ? » Se demande Jacques dans un état second. Leurs armes ne font aucun bruit, ce qui le surprend au début avant qu'il ne réalise que l'explosion l'a sans doute rendu temporairement sourd. Sa tête va exploser…

Jacques aperçoit des éclairs intermittents qui fusent depuis la ferme vers les soldats partis à l'assaut de la vieille bâtisse. Il comprend enfin ce qui se passe ! Il se lève et se dirige en titubant vers Vince, hagard, qui a une plaie sur le bras.

— Hey Vince, lève-toi vieux !

— J'entends plus rien, Jacques ! lui dit Vince terrorisé le visage noirci en montrant ses oreilles.

— Moi aussi ! répond Jacques en se tapant sur le thorax, moi aussi… ça va passer, rassure-t-il.

Il secoue Vince par les épaules, et lui montre les soldats en train d'attaquer la ferme, puis l'ULM. Et cet index pointé vers leur salut ne requiert aucune explication complémentaire. Vince vient aussi de comprendre.

Les deux amis se mettent à courir vers leur appareil. En passant à la hauteur du soldat toujours inanimé, Jacques lui arrache son fusil-mitrailleur, ainsi que deux chargeurs pleins qui étaient accrochés à sa ceinture. Il monte dans l'ULM, range l'arme derrière son siège, met le contact et démarre le moteur.

Au loin sur leur gauche, un des deux soldats est au sol et ne bouge plus, l'autre tire toujours en direction de la ferme d'où semble être partie cette mystérieuse attaque contre l'hélico qui se consume toujours dans une épaisse fumée noire.

Jacques se sangle en hurlant après Vince qui est allé récupérer les deux couteaux dans l'herbe… Celui-ci monte enfin et s'attache. Jacques met plein gaz, mais leur engin se fait malmener par des bosses qu'il n'avait pas repérées dans la précipitation. Ils partent complètement de travers, Jacques rattrape calmement.

L'ULM cahote encore dans un affaissement du terrain, rebondit une fois, deux fois, puis décolle enfin. Lorsque les roues quittent le sol, le calme se fait instantanément, et ils se sentent immédiatement en sécurité. Le moteur fait doucement vibrer tout l'habitacle et les enveloppe de sa mélodie rassurante. Il leur faudra bientôt trouver un nouvel endroit où se poser avant que la nuit ne tombe. Mais Jacques veut mettre le plus de distance possible entre eux et le lieu du crash. Il décide de voler très bas, comme avant leur interception, en espérant que l'alerte ne sera pas donnée immédiatement. Ils ont sans doute un peu de temps devant eux. Jacques met son casque, et fait signe à Vince de régler le son au maximum.

— Ça va Vince ? demande-t-il.

— Oui ça va, répond Vince encore un peu sonné, j'ai de gros problème d'audition. Mes oreilles sifflent en continu.

— C'est normal avec l'explosion, répond Jacques paternel comme s'il était un habitué de ce genre de situation. Demain ça ira mieux…

— Incroyable que cet hélicoptère ait explosé comme ça devant nous… Il a eu un problème technique ? demande Vince candide.

— Non, on lui a tiré dessus avec du gros, du très gros. Genre un missile, ou je ne sais pas quoi…

— Un missile ? Mais qui peut avoir un tel arsenal en France à part l'armée ? On n'est pas en Afghanistan ! s'exclame Vince.

— On nous a dit que le dépôt de Senlis avait été pillé. Les gars ont dû trouver tout ce qu'il leur fallait là-bas… Sous nos pieds c'est plus encore que la guerre civile, Vince !

Les deux pirates de l'air volent trois quarts d'heure plein gaz vers le sud, dans un paysage de champs dénudés et de fermes dont certaines sont en feu, ou ont déjà brûlé. Sur les routes en bas, quelques groupes de plus en plus épars progressent dans toutes les directions.

Alors que l'après-midi s'achève, ils survolent une vaste zone non habitée qui abrite un petit cabanon, et quelques arbres plus verts que les autres qui résistent au milieu des cultures déshydratées. Jacques passe en repérage au-dessus en rasant les cimes, fait un grand tour de reconnaissance qui ne révèle aucune présence humaine visible, puis revient se poser à proximité. Il reste aux commandes, moteur en marche, prêt à redécoller en cas de menace, et donne le fusil-mitrailleur à Vince en lui disant :

— Va voir si c'est ok.

Vince prend l'arme, et sort en laissant sa porte ouverte. Il enlève la sécurité, et avance prudemment vers la cabane. Il sait vraiment y faire, constate Jacques en le regardant progresser comme un vrai commando… son stage à l'armée sans doute.

Trois ans auparavant, Vince avait perdu un pari avec ses amis, et son gage l'obligeait à partir en stage "Découverte armée de Terre – Premier Niveau" pendant une semaine. L'armée, pour pallier la baisse régulière de ses budgets, avait eu l'idée de proposer des stages découverte « grand public » organisés par discipline. Un ingénieux système de niveaux proche de celui des grades, rendait la démarche très ludique et stimulante pour les jeunes recrues. Le "produit historique" ainsi relooké avait eu un tel succès auprès des jeunes et des moins jeunes, que les militaires n'étaient pas parvenus à satisfaire la demande. Vince, quant à lui, avait été enchanté de l'expérience, et s'était dit prêt à perdre à nouveau un pari pour retourner passer le second niveau. Au bout d'une minute, il revient l'arme en bandoulière.

— Tout est clair commandant, dit-il en plaisantant.

Avant de couper le moteur, Jacques contrôle le niveau d'essence : le réservoir est à plus des trois quarts, ils n'ont pas beaucoup volé aujourd'hui et devront rattraper le temps perdu demain.

— Il faut que nous cachions l'ULM qui est trop visible depuis le ciel, dit Jacques en le poussant un peu sous les arbres.

Vince l'aide, et ils placent des branches et de l'herbe sèche sur les ailes et le fuselage afin de le camoufler dans la verdure. Les apprentis paysagistes se reculent pour admirer fièrement leur grand épouvantail ainsi dissimulé au milieu de nulle part. Le bosquet de végétation est un minuscule oasis de fraicheur au milieu de cette immensité agricole calcinée et dépourvue de toute habitation. Pour eux, c'est un gage de sécurité, ils verront les gens arriver de loin. Dans la cabane, derrière une porte branlante qui tient par miracle, ils découvrent deux bottes de paille, des bidons d'herbicide vides, et une vasque en pierre dans laquelle coule le filet d'une source. Deux chaises, une table bancale et un vieux four rouillé finissent de meubler le cabanon abandonné, où la poussière le dispute aux toiles d'araignées. Les deux naufragés se ruent immédiatement sur la source, dont ils ignorent si elle est potable. Mais qu'importe, apaiser le feu qui tenaille leur gorge est prioritaire.

— Je n'ai jamais rien bu d'aussi bon dans ma vie ! s'exclame Jacques alors que l'eau fraîche, si simple et si précieuse coule en lui comme une fragile évidence.

— C'est le paradis, confirme Vince entre deux gorgées.

Puis il désinfecte sa plaie au bras, et déchire un tee-shirt pour improviser un bandage sommaire. Les deux amis restent assis en silence, recueillis autour du filet d'eau. Ils viennent de vivre la journée la plus dense de leur vie. Depuis la poursuite dans les rues de la capitale, jusqu'à leur arrivée dans ces champs calcinés, en passant par « l'emprunt » de l'ULM et leur interception par l'hélicoptère, ils ont réalisé la gravité de la situation et les dangers encourus.

— Bon, c'est pas tout, mais j'ai la dalle moi, décrète Jacques.

— Alors, alors… qu'est-ce que nous avons au menu ce soir, s'interroge Vince en cherchant les rations lyophilisées dans le sac… J'ai du bœuf à la hongroise avec du riz et j'ai aussi du civet d'élan aux pâtes !

— C'est pas croyable, ils ne peuvent pas faire des plats bien de chez nous ! s'insurge Jacques faussement courroucé en lisant la liste des ingrédients d'un air méfiant.

— Et en plus on va bouffer ça froid, car on n'a pas pris d'allumette ni de briquet… constate Vince en fouillant dans ses poches et un peu partout dans la cabane. Mais qu'on est cons ! On a oublié de prendre du feu…

— Pas question de manger froid ! J'ai peut-être une solution avec nos téléphones dit-il en sortant le sien…

— Et qu'est-ce que tu veux faire avec ton téléphone ? Appeler le room service pour qu'ils réchauffent les plats ?

— Avant de partir, j'avais mis ma batterie en charge à tout hasard en espérant capter à l'extérieur de Paris. Mais puisqu'il n'y a plus aucun signal dans ce pays, autant utiliser ma batterie pour essayer d'allumer un feu…

— Avec un téléphone ?!?

— Oui, en créant un court-circuit et donc, une étincelle.

— On va t'appeler Mc Gyver ! s'exclame Vince admiratif en observant Jacques rassembler quelques brindilles qui trainaient sur le sol pour les mettre en tas dans le petit four en fonte rouillé de la cabane. Je suis curieux de voir comment tu vas faire…

— Pour être honnête, je ne l'ai jamais fait personnellement, mais j'ai vu des gars le faire à la télé dans des émissions style « survie ». Alors, je ne suis pas vraiment sûr du résultat, prévient Jacques en ôtant la pile de son portable, puis en enlevant le cache avec son couteau.

— Mais comment c'est possible ton truc ? questionne Vince qui observe son ami.

— Et bien en plaçant le couteau entre les deux bornes de la batterie que je viens de dégager, je produis des étincelles et de la chaleur explique l'architecte en joignant le geste à la parole et en collant la pile contre le tas de brindilles et d'herbes sèches qui commencent à fumer. Elles finissent par s'enflammer rapidement sous les applaudissements enthousiastes de Vince qui rejoue « La guerre du feu » en faisant l'idiot.

Le regard de Jacques se perd dans les flammes qui commencent à danser dans l'âtre. Il est impressionné par la vitesse à laquelle ils ont brusquement basculé d'un confort moderne qui leur semblait si naturel, à la survie. Tous ces acquis technologiques, ces petits détails du quotidien, ces invisibles facilités s'étaient évaporés. Après ce qu'il a vu, il s'estime chanceux d'avoir de l'eau, du feu de la nourriture ainsi qu'une relative sécurité, pour quelques heures au moins…

Après avoir dégusté leurs rations lyophilisées, et échangé quelques mots entre deux bouchées, Jacques demande à Vince de lui apprendre à se servir du fusil mitrailleur Famas. Ce dernier se transforme volontiers en instructeur tatillon pour expliquer à son ami les rudiments du maniement d'arme. S'estimant seuls dans le secteur, ils vont à l'extérieur, et tirent quelques balles sur une vieille boîte de conserve rouillée rapidement transformée en passoire. Jacques utilise pour la première fois de sa vie une véritable arme de guerre et s'en sort très bien pour un néophyte.

— J'espère que nous n'aurons pas à nous en servir, commente Vince en regardant le soleil décliner derrière l'horizon.

— Je l'espère aussi, soupire Jacques en se dirigeant vers l' ULM pour relever précisément leur position sur le GPS. Figures-toi qu'on est à peine à deux cent dix kilomètres de Paris… On doit être dans le Loiret, ou un truc comme ça.

— Je pensais qu'on avait fait plus de bornes aujourd'hui.

— Moi aussi… Ça veut dire qu'on devra mettre les bouchées doubles demain pour rattraper notre retard. En attendant, je vais compléter le plein de l'ULM avec ce qui reste d'essence dans le bidon. La prochaine fois, nous devrons trouver du carburant je ne sais où, et ça risque d'être un peu compliqué si tout le monde en cherche aussi…

— C'est pour ça qu'avant, on va dormir ! s'exclame Vince en baillant alors que l'obscurité commence à gagner la plaine.

— Non, non ! Avant ça, je vais me laver. C'est pas possible de puer comme ça, se lamente Jacques en sentant ostensiblement les auréoles de son tee-shirt sale. Mon empire pour un déodorant !

— T'as raison ! Pas de déo, pas de papier cul, pas de réseau… Le moyen-âge je te dis ! Complète Vince.

Une fois leurs ablutions terminées, ils disposent un lit de paille à même le sol dans la cabane délabrée. Ils n'enlèvent que leurs chaussures avant de sauter tout habillés dans leurs duvets. Malgré ces conditions spartiates, ils s'endorment immédiatement, bercés par le clapotis de l'eau. Aucun d'eux n'a songé à organiser des tours de garde pour surveiller les alentours durant la nuit...

Réveille-matin

An 0 – « La chute »

À l'aube, alors qu'ils dorment encore profondément sur la paille, des bruits de moteurs résonnent au loin. Jacques se lève en sursaut, en essayant de voir au travers des vitres cassées la provenance de ces inquiétants grondements. Mais un épais brouillard matinal recouvre les champs. Impossible de voir à plus de dix mètres, seuls les échappements de plusieurs engins, sans doute des quads, emplissent l'espace saturé de brumes. Jacques secoue Vince qui se plaint immédiatement :

— Quel réveil ! appelez-moi le directeur de cet hôtel pourri !

— Arrête de déconner Vince, y'a des types dehors en quad, je n'aime pas ça ! il faut qu'on bouge d'ici rapidement !

Vince s'extirpe aussitôt de son duvet, et met ses chaussures. Jacques commence déjà à ranger les affaires dispersées un peu partout en se disant que la prochaine fois, il dormira avec son sac prêt à partir, et que ses réflexes en matière de survie et de mobilité restent à améliorer. Les quads rôdent toujours sans qu'ils ne sachent exactement où ils se trouvent dans cette ouate épaisse. Jacques et Vince sortent prudemment, et détectent d'autres mouvements au nord et à l'est. Dans la brume humide à peine éclairée par les premiers rayons du soleil, ils ne peuvent pas localiser les menaces qui semblent les encercler.

— On a du se faire repérer hier soir lors de notre séance de tir nocturne, ou lors de leur atterrissage, conclut Jacques.

— Au prix de l'essence, c'est clair qu'ils sont à la recherche de quelque chose, ou de quelqu'un…

Les deux amis n'ont pas besoin de communiquer sur la marche à suivre. Avec milles précautions ils se dirigent vers l'ULM, chargent leurs affaires, et commencent à enlever le camouflage. Tels des animaux traqués, ils se redressent régulièrement de leur ouvrage, et se figent à l'écoute. Vince tient fermement le fusil-mitrailleur d'une main, et semble décidé à s'en servir…

— On va décoller à l'aveugle, j'espère que le champ est toujours dégagé, prévient Jacques en nettoyant les gouvernes.

— J'espère aussi, car le choc risque d'être rude si on se retrouve nez à nez avec un quad ou une vache…

Ils perdent énormément de temps à remettre l'ULM en position de départ, alors que les bruits sourds des engins percent toujours la brume. Jacques vient d'enlever les dernières touffes d'herbe des ailes, il est déjà dans l'ULM, et essuie du revers de la main les gouttes de condensation qui se sont formées durant la nuit sur la vitre du cockpit. Lorsque Vince est sanglé et a fermé sa porte, il met le contact, et le moteur démarre du premier coup. Le pilote n'attend pas qu'il chauffe, et pousse immédiatement la manette des gaz au maximum. L'aéronef bondit hors de sa cachette fonçant dans une indescriptible purée de pois. Par endroits, ils ne voient pas à plus de cinq mètres, mais n'ont pas l'intention d'attendre sur place pour vérifier s'ils sont recherchés par des militaires ou par des groupes armés…

Entre un suicide et une exécution, les deux réfugiés viennent de choisir. Alors que l'ULM va de plus en plus vite, une ombre massive surgit à quelques mètres à peine sur leur droite. C'est un quad avec un homme armé qui les met en joue !

Le bruit est tel dans le cockpit qu'ils ne savent pas vraiment s'il s'agit simplement d'une intimidation pour qu'ils s'arrêtent, ou si l'assaillant a déjà tiré sur eux…

Jacques estime que le risque est bien réel, et que les circonstances appellent une réaction proportionnelle à la menace.

— Tire-lui dessus ! ordonne-t-il à Vince tout en tentant désespérément de deviner ce qui les attend devant son hélice.

Vince ouvre promptement la petite lucarne latérale en plexiglas, y passe le canon du fusil automatique, enlève la sûreté, enclenche une balle, et lâche une courte rafale. Impossible de dire si elle atteint sa cible tant l'ULM est malmené par les bosses du champ, mais le quad bifurque immédiatement dans une autre direction et se perd dans la brume. Vince reste en alerte, prêt à déclencher un nouveau tir de barrage, mais aucune autre menace ne se matérialise, pour l'instant…

— Décolle ! Décolle ! hurle t-il à l'intention du pilote.

— On ne va pas assez vite ! répond Jacques, qui reste concentré sur ce qu'il peut deviner du champ devant eux.

Lorsque la vitesse idéale est enfin atteinte, il tire sur le manche et décolle, en priant pour que la ligne électrique repérée la veille lors de l'atterrissage, ne soit pas plus près qu'il ne l'avait estimé…

L'ULM, gaz à fond en pleine montée, vibre de toute part, se retrouve noyé dans un épais bouillard sans fin. Jacques, très tendu, contrôle sa montée le nez dans les instruments, surveillant son horizon artificiel. Pour le jeune pilote, qui n'a jamais volé dans des conditions aussi critiques, seuls les cadrans tracent une mince ligne de vie qu'il ne quitte pas des yeux. Il espère secrètement que cette inquiétante situation ne durera pas trop longtemps… Au bout d'interminables secondes, la lumière se fait progressivement plus intense, puis l'ULM perce enfin le plancher des nuages, jaillissant à la surface d'une mer de coton, où les deux amis sont accueillis par le soleil en personne.

Vince, encore tremblant, referme sa lucarne en plexiglas, sécurise l'arme et la range.

— Ça va ? lui demande Jacques à la radio.

— Oui, oui pas de problème. C'est simplement la première fois de ma vie que je tire sur quelqu'un avec des balles réelles…

— Tu l'as eu ou pas ?

— Ben je crois que non. Enfin… J'espère que non.

— Ne t'inquiète pas Vince : il ne nous a pas laissé le choix. N'oublie pas que c'est lui qui nous menaçait avec son arme, dit-il en remettant cap au sud.

— Au fait, il nous reste combien d'essence ? demande Vince.

— On a environ 2 h 30 d'autonomie de vol devant nous, on devrait pouvoir rejoindre la vallée du Rhône sans problème… Après il faudra se poser, et trouver de quoi faire le plein.

— Je sens que ça va encore être une promenade de santé !

Au fil des kilomètres, les nuages matinaux deviennent moins denses, puis s'estompent en filaments de soies épousant les reliefs. Jacques admire ce spectacle d'une immuable beauté que rien ne semble pouvoir altérer, pas même l'agonie d'un pays tout entier.

Errance en vallée du Rhône

An 0 – « La chute »

Maintenant qu'ils savent que l'espace aérien est uniquement bouclé à proximité des grandes villes, ils prennent soin de les contourner et volent à des altitudes plus sûres pour un ULM. Les grandes agglomérations et les bourgs sont facilement repérables de loin avec leurs panaches de fumée. Ils signalent immanquablement la présence du brasier qui les consume depuis des jours. En volant vers le sud, les deux amis découvrent Auxerre, Dijon, Beaune, Mâcon..., et c'est partout le même chaos jetant sur les routes de l'exode des millions de refugiés. Ils sont comme des coulées de lave s'échappant de volcans en éruption, et que rien ne peut arrêter ni dévier.

— Mais où peuvent bien aller ces gens ? s'interroge Vince.

— Ils doivent faire comme nous, et tentent de rejoindre des endroits où ils espèrent trouver des vivres et un peu de sécurité.

En volant en altitude, les deux amis découvrent aussi l'étendue des dégâts provoqués par des mois de sécheresse : les petits fleuves sont rivières, les rivières sont ruisseaux, et les ruisseaux se sont réfugiés sous terre. Les vergers, les champs de blés ou de maïs, qui auraient pu nourrir les réfugiés, ont brûlé par la main de l'homme ou par les rayons du soleil qui vitrifient implacablement le paysage. Nuages de poussières sur les routes, inquiétantes fumées oranges et ocres s'échappant d'usines laissées à l'abandon, volutes et tourbillons de chaleur s'élevant brusquement vers le ciel comme pour tenter de déséquilibrer le fragile survol de l'ULM.

Là, un TGV à l'arrêt en rase campagne, figé dans son élan au milieu de nulle part. Des wagons gris sans passager, des habits épars sur des voies parfaitement rectilignes, des valises ouvertes jonchant le sol, et quelques rideaux qui pendent sur le côté par des vitres brisées… Curieux spectacle que cette flèche d'acier pétrifiée, là où hier encore elle fendait le paysage à plus de 300 km/heure. Plus loin, en bordure d'un bois, un blindé militaire éventré, sans doute pris dans une embuscade par plus fort, ou plus sournois que lui… Un impact latéral a littéralement ouvert l'engin, et soufflé des débris de l'autre côté du chemin, où reposent trois corps.

Au bout de deux heures de vol, les deux amis commencent à entamer leur descente de la vallée du Rhône. Il y a de nombreux véhicules abandonnés sur les routes. Certains sont carbonisés, d'autres sont bien garés sur la bande d'arrêt d'urgence. Il ne sert visiblement à rien d'atterrir pour essayer de siphonner des réservoirs qui ont toutes les chances d'être déjà à sec.

Leur jauge marque moins du quart, et ils ont rattrapé une partie du temps perdu dans leurs aventures de la veille. La météo est dégagée, et il y a très peu de vent. Ils volent encore une heure, et laissent Lyon à l'horizon sur leur droite. La ville brûle d'aussi loin que l'on puisse voir. Une colonne de scories noires, s'en échappe. Elle est si massive et si haute, qu'elle parait immobile, et qu'on ne sait vraiment si elle s'élève, ou si elle enfonce plus encore la citée dans le sol…

Devant eux, le Rhône scintille et ondule avec nonchalance dans le lit qu'il a patiemment creusé au fil des millénaires, convaincu que l'histoire des hommes n'est rien à l'échelle du minéral. Une verrue tout au plus, une vanité que l'on gratte, qui saigne un peu et qui disparaît dans l'oubli.

Les deux compères laissent les panaches de fumées de Valence sur leur gauche, en suivant la lisière des montagnes Ardéchoises, qui s'étendent à perte de vue de l'autre côté du fleuve. Au loin, plus au sud, sans doute vers Avignon, de gigantesques incendies de forêts obscurcissent l'horizon. Devant eux maintenant, s'allonge le couloir rhodanien qu'il est impossible de descendre avec un réservoir presque à sec.

— Bon Vince, on doit impérativement se poser maintenant, on est sur la réserve, et je dois quand même garder une marge de sécurité.

— Ok, mais quelque chose me dit qu'il faudrait éviter la grande agglomération qu'on voit brûler là-bas au loin. Il se rapproche un instant du GPS pour lire les indications. C'est Montélimar.

— Oui, je suis d'accord avec toi, toutes ces fumées ne me disent rien qui vaille non plus. On va se poser sur la rive droite du Rhône, du côté Ardéchois. Ça a l'air plus calme…

— Le principal c'est aussi de rester à l'écart des petits groupes de réfugiés qui marchent sur l'autoroute, confirme Vince en les regardant cheminer sous leur aile gauche.

Ils viennent de survoler un pont bleu coupé en deux. Une partie de la structure pend dans le fleuve et trace un sillon dans l'eau à la hauteur d'un village que le GPS identifie comme "Le Pouzin". Ils volent au-dessus du fleuve encore quelques minutes, et repèrent un grand champ le long d'un bras du Rhône, après une passerelle détruite. Jacques dépasse trois grandes éoliennes sabotées. Deux sont couchées sur le sol, la troisième toujours debout, n'a plus qu'une seule pale intacte. Ils se posent sans difficulté dans un champ, où même l'herbe jaunie a renoncé à s'accrocher à la terre. Ils lèvent un nuage de poussière qui les accompagne jusqu'à la lisière d'un bois où ils camouflent l'ULM. Armés du fusil automatique, les deux fugitifs restent un moment aux aguets dans la fournaise estivale, mais personne ne vient les menacer. Ils partent avec leur bidon vide et leurs sacs à dos en direction d'un petit village aperçu au loin lors de l'atterrissage.

— L'objectif, c'est de trouver du carburant le plus vite possible avant d'arriver au village. Nous sommes trop exposés dans cette plaine, alerte Jacques.

— Oui tu as raison, j'ai finalement l'impression de plus risquer ma vie ici, que dans les airs avec notre coucou !

— Ça, c'est grâce au pilote ! se vante Jacques qui reçoit immédiatement une claque amicale derrière la tête.

En sortant des champs, ils longent une ancienne route nationale, et ne s'arrêtent même pas en passant devant une station essence complètement vandalisée. Les pompes ont été renversées, les tuyaux arrachés, la petite boutique vidée de son contenu.

— C'est pas ici qu'on refera le plein, commente Jacques.

En bord de route, le spectacle de désolation continue ainsi sur des kilomètres, et aucune maison, magasin, entrepôt ne semblent avoir été épargnés. À cette heure de la journée, le soleil de plomb semble vouloir éradiquer toute trace des plantations humaines qui, faute d'irrigation, sont à l'agonie.

— Cette canicule arrive vraiment au pire moment. Si au moins il pleuvait quelques gouttes, se lamente Vince.

— C'est trop espérer. Les dérèglements climatiques risquent de nous achever avant. Encore un peu de cuisson, et on sera juste à point…

— Eloignons-nous des grands axes propose Vince, car tout a été visité de fond en comble ici. On ne trouvera rien dans ce secteur trop proche des routes.

— D'accord, mais on ne s'éloigne pas trop de l'ULM, je voudrais qu'on fasse des cercles autour de sa position, plutôt que de marcher droit devant nous ? Est-ce que ça te va ?

— Oui ça me va, dit Vince en quittant la route nationale, et en prenant un chemin de terre qui longe les longues rangées de vergers brûlés à perte de vue.

La riche plaine alluviale qui, quelques temps auparavant, submergeait encore les primeurs et les maraîchers de France de beaux fruits gorgés d'eau et de pesticides, ne produisait plus que du bois sec.

Au détour d'un champ, un cadavre au ventre gonflé tient toujours fermement une petite valise d'où s'échappent quelques billets. Ils s'éparpillent dans le vent chaud sans que personne n'ait vraiment jugé utile de les ramasser… L'odeur est insupportable, et les deux amis font un détour pour éviter le nuage de mouches qui barre l'endroit.

— Faut faire gaffe, Jacques…

— T'inquiètes pas, on ne finira pas comme lui, rassure l'architecte armé du fusil automatique.

Après plusieurs minutes de marche silencieuse dans la poussière, ils arrivent à proximité de quatre maisonnettes délabrées qui devaient servir d'entrepôt et de logement aux ouvriers agricoles. Une première maison conserve encore la mémoire figée de la famille qui l'habitait. Le salon semble abriter une colonie de rats, ou d'autres rongeurs qui ont seulement laissé quelques lambeaux des rideaux crasseux. Rien à manger dans la réserve ni dans les placards déjà visités par d'autres... Dans la chambre d'un enfant, des photos de vacances écornées jonchent le sol poussiéreux, et une poupée abandonnée regarde vers le mur, comme pour oublier la désolation du lieu. Jacques la frôle en allant regarder par la fenêtre, et le poupon émet alors un « Je t'aime papa » qui se répète en boucle, avant que la pile ne cesse définitivement d'animer le bout de plastique "Made in China". Les deux amis ressortent et décident d'inspecter les autres cabanes. Jacques pousse une porte puis entre le premier, fusil à l'épaule, prêt à faire feu… La bicoque ne contient rien d'autre que des sacs d'engrais, et des fûts de désherbant. La troisième est fermée à clef. Jacques tend l'arme à Vince qui surveille les alentours, et force facilement la serrure avec son couteau. Vince ouvre la voie, armé du fusil automatique. À l'intérieur, les deux apprentis cambrioleurs trouvent des engins agricoles qui fonctionnent au gasoil, quelques outils inutiles, et un petit bidon contenant huit ou dix litres d'essence, sans qu'ils ne puissent identifier de quoi il s'agit.

— C'est quoi d'après toi, demande Vince. De l'essence normale ? Ou du mélange deux temps ?

Jacques a beau renifler le flacon, tenter d'analyser par transparence, chercher une étiquette ou des indications… Rien ne permet de connaître avec certitude le type de contenu.

— Je donne ma langue au chat.

— On l'embarque ou pas ?

— Certainement pas ! Tu sais, une erreur de carburant sur un avion, ça n'a jamais les mêmes conséquences que sur une tronçonneuse… alors j'y touche pas.

Jacques poursuit ses recherches, et part derrière un tracteur entreposé dans le fond du bric-à-brac, lorsque des coups de feu claquent ! Des balles traversent de part en part le petit hangar, faisant voler en éclats les fines palissades de bois !

Instinctivement, il se jette au sol alors que les boites et les ustensiles sur les étagères virevoltent dans l'air. Puis, sans explication, la fusillade se calme. Jacques essaye d'apercevoir Vince dans le fatras du cabanon. Il est caché par un simple sac d'engrais près de la porte d'entrée. C'est un miracle s'il n'est pas touché !

— Vince ? T'es en un seul morceau ?

— Ouais mais je suis complètement à découvert. Il faut que je me tire d'ici, avant qu'ils me voient…

— Et toi, tu les vois d'où tu es ?

— Oui j'en ai vu au moins trois, murmure Vince. Ils sont juste de l'autre côté du chemin, dans le fossé ! Je vais tirer une salve pour me dégager, et venir me mettre à l'abri avec toi.

— Non attends ! Fais pas le con ! Y'en a peut-être d'autres qu'on n'a pas…

Mais Jacques n'a pas le temps de terminer sa phrase, Vince ouvre le feu en direction des agresseurs, puis se redresse et court vers l'arrière du hangar. Immédiatement, les attaquants répliquent non seulement depuis le fossé, mais aussi latéralement au travers des fines planches de bois !

Vince est fauché en plein élan, il trébuche et s'effondre lourdement à quelques mètres du tracteur. Il reste au sol, immobile. Jacques est sous le choc, alors que les tirs se font moins intenses, puis cessent.

— Vince ! Hey Vince ?

Un silence lugubre fait place au bruit assourdissant de la fusillade. Jacques voit un filet de sang qui s'étale sous Vince. Il voudrait se lever pour secourir son ami, mais il est tombé à découvert en plein dans l'ouverture de la porte. Alors qu'il cherche un moyen de s'approcher, mais aussi d'atteindre l'arme, des planches grincent sous le perron et derrière la maison !

Des ombres rôdent autour de la bicoque et se rapprochent… Jacques hésite un instant, puis décide de tenter le tout pour le tout, et se rue vers Vince pour s'emparer de l'automatique. Au même moment, deux hommes font irruption dans la pièce et le mettent en joue ! Trois autres hommes enfoncent une petite porte située au fond de la maison et l'encerclent ! Il est pris !

Ce sont des civils qui portent tous un même symbole calligraphié cousu sur leurs habits sales. Sans doute un signe de reconnaissance pour éviter de se tirer dessus, pense Jacques qui s'aperçoit ensuite qu'ils sont tous orientaux, sans qu'il ne soit possible d'identifier de quelle zone du Maghreb ils sont originaires. L'un d'eux ramasse l'automatique coincé sous le corps sans vie de Vince.

— Pourquoi fouillez-vous notre cabane ? demande le plus âgé, qui doit avoir la cinquantaine.

— On ne savait pas que c'était votre cabane, nous cherchons de l'essence, répond Jacques en se penchant vers Vince pour voir s'il peut encore faire quelque chose.

— Laisse ton ami ! C'est trop tard pour lui ! Tu mérites le même châtiment, menace-t-il en crachant par terre dans sa direction. Vous êtes comme ces chiens sans Dieu ni foi qui pillent, violent et tuent dans la vallée de l'autre côté du fleuve.

Les hommes parlent entre eux en arabe, sans quitter Jacques des yeux. Impossible de comprendre ce qu'ils se disent, mais le chef semble expliquer quelque chose aux autres, et tente de calmer les plus jeunes qui montrent de l'agressivité. Jacques s'attend à ce qu'ils ouvrent le feu sur lui d'une seconde à l'autre. Le chef fait signe à son équipe de baisser leur arme.

— Suis-nous, si tu ne veux pas subir le même sort ! Yalla ! ordonne t-il en se mettant en marche.

Jacques essaye de se baisser vers Vince, mais il est poussé sans ménagement hors de la cabane et vers le chemin qui doit conduire vers de vieilles fortifications qu'il aperçoit au loin.

Alors qu'il marche mécaniquement là où les agresseurs le dirigent à coups de crosses, Jacques tente de reprendre le contrôle de sa respiration, de ses émotions, et de sa peur. Le jeune architecte est tiraillé entre une infinie tristesse causée par la mort de Vince, et la certitude qu'il doit garder toute son attention pour ne pas finir comme lui… Au loin, il distingue un drapeau qui flotte au vent, avec le même caractère que sur les habits des agresseurs. Il se demande dans quel mauvais cauchemar il est tombé. Les lettres arabes qu'il croit reconnaître ne seraient donc pas que des signes de reconnaissance ? Signifient-elles plus encore ?

Il doit impérativement gagner en acuité sur son improbable situation, s'éveiller au moindre détail qui l'entoure et chercher le moment propice pour fausser compagnie à ses gardes.

— Où m'emmenez-vous ? se hasarde-t-il à demander.

— Nous rentrons au village, la nuit va bientôt tomber, et c'est l'heure de la prière, répond simplement un des hommes.

Après vingt minutes de marche silencieuse, ils arrivent au pied d'une ancienne fortification qui domine un petit village de maisons modernes partiellement détruites. Quelques hommes et femmes, dont certaines sont en djellaba, se pressent pour monter les pentes abruptes qui conduisent aux deux grandes portes principales. Jacques n'en croit pas ses yeux. Il a probablement affaire à une communauté religieuse qui s'est récemment établie sur les hauteurs, pour mieux se protéger des menaces…

Le fait qu'ils soient religieux est une bonne nouvelle en soi, admet Jacques pour se rassurer, puisque toutes les religions révélées prônent, sous différentes formes, l'amour et le respect du prochain. Mais les temps semblent plus propices aux interprétations radicales des écrits sacrés…

Du haut d'une des tours, un muezzin lance un dernier appel dans le crépuscule qui embrase la vallée du Rhône. Par une étouffante soirée d'été, sa voix lancinante qui parle à l'âme s'élève au-dessus des décombres de la civilisation occidentale.

Le grand Jihad

An 0 – « La chute »

En ce début de soirée d'été, "Jacques le captif " gravit le petit chemin caillouteux conduisant aux vieilles fortifications réinvesties par les Maures sur la rive ardéchoise du Rhône.

C'est comme cela qu'il a décidé de les appeler, en référence aux presque huit cents ans d'occupation d'Al Andalous. Au premier millénaire, les Maures avaient conquis une partie de l'Espagne du sud en moins de cinq années, et avaient rayonné bien au-delà de ses frontières. Jacques se demande si l'effondrement généralisé dans lequel ils sont tous emportés, ne marque pas une telle rotation de l'histoire ? Assiste-t-il à la fin d'un modèle planétaire pourtant vendu comme inoxydable ?

En tout état de cause, il a conscience d'être aux premières loges d'un mouvement de forte ampleur qui semble avoir pris de court toutes les nations modernes balayées par le souffle de l'effondrement. Jacques a l'impression d'être revenu dans un Moyen Âge incertain où tout peut rapidement basculer dans le néant, et où la vie ne vaut plus grand-chose selon où l'on se trouve. Mais malheureusement, l'architecte ne voit nulle Cordoue et nulle Grenade pour éclairer les ténèbres de leurs splendeurs. Tout n'est que désolation et destruction à perte de vue…

Jacques et ses gardes pénètrent dans l'enceinte de la forteresse. Les lourdes portes se referment derrière eux, alors que le Muezzin termine son appel à la prière. Les fidèles se pressent dans une grande salle devant laquelle il est sommairement attaché et laissé sous la surveillance d'un seul homme. Les quatre autres enlèvent leurs chaussures, et vont s'asseoir sur des tapis pour écouter un vieil imam qui s'adresse à l'assemblée.

Jacques s'assoit lui aussi, et tend l'oreille pour écouter le prêche du soir. C'est la première fois qu'il peut assister à un tel événement.

— Louons Allah et implorons son soutien, car celui que Dieu guide ne s'égare jamais. Quant à celui qui s'égare, seul Dieu peut lui indiquer le chemin à suivre. Je témoigne qu'il n'y a pas d'autre divinité que Dieu et que Mahomet est son serviteur et son messager. L'heure est à la vérité mes frères, car ceux qui croient qu'il y a un autre guide qu'Allah se trompent.

L'imam est assis en tailleur sur une petite estrade depuis laquelle il délivre son message. Il poursuit :

— Celui qui agit en dehors de la parole du prophète se trompe. Allah nous a indiqué par le Coran, et la Sunna de son prophète, le cheminement du fidèle. Crois-tu que l'on peut se réclamer de Dieu et être pieux, sans donner du temps et consentir à l'effort de la compréhension des écrits saints ? Il laisse planer un silence avant de poursuivre :

— Sachez que la connaissance ne peut servir que lorsqu'elle permet de rectifier nos comportements, nos mœurs et notre manière de voir les choses. Sachez également, que les pensées doivent à leur tour opérer une conversion à l'Islam. Il toise l'assemblée de son regard, lisse sa longue barbe blanche et enchaîne :

— On ne peut prétendre appartenir à l'Islam, et avoir les mêmes raisonnements que les mécréants et les ignorants. On ne peut prétendre être fidèle, en parjurant la parole divine…

Le prêche de l'Imam s'anime soudain, et sa voix résonne dans la salle voûtée qui a sans doute accueilli ses lointains ancêtres lorsque les Maures poussèrent leurs incursions au-delà de la vallée du Rhône :

— Le grand Jihad ou le petit Jihad ? Al Jihad akbar wal Jihaad asghar ? répète-t-il en arabe comme pour interpeller l'assistance soudainement plus attentive. Mes frères, ne soyons pas divisés sur le sens profond du Jihad en ces temps mouvementés où le monde que nous connaissons s'effondre de toutes parts…

Durant ses études d'architecture, Jacques avait suivi quelques cours d'histoire des religions, ou plutôt les filles qui y assistaient. Et bien qu'il ne fût pas très assidu et attentif à cette époque, il comprend que l'Imam évoque un débat théologique presque aussi ancien que le Coran lui-même. Il se rappelle avec plus d'acuité les explications de son vénérable professeur relatant des divergences de vues et d'interprétations sur les paroles du prophète et sur ce qu'était le grand Jihad…

Certains fidèles pensaient que le grand combat était celui, sans cesse renouvelé, de l'homme contre lui-même, d'autres soutenaient qu'il s'agissait du combat contre les infidèles…

Dans sa situation, et avec quelques années de plus, Jacques considère avec un intérêt accru cette question qui prend un relief particulier compte tenu des circonstances. Il se rappelle aussi que son professeur leur avait malicieusement demandé quel serait leur grand Jihad à eux, les jeunes architectes de demain :

Allaient-ils lutter contre la gravité, repousser sans cesse les limites au travers d'architectures toujours plus audacieuses et conquérantes, véritables hymnes à la modernité triomphante ? Ou bien allaient-ils chercher à concevoir des espaces inspirant l'homme dans son cheminement intérieur ? Comment eux, les bâtisseurs de demain, allaient-ils matérialiser au travers de leurs réalisations, le besoin viscéral des hommes à sans cesse dessiner de nouvelles frontières, avec celui de cultiver leur intériorité ? A l'époque, il n'avait rien compris à la question… Il perçoit mieux désormais le sens et la portée de cette interrogation presque oubliée, alors que l'Iman reprend son prêche :

— Ceux d'entre nous qui combattent tous les jours pour défendre notre communauté contre les incrédules, mais aussi ceux qui ont étudié le véritable esprit du Jihad dans la Oumma, savent que le Jihaad akbar (le grand Jihad) est la lutte armée qui nous est imposée par les attaques incessantes de "ceux qui viennent des montagnes"…

Jacques s'interroge sur cette dernière allusion, et se demande de qui l'Iman peut bien parler… Il poursuit :

— Quelques intellectuels pensaient, avant ce chaos qui nous consume, que le fait de lutter contre les désirs du "nafs" (de la personne, de l'égo) était encore un bien plus grand Jihaad que la lutte contre les kouffars. Ils estimaient que ce combat interne de l'homme contre lui-même était une vaste entreprise sans fin digne d'intérêt. Certes, elle l'était peut-être lorsque le monde était encore debout et que nous étions en paix ! Aujourd'hui le grand Jihaad, c'est la lutte contre le chaos qui s'abat sur notre communauté.

Pour une raison inconnue, l'iman poursuit son prêche en arabe, et Jacques ne comprend plus rien à ce qui se dit. Il en a d'ailleurs assez entendu. Vince et lui ont traversé plus de la moitié de la France sans se douter de la nature complexe de la catastrophe qui se jouait réellement sous leurs ailes. En définitive, le nouveau territoire du conflit n'est pas uniquement alimentaire, il semble aussi être spirituel.

Au sol, dans un chaos crépusculaire, Jacques partage la détresse d'une humanité se délitant en petits groupes qui se recroquevillent sur leurs fondamentaux, et ne tarderont pas à s'affronter pour les dernières ressources disponibles. "La chute", voilà le terme qui lui vient spontanément à l'esprit, et qu'il se surprend même à murmurer en regardant autour de lui…

La vie d'avant "La chute" a atomisé les individus en leur permettant d'être des électrons libres égocentrés, qui n'avaient plus vraiment besoin des autres. La structure villageoise, puis la structure familiale, jusqu'à celle du couple avaient volé en éclats. "L'homo urbanus" en lévitation pouvait subvenir seul à ses propres besoins, et acheter tout ce qu'il désirait sur étagère : le soutien, l'alimentation, les soins, la sécurité, parfois même l'amour. C'est à ce moment précis, au milieu d'une communauté qui n'est pas la sienne, que Jacques prend conscience que sa survie passera impérativement par son appartenance à un noyau d'individus liés par des buts communs et un sens qui reste à réinventer. Un sens que les vitrines vides des magasins ne pouvaient plus procurer. Un sens qui s'était évaporé lorsque le superflu avait remplacé l'essentiel et lorsque le quotidien était devenu une succession d'automatismes, de protocoles et de gestes dénués de fondement.

Désormais, les êtres solitaires ou fragiles seront impitoyablement balayés par l'instinct des autres meutes. Et le jeune architecte se trouve précisément dans l'antre d'une meute avec laquelle il n'a pas grand-chose en commun.

Lorsque ses gardiens Sarrazins sortent de la prière, ils conduisent Jacques dans une pièce avec une minuscule fenêtre à barreaux donnant sur le côté nord de la plaine alluviale. L'enfermant à double tour, ils lancent :

— Demain, Inch'Allah, tu nous montreras comment vole ton avion.

Jacques se doutait que l'intérêt que lui portaient ses geôliers avait un lien avec l'ULM. Pourquoi auraient-ils gardé en vie un mécréant, une bouche de plus à nourrir, et un voleur de surcroît ? Leur présence près de la cabane ne devait rien au hasard, et ils avaient du être repérés dès leur atterrissage, puisque le village offrait une vue dominante sur la vallée.

Pour l'heure, le jeune pilote se sait en sursis, et se doute bien que lorsque son savoir aura été transmis, les Maures n'auront plus besoin d'un encombrant instructeur. Il devra donc faire durer l'apprentissage le plus longtemps possible, et attendre une occasion pour s'échapper…

On lui apporte un peu de galette et une soupe où flottent quelques légumes. Il remercie ses gardiens qui referment la porte sans même lui répondre, comme s'il n'était qu'un objet, un simple moyen d'atteindre un but…

Jacques le prisonnier se restaure goulûment, car il commençait à avoir faim. Cette faim qui ne le quittait pas depuis qu'il ne mangeait plus à heure régulière. Son corps devait s'habituer à cette incertitude et puiser des forces dans chaque parcelle d'aliment. Son sac avec les rations lyophilisées restantes a été confisqué par les Maures. Il sait qu'il ne le reverra pas.

Aujourd'hui, il dépend de la gamelle qu'on veut bien lui donner, et demain ?

Un fois restauré, il teste la solidité des barreaux rouillés qui ne bougent pas d'un millimètre malgré ses vigoureuses tentatives. Ce n'est pas par là qu'il pourra leur fausser compagnie…

Le corps harassé de fatigue, il s'effondre sur un vieux matelas troué disposé sur les dalles de pierre, et contemple le plafond. Son esprit est avec Vince, et il se demande avec tristesse si son sort n'est finalement pas plus enviable que le sien…

Puis, il se ravise, presque honteux d'avoir eu une telle pensée, conscient de sa chance d'être encore en vie, malgré les incertitudes qui pèsent sur son avenir. Comme des millions de réfugiés errant sur les routes de l'exode, Jacques le captif ne sait plus de quoi sera fait demain. « La chute » les a plongé dans le doute et l'expectative, sans que rien ne permette de deviner où ce fracas les mènera…

Comme il était doux, le temps où il pouvait faire des projets, planifier des vacances d'une année sur l'autre, prévoir une sortie ou bien organiser des évènements lointains…

Ce futur organisé et rassurant a disparu au profit d'une hésitation. Mais quoiqu'il arrive, le soleil se lèvera demain. Il verra alors le sort qu'on lui réservera… Inch'Allah !

Les croisés

An 0 – « La chute »

Jacques parvient à s'endormir, comme s'il pressentait que l'absence de sommeil pouvait le mettre en danger. Mais il est réveillé en sursaut quelques heures plus tard au beau milieu de la nuit par de fortes explosions, et des tirs d'armes automatiques ! Instinctivement, il se met dans un coin de la pièce. Sur le chemin de ronde, des Maures crient en arabe entre eux, et tirent sur ceux qui semblent être des assaillants à l'extérieur…

Prudemment, le prisonnier regarde au travers des grilles en fer, et distingue des mouvements plus bas dans la vallée encore dans la pénombre. Des impacts de balles traçantes parties du bas de la plaine, viennent immédiatement dissuader sa curiosité en projetant des éclats de rochers dans la cellule !

Il retourne dans l'angle de sa geôle, alors que des tirs d'armes lourdes commencent à s'abattre sur la forteresse assiégée. Des obus ? Des tirs de mortiers ? Impossible de savoir, mais d'importantes explosions font trembler le sol sous ses pieds.

Deux hommes en armes font brusquement irruption dans sa cellule. L'architecte pense alors que c'est fini pour lui… Mais, sans même se soucier de sa présence, ils vont se poster de part et d'autre de la meurtrière, en mitraillant le maquis en contrebas. Jacques regarde un bref instant la porte de la geôle restée entrouverte et hésite…

La pièce est aussitôt ébranlée par une très forte déflagration. Quelques pierres se détachent du plafond, et tombent sur le sol de sa cellule. Il va finir enseveli sous les décombres de la vieille forteresse branlante…

Les deux Sarrazins tirent de plus belle en criant : « Allah Akbar ! Allah AkBar ! »

Une seconde explosion déchire littéralement le mur, et projette les deux combattants qui restent au sol, inconscients. Jacques peine à respirer tant la poussière a envahi ce qui reste de la pièce. Il est apparemment en un seul morceau, pas une égratignure. Ses oreilles sifflent en continu. Par le trou béant, des traits de lumière s'échangent toujours entre la plaine et les remparts au-dessus de sa tête. Les explosions continuent à rythmer cette attaque nocturne de grande envergure. Que faire ? S'évader en sautant au risque de se rompre le cou ? Ou rester ici, tétanisé par la peur qui l'engloutit, et être tué tôt ou tard ?

Des différentes options, la première semble lui offrir encore un mince espoir. Jacques rampe donc jusqu'au bord du mur qui surplombe une épaisse végétation au pied des fortifications. Dans l'obscurité, il a du mal à distinguer où se trouve réellement le sol. Des cris et des pas se font entendre derrière lui dans les couloirs de la forteresse. C'est le moment ou jamais… Il saute !

Sa chute lui paraît interminable… Peut-être a-t-il mal estimé la hauteur ? Va-t-il se briser les deux jambes à l'atterrissage ?

D'épais buissons ralentissent l'impact tout en le striant de nombreuses coupures. Finalement, Jacques s'immobilise au pied de la paroi, alors que les tirs continuent. Il n'a pas été repéré et n'a rien de cassé.

Toujours caché par l'épaisse végétation, l'évadé commence à longer les pieds des remparts en direction du nord, en prenant garde de ne pas faire trop de bruit, même si sa fuite est largement couverte par les nombreuses détonations d'armes automatiques. L'évadé parcourt à peine cinquante mètres, lorsque des branches se cassent dans un bruit sourd juste derrière lui. Un combattant Maure vient de tomber du haut du chemin de ronde !

Sa chute a aussi été ralentie par les arbres. Le Maure bouge encore, et se relève avec difficulté lorsque soudain, il aperçoit Jacques !

Le geôlier braque immédiatement son fusil sur le prisonnier en fuite, mais Jacques a instinctivement bondi sur lui, à mains nues. Il lui assène un énorme coup de poing, et parvient à jeter l'arme plus loin… Le Maure, qui a repris ses esprits, oppose une forte résistance malgré sa chute. Il frappe Jacques au visage, puis le renverse et l'agrippe fermement à la gorge en resserrant sa mortelle étreinte.

Jacques est au sol, et parvient en tâtonnant à se saisir d'une pierre. L'air commence à lui manquer… Il assène deux coups sur la tempe de son adversaire qui s'effondre instantanément. L'architecte se redresse, tremblant de tous ses membres. Obéissant mécaniquement à une voix intérieure, il dépouille sans tarder le cadavre d'un chargeur accroché à sa ceinture, et va récupérer le fusil automatique tombé à quelques mètres. Il réfléchira plus tard…

Arrivera-t-il à marcher ? Pourra t-il descendre la petite colline ? Rien n'est moins sûr, tant ses jambes flageolent sous le poids de son acte. Jacques parvient à contrôler sa respiration. En courant, il s'aperçoit qu'il est couvert de sang. Est-ce celui du Maure ou le sien ? Il ne ressent pourtant aucune douleur. Il verra plus tard…

La nuit est faiblement éclairée par une demi-lune, et Jacques estime que le jour devrait se lever d'ici une heure ou deux. Il recouvre ses forces au fur et à mesure qu'il s'éloigne de la zone des combats. Le versant nord offre un couvert de végétation providentiel pour sa fuite. Derrière lui, des rais de lumières strient toujours le ciel. Il parvient au bas de la colline en bordure d'un petit chemin en terre. Alors qu'il s'apprête à le traverser, un groupe de quatre civils armés passe au pas de course en direction du champ de bataille. Il se tapit dans les fourrés, son arme prête à tirer, mais ils ne le remarquent même pas, trop occupés à rejoindre leurs camarades pour en découdre… L'évadé attend quelques instants, puis traverse le chemin en longeant prudemment une longue haie d'arbres fruitiers.

Jacques est parvenu à s'extraire de l'épicentre des combats. Ayant enfin une espérance de vie supérieure à cinq minutes, il peut envisager la suite des opérations : retrouver son ULM, en priant pour que les Maures ne l'aient pas emporté, faire le plein et continuer son périple.

Le plan est plutôt simple à concevoir en théorie, mais sera difficile à réaliser faute d'essence. Tout en progressant vers l'est, Jacques commence donc à chercher du carburant dans les cabanes de maraîchers qui constellent la plaine agricole. Il en visite quatre sans succès et commence à perdre espoir. Lorsqu'il s'est suffisamment éloigné des combats, l'évadé bifurque vers le sud en direction de l'ULM, qui devrait se trouver à environ quatre ou cinq kilomètres de sa position, selon ses estimations. Au loin, des tirs intenses et de fortes explosions se font toujours entendre. Ces gens-là semblent avoir un véritable arsenal à leur disposition… L'architecte continue à visiter méthodiquement des cabanes vandalisées et des maisons vides. Entrant dans une bicoque délabrée, il tombe nez à nez avec un vieil homme le menaçant avec un fusil centenaire :

— Qui es-tu ? demande-t-il d'une voie assurée qui ne trahit nulle peur.

— Je m'appelle Jacques, je ne vous veux aucun mal.

— Es-tu un de ces illuminés qui se battent au château ? interroge t-il.

— Non m'sieur, justement je me suis échappé, j'étais leur prisonnier.

— Ah… La réponse semble le déconcerter. Et où vas-tu comme ça mon garçon ?

— J'essaye de rejoindre mon avion, répond Jacques qui, instinctivement sans qu'il ne puisse vraiment l'expliquer, ne perçoit pas de véritable danger dans la situation actuelle.

— Ah, c'est toi que j'ai vu atterrir hier… Vindiou ! Mais alors vous étiez deux ! Parce que j'ai trouvé ton copain dans une cabane non loin d'ici. Je croyais que c'était lui le pilote…

— Non c'est moi le pilote. Lui, c'était mon ami, parvient à répondre Jacques.

— Ces sauvages l'ont abattu hein ? C'est ça ? Et ils l'ont laissé là, comme ça. Mais ne t'inquiète pas, je l'ai enterré… c'est plus convenable.

— Merci monsieur, ça me touche beaucoup. Mon ami s'appelait Vincent.

— Et son nom, c'était quoi que j'aille mettre une inscription sur sa tombe ? teste t-il en tenant toujours Jacques en joue.

— Il s'appelait Vincent Bonnaire.

— C'est ce que j'ai vu sur ses papiers d'identité, dit-il en baissant enfin le canon de son arme. Et d'où veniez-vous ?

— Nous sommes partis de Paris en ULM il y a deux jours maintenant…

— De Paris ?!? Nom de nom ça fait une trotte ! Tu veux boire un canon l'ami ?

— C'est de pas de refus monsieur, je meurs de soif.

— Viens t'asseoir, dit-il en montrant une chaise.

Le jour commence à poindre… Le vieux met son fusil en bandoulière, et part au fond de la pièce. Il revient avec un quignon de pain fait maison et un litron de vin rouge. Il accroche la pétoire au dossier de sa chaise, s'assoit en face de Jacques et rempli généreusement deux grands verres sales qui étaient sur la table.

— Goûte gamin ! C'est ma piquette, je la prépare moi-même, qu'est-ce que t'en dis ? demande-t-il fièrement en réajustant sa casquette bleue délavée.

— Très bon vraiment, répond Jacques en se raclant la gorge. On m'a toujours dit que les vins de la vallée du Rhône étaient excellents. Ça ne se dément pas ! Et que faites-vous là monsieur ? questionne-t-il en avalant un morceau de pain pour tenter d'éponger le tord boyaux.

— Appelle-moi Marcel, gamin. Ben qu'est-ce que je fais là ? Je reste dans ma maison, et dans les champs où j'ai travaillé toute ma vie, et j'attends que ça se calme, pardi. C'est ma terre ici, je ne risque pas de partir ! Et pour passer le temps, je compte les points dans la guerre entre les illuminés du vieux château et "ceux des montagnes". Nom de nom, qu'est-ce que ça a bardé cette nuit !

— Ah oui "ceux des montagnes" j'en ai entendu parler par les Maures. De qui s'agit-il en fait ?

— Ben d'une autre bande d'illuminés, mais chrétiens cette fois-ci ! Des croisés modernes si tu veux, qui veulent déloger les Arabes du château parce que la place est bonne et qu'il y a une source. Ça fait des semaines que ça dure. Au début, l'armée est venue y mettre son nez, mais maintenant, si on veut voir des militaires, faut aller dans les centrales nucléaires. Ici où y'a la guerre civile, y'a plus personne ! Tu comprends gamin ?

— Oui, je comprends mieux maintenant que je suis tombé en pleine guerre de Religion !

— Et crois-moi gamin, c'est que le début : avant c'était simple y'avait les chrétiens et les Arabes…

— Heu, les musulmans m'sieur.

— Ouais c'est ça ! Les musulmans. Bref, c'était facile. Mais maintenant, rajoute là-dessus toutes les religions qu'on brasse depuis des siècles ici dans la vallée, les sectes et tout ça… et imagine la poudrière ! T'en reveux un coup ? dit-il en tendant la bouteille à Jacques.

— Heu non merci. Vous avez de l'eau s'il vous plaît ?

— De l'eau ? Ben… va dans la cuisine derrière, et sers-toi dans le bidon à côté de l'évier. Elle est potable.

Dans la cambuse, Jacques se sert deux grands verres qu'il vide d'un trait espérant diluer ainsi la "piquette" locale et apaiser ses aigreurs d'estomac. On entend encore quelques tirs sporadiques au loin. Il revient s'asseoir en face de Marcel l'Ardéchois.

— Bon gamin, est-ce que je peux faire quelque chose pour toi ?

— Ben en fait, je cherche de l'essence pour rejoindre mes parents dans les Alpes-de-Haute-Provence. On a atterri ici, car on n'avait plus de carburant. Vous savez où je peux en trouver ?

— Ça dépend, répond-il énigmatiquement. Il te faut quoi pour ton zinc ? Du deux-temps ? Du gasoil ?

— Non, il me faudrait de l'essence ordinaire.

— Pas de problème, j'ai ça ! Je vais te dépanner…

Jacques vacille de joie. Il n'aurait jamais pensé que le fait de trouver de l'essence le rendrait un jour aussi heureux.

— Vraiment Marcel ? Vous avez de l'essence ??? Ce n'est pas une plaisanterie ?

Marcel se redresse sur sa chaise, comme s'il était vexé par la question. Son visage aquilin, mal rasé, buriné par des années de travail à la dure, apparaît dans la lumière du matin, telle une icône. Jacques sent de la bienveillance, mais aussi une incroyable détermination chez cet homme simple qui a décidé de rester là pour faire face, armé de sa seule pétoire, à tout ce qui se présentera. Une leçon.

— Ouais, j'ai assez d'essence pour aller jusqu'à Tombouctou et revenir si tu veux gamin. Allez, suis-moi !

Il se lève aussitôt, et conduit Jacques vers une remise derrière la maison.

— Il te faut combien de litres ?

— Ben je dirais trente ou quarante litres, si c'est possible…

Marcel prend deux bidons militaires métalliques de vingt litres comme ceux des jeeps US. Il va les remplir à une énorme cuve qui doit contenir des milliers de litres. Un véritable trésor ! Caché ici dans les vergers desséchés de l'Ardèche au milieu de nulle part. C'est sans doute la réserve de l'exploitation agricole dans laquelle Marcel travaillait. L'odeur de l'essence emplit la pièce, et Jacques a subitement le sentiment de capter les derniers effluves de la civilisation. Elle sentait mauvais finalement cette civilisation, mais évoquait aussi tellement de bons souvenirs : les stations-service sur la route des vacances, le plein du cyclo lorsqu'il était adolescent ou la pelouse qu'il fallait tondre le week-end chez ses parents…

— Voilà gamin, t'as quarante litres ; ça te convient ?

— Ah oui monsieur Marcel, avec ça je peux aller sans problème chez mes parents, merci beaucoup.

— C'est avec plaisir, vraiment. Je vais t'accompagner, je sais où se trouve ton engin volant.

Ils chargent les deux bidons dans une vieille brouette grinçante, et partent sur un chemin poussiéreux. Ils repassent devant la baraque en bois dans laquelle Vince s'est fait abattre la veille. Jacques s'arrête.

— Tu veux voir où je l'ai enterré, fils ? lui demande Marcel.

— Oui, s'il vous plaît.

Marcel l'emmène sur le côté de la maison pour lui montrer un petit monticule de terre fraîchement retournée. Il reste avec beaucoup de délicatesse en retrait. En passant, Jacques voit que le sang de Vince a séché sur le plancher de la cahute, bientôt il disparaîtra… Il se recueille un instant devant la croix en bois qui marque l'improbable endroit où Vince termine son chemin. Il avait fêté ses trente et un ans avec tous ses amis l'année précédente. Jacques reprend la brouette, passe à la hauteur de Marcel en retenant ses larmes et en serrant les dents. Le vieux lui donne une tape fraternelle sur l'épaule, et lui emboîte le pas sans rien dire. Ils arrivent dans le champ où l'ULM n'a pas bougé. Jacques inspecte minutieusement son appareil qui n'a subi aucune dégradation apparente. Il fait le plein, et range son arme automatique derrière son siège. Marcel lui donne un sac qu'il a emporté de chez lui :

— Tiens fils, c'est pas grand chose mais t'as un litron de ma « piquette », du pain, et un morceau de fromage d'Ardèche, dit-il en tendant sa main calleuse à Jacques qui la serre.

— Merci de tout cœur, sans vous j'étais perdu.

— Bon voyage, donne le bonjour du vieux Marcel à tes parents.

Jacques s'installe aux commandes, démarre et attend un petit moment pour chauffer le moteur. Après un dernier signe d'adieu à son ami, il ferme sa porte et met les gaz à fond. Il s'élance dans l'immense champ, puis les roues de l'ULM quittent enfin le sol ardéchois où elles ont séjourné trop longtemps. Une fois en l'air, le pilote refait un passage au-dessus du vieux Marcel qui agite les bras. Il met cap au sud-est, en prenant suffisamment d'altitude pour ne pas servir de cible à d'autres groupes armés qui doivent consteller la région. Le ciel est dégagé, la météo excellente, il sera chez ses parents dans un peu plus d'une heure.

Jacques quitte les cadrans des yeux, et ose enfin regarder la place vide de Vince. Seul dans l'azur, il peut alors se laisser aller à pleurer.

L'arrivée dans le sud

An 0 – « La chute »

En descendant la vallée du Rhône aux commandes de son ULM, Jacques laisse à bonne distance Avignon sur sa droite. Au loin, dans les Bouches-du-Rhône et dans le Var, un incendie titanesque, ravage tout sur son passage. Le vent pousse vers la mer de sombres colonnes de fumée qui emplissent l'horizon sur un front unique d'au moins cent kilomètres. Le feu semble vouloir nettoyer la terre des hommes et vitrifier leurs traces. Qui pourrait s'opposer à la fournaise virevoltante sans moyens modernes et sans l'aide du ciel ? Mais il ne déverse plus d'eau depuis des mois, ajoutant la suffocation à l'enfer.

Sous l'avion, l'autoroute du sud est par endroit saturée de véhicules en panne abandonnés au milieu de l'asphalte. Des campements de fortune, faits de bâches, de tôles et de cartons fleurissent sous les ponts. Des groupes, peu nombreux, se déplacent entre les épaves et vaquent à leurs occupations. L'ombre de l'ULM les nargue, inaccessible, filant vers son but et laissant derrière elle des têtes tournées vers le ciel. Il doit en faire des envieux…

Jacques survole des carrières blanches et ocre, nichées non loin de l'Isle-sur-la-Sorgue. Puis, après Cavaillon, il change de cap et vole vers l'est pour traverser le Luberon et rejoindre la vallée de la Durance. Les reliefs commencent à lui rappeler ceux de son enfance, le but est proche… Finalement, il aura fallu trois jours pour rallier sa destination depuis Paris. Une éternité, durant laquelle le jeune architecte a pris toute la mesure de la catastrophe, perdu un ami, défendu sa vie en prenant celle d'un autre, et rencontré quelques îlots d'humanité qui tentaient de survivre dans ce chaos.

Jacques commence à apprivoiser l'inhabituelle intensité des nouveaux sentiments qui le parcourent sans cesse. La peur viscérale des débuts s'est atténuée, et fait désormais place à un état d'alerte permanent. Une sorte d'attention à l'instant qu'il n'avait pas auparavant... Malgré cela, il se sent libre aux commandes de son avion, même si les inconnues demeurent nombreuses. Ce qu'il voit sous ses ailes n'est pas rassurant, car certains villages et bourgs reculés ont été balayés par la furie des hommes à la recherche de nourriture. L'ampleur du désastre dépasse l'entendement. Les conditions sanitaires vont rapidement se dégrader si personne ne se charge de brûler ou d'enterrer les cadavres noircis aux ventres gonflés qu'il aperçoit çà et là au bord des routes... Est-il encore en France ? Ou bien dans les pays lointains vers lesquels l'occident exportait naguère ses conflits ? Les journaux télévisés diffusaient alors des scènes de destruction assez semblables à celles qu'il découvre aujourd'hui depuis son ULM.

Il parcourt les derniers kilomètres jusqu'à Manosque, en suivant le fil d'Ariane, souvent rompu, d'un réseau de pylônes haute tension aveuglément dynamités. Puis la ville, nichée au bord de la Durance qui n'est plus qu'un filet d'eau, apparaît enfin devant son hélice. La rivière, habituellement chargées des fontes alpines en cette saison, n'est qu'un modeste ruisseau. Une forte présence militaire gardant un camp de réfugiés aussi vaste et bleu que celui de Melun, s'étale en bordure du cours d'eau. L'armée souhaite manifestement contenir le flot des migrants en provenance des villes. Afin d'éviter de les survoler, Jacques remet les gaz et reprend de l'altitude pour rapidement atteindre l'autre côté de la vallée de la Durance, et passer par le plateau de Valensole qui s'étend à sa droite. Le pilote aperçoit déjà les rangées de lavandes ancrées sur un terroir plat, tranchant singulièrement avec les montagnes environnantes. C'est ce qui fait la beauté du site, posé tel un bouclier protecteur dans les pré-alpes.

Jacques longe la limite nord du plateau en suivant les crêtes et les vallons. Il conserve les cultures à droite, et la rivière de l'Asse qui rejoint ensuite la Durance, à sa gauche en contrebas. Il glisse rapidement sur les derniers kilomètres et voit déjà au loin, tapi au fond de la vallée qui conduit à Barrome, le bourg de Mazel, où sa famille habite depuis plusieurs générations. Ses parents ont une maison à l'écart du village, et un immense terrain de plusieurs hectares. Le hameau semble intact, quelques personnes travaillent même dans les champs, mais Jacques décide d'abord de se concentrer sur son atterrissage. Il s'aligne au centre du champ, suffisamment loin de la maison, afin de pouvoir éventuellement faire demi-tour et repartir rapidement s'il est menacé... Il sort les volets, et les roues touchent enfin le terrain familial.

Une fois le moteur arrêté et les contacts coupés, il sort prudemment par une chaleur harassante, luttant contre l'envie de courir dans ce bout de campagne provençale où seules les cigales semblent l'avoir reconnu.

Avant de s'éloigner de l'ULM, il prend l'arme automatique dérobée aux Maures, et traverse le grand champ en s'avançant vers la maison en pierre. Elle est encore cachée par un bouquet d'arbres.

Jusqu'au dernier moment, l'enfant du pays espère apercevoir ses parents qui sont peut-être sortis sous le patio pour accueillir leur bruyant visiteur. Mais il découvre la maison ouverte aux quatre vents, vidée de son contenu, le reste partiellement vandalisé, comme si elle avait été occupée par des squatters...

La balançoire rouillée sur laquelle ils s'étaient tant amusés avec son frère et sa sœur, grince dans la brise chaude. Jacques ne parvient pas à stopper la superposition des images du bonheur familial, des repas entre amis, des grillades au feu de bois, des cris des enfants dans cette bâtisse jadis pleine de vie, avec le spectacle désolant qui s'offre à lui. Mais, il doit se rendre à l'évidence en visitant une à une toutes les pièces dévastées, alors que le verre brisé crisse sous ses pas : ses parents ne sont plus là depuis des jours, voire des semaines.

Où peuvent-ils être maintenant ? Dans le village ? Au camp de réfugiés de Manosque survolé plus tôt ? Aucun indice ne lui indique la piste à suivre pour les retrouver. Malgré les circonstances, il se refuse à envisager une hypothèse plus funeste. Il doit y avoir une explication…

Il est onze heures passé, et son ventre décide qu'il est grand temps de faire une pause-déjeuner pour se remettre de ses émotions. Après avoir mangé, il ira dans le centre du village glaner des informations…

Jacques remplit sa gourde à la source jaillissant en bas du terrain, prend le fromage ardéchois et le quignon de pain que lui a donnés Marcel quelques heures plus tôt. Puis, il grimpe s'installer dans le grand chêne centenaire dans lequel son père leur avait construit une cabane. L'abri rudimentaire n'a presque plus de toiture, et les planches vermoulues pourrissent depuis des années, mais cet arbre demeure un endroit particulier où les frères et sœurs viennent toujours discuter lorsqu'ils se retrouvent en famille. C'est une sorte de rituel qui fait le lien entre une enfance heureuse et les adultes qu'ils sont devenus. Les inscriptions faites au canif dans l'écorce sont encore visibles malgré les années. Jacques s'assoit sur sa branche à côté de celle de Manu et de Clara, et commence à se restaurer. Ses parents ne sont pas les seuls à avoir déserté le lieu, car d'où il est il peut distinguer plusieurs maisons vides de voisins et d'amis. Qu'est-ce qui peut expliquer la désertion de tout un quartier ? Pourquoi ceux qui travaillaient dans les champs, et qu'il avait aperçus lors de son atterrissage, ne sont pas encore venus à sa rencontre ?

Le petit morceau de pain dur et le fromage ne le rassasient guère. Peut-être trouvera-t-il de la nourriture et des réponses à ses questions au village…

Alors qu'il s'apprête à redescendre de l'arbre, son regard est attiré par l'éclat d'une petite bouteille en verre disposée dans un coin de la cabane. Il ne l'avait pas repéré en montant, bien que sa présence en cet endroit soit inhabituelle… Jacques tend le bras, et s'en saisit. Il distingue alors un bout de papier soigneusement enroulé à l'intérieur. Tel un naufragé qui entrevoit peut-être une lueur d'espoir depuis son île déserte, il extirpe non sans mal le rouleau, et lit avidement ces quelques lignes griffonnées à la main:

« Chevaliers et princesse,
Si vous tenez ce message entre vos mains, cela veut dire que vous êtes arrivés jusqu'à nous. Hourra !
Il vous faudra encore marcher jusqu'à la forteresse.
Nous vous y attendons pour pique-niquer.
Mais méfiez-vous du village…
Vos parents qui vous aiment. »

C'est une allusion sans équivoque à leur lieu de promenade dominicale plus haut dans la montagne, au hameau abandonné de « Petra Alba ». Quelques ruines oubliées, accrochées sur un roc aux pieds des Alpes du Sud. Ils l'appelaient la « forteresse » étant enfants, et s'y rendaient volontiers en famille pour y passer des journées au grand air, à jouer dans les ruelles envahies par les herbes... Son frère ou sa sœur ont-ils déjà vu le message codé ? Jacques arrive à la conclusion qu'il est le premier à découvrir l'énigme, car aucune trace de leur passage n'est visible. Il griffonne un mot à leur intention :

« Manu, Clara, le chevalier Jacquot est passé par là le 27 juillet de l'année de "la chute". Je pars rejoindre les parents, on vous attend !»

Il remet consciencieusement la bouteille à sa place, en priant pour qu'elle serve de fil d'Ariane au reste de la fratrie qui est peut-être déjà en route vers le refuge.

Jacques se demande ce qui a pu pousser ses parents à partir vivre aussi loin de tout, dans des conditions sans doute plus que spartiates ? Et que signifie cette mise en garde énigmatique à propos du village ?

Il le saura rapidement puisque la forteresse de « Petra Alba » est à moins de quarante-cinq minutes de vol. Il redescend de l'arbre, et se dirige vers l'ULM avec l'intention de décoller sur-le-champ, lorsqu'il est interpellé par une voix féminine :

— Jacques ? Encore dans ta cabane à ton âge ?

Il se retourne et reconnaît immédiatement Léa, une ancienne camarade du lycée, dont il fut très proche par le passé.

— Léa ! Qu'est-ce que tu fais ici ? lui demande-t-il, alors que deux hommes armés arrivent derrière elle en courant.

— Eh bien on a entendu ton avion, et on cherchait à savoir d'où ça venait. Si j'avais su que c'était toi… Je n'en reviens pas ! s'exclame-t-elle visiblement heureuse de revoir son amour de jeunesse…

— Y a-t-il encore du monde au village ? questionne Jacques.

— Oui, on est quelques-uns à être restés, et à s'être organisés pour notre défense, comme toi, dit-elle en montrant l'arme automatique qu'il tient fermement.

— Qui c'est celui-là ? Encore un « migrant » ? demande d'un air dédaigneux le premier homme qui arrive près de Léa.

— C'est Jacques Soubey, tu ne le reconnais pas sous sa barbe et ses habits sales, espèce de gros ballot ?

— Ah oui ! répond Adrien, que Jacques vient aussi de reconnaître.

Adrien est un natif du coin avec lequel Jacques avait passé quelques années sur les bancs de l'école primaire.

— Salut Jacques, je ne t'aurais pas reconnu, dit-il en se balançant gauchement d'un pied sur l'autre, t'arrive d'où dans cet état ?

— De Paris, répond machinalement Jacques qui prend conscience qu'il n'a effectivement pas pris grand soin de son apparence depuis son départ mouvementé. Il doit ressembler à un va-nu-pieds avec ses habits déchirés, tachés de sang, sa barbe et son visage mal lavé.

— Ben dis donc ! Ça fait une trotte ! T'es venu avec cet avion ? dit-il en montrant du doigt le minuscule appareil au bout du champ.

— Oui, si on peut appeler ça un avion ! Mais dites donc, vous qui êtes ici depuis le début, vous ne sauriez pas où sont passés mes parents par hasard ? demande Jacques qui a l'intuition qu'il doit se méfier, et prêcher le faux pour essayer d'obtenir quelques renseignements.

— Non, répond immédiatement Léa. Ce qu'on sait c'est qu'ils sont partis, comme beaucoup d'habitants qui étaient à l'extérieur de nos fortifications, et ont préféré s'en aller plutôt que de venir se regrouper avec nous dans le centre.

— Ah bon ? C'était pourtant plus simple de rester ici, non ?

— C'est ce qu'on leur a dit, mais tes parents sont partis un beau matin sans dire au revoir, on a trouvé leur maison abandonnée…

— Avez-vous eu des problèmes ici ? questionne Jacques, qui ne comprend toujours pas ce qui avait poussé ses parents à tout laisser sur place.

— Oui, pas mal de passage de réfugiés, avant que l'armée ne bloque l'entrée, en bas à Manosque avec le camp de réfugiés. Des gens « de la ville », qui cherchaient de la nourriture, et qui saccageaient tout en remontant le long de la rivière.

— On a dû défendre les champs à coup de fusil, fanfaronne Adrien, montrant son automatique en bandoulière.

— Il y a encore plein d'amis que tu connais au village, viens avec nous, on te donnera des habits propres et de quoi manger, propose Léa.

Alors que Jacques jette un regard à son ULM qui est prêt à décoller pour "Petra Alba", ils perçoivent son hésitation.

— Tu veux aller où ? Demande Adrien. Tu sais où tu vas au moins ? insiste-t-il presque agressif…

— Ben non justement, je pensais redescendre vers Manosque où j'ai une tante, invente Jacques. Peut-être sait-elle quelque chose à propos de mes parents…

— Bon, alors tu n'es pas trop pressé, viens avec nous te rafraîchir au village, invite Léa avec un grand sourire.

— D'accord, mais je repars avant que la nuit ne tombe.

— Comme tu voudras, répond Adrien qui se met déjà en route suivi de l'autre homme armé et de Léa. Jacques, sur ses gardes, leur emboîte le pas, ne lâchant pas son arme.

Adrien parle à l'oreille de son camarade, qui se sépare du petit groupe et part en courant dans une autre direction. Jacques n'aime pas du tout ça…

Ils traversent la partie basse du bourg, totalement désertée par les habitants. Les maisons des voisins sont dans le même état que celle des parents de Jacques. Ce n'est que lorsqu'ils commencent à se diriger vers la partie haute, dans la vieille ville, qu'ils croisent quelques enfants qui jouent dans les ruelles. Ils arrivent devant une grande porte métallique qui barre le passage sur toute sa largeur.

Léa utilise le heurtoir pour frapper trois coups, et une petite trappe s'ouvre immédiatement sur deux yeux inquisiteurs.

— C'est nous, ouvre ! ordonne Adrien.

Le lourd battant gardé par un homme armé s'ouvre sur la place du village, où quelques personnes vaquent à leurs occupations autour de la fontaine centrale.

Jacques aperçoit d'anciennes connaissances qui le dévisagent de loin. Il reconnaît des commerçants du village et des camarades de classe qu'il voyait plusieurs fois par an lorsqu'il rentrait chez ses parents. Mais personne ne vient le saluer. Il trouve cela vraiment bizarre.

— Ça fait plaisir de revoir du monde et d'arriver enfin au pays ! Combien êtes-vous au total ? demande-t-il.

— Sans les enfants, on est soixante adultes, répond Léa.

— Pas plus ? Mais où sont passés tous les autres ? S'étonne Jacques, qui se rappelait que le village comptait plus de trois cents âmes avant "la chute".

— Eh bien… Ils sont partis pour la plupart, beaucoup ont été tués lors des premiers affrontements avec les "migrants" ou avec d'autres communautés implantées plus bas.

— Ah bon ? Vous avez des problèmes avec d'autres groupes ?

— Heu… oui parfois, répond-elle un peu gênée.

Alors que Jacques se rafraîchit à la fontaine, il aperçoit du coin de l'œil Adrien qui parle en aparté à Léa avant de s'en aller. Elle revient vers lui en lui proposant :

— J'ai vu avec Adrien ; on se rejoint après le repas. Tu as faim ?

— Un peu, avoue Jacques qui n'avait mangé qu'un petit quignon de pain avec du fromage de chèvre d'Ardèche.

— J'ai ce qu'il faut, et je vais aussi te trouver des habits propres. Tu me suis ?

— Ce n'est pas de refus, répond Jacques qui sent qu'un peu d'hygiène et de repos ne lui feront pas de mal après un si long périple. Le fait d'être dans son village lui met du baume au cœur, mais il ne doit pas baisser sa garde, car il conserve à l'esprit la mystérieuse mise en garde de ses parents…

Léa l'emmène dans sa maison de famille, à l'intérieur des fortifications. Ils croisent d'autres habitants qui détournent immédiatement le regard lorsqu'ils aperçoivent Léa, comme s'ils la craignaient…

Tout ceci n'est pas pour rassurer Jacques qui ressent confusément que quelque chose n'est pas normal. Ils arrivent devant la grande bâtisse aux murs épais qui offre un havre de fraîcheur dans cette fournaise de fin du monde.

— Où sont tes parents ? demande Jacques une fois la porte de la demeure silencieuse refermée.

— Ma mère a été tuée par des réfugiés. Mon père et mon frère travaillent aux champs, ils rentreront ce soir.

— Je suis désolé pour ta mère.

— Merci pour ta sollicitude, répond-elle.

Elle l'emmène à l'étage dans une chambre avec une salle de bain, et lui dit :

— Tiens, tu peux prendre une douche ici, il y a de la mousse à raser et des rasoirs je crois. Je vais aller chiper des habits à mon frangin car vous devez faire la même taille… dit-elle en refermant la porte.

Jacques regarde la rue en dessous de la maison au travers des lames des volets entrebâillés. Il est plus de midi, les villageois sont chez eux en train de déjeuner, et le hameau s'est assoupi. Cette ambiance estivale familière lui rappelle tellement son enfance. L'air chaud et sec d'une canicule millénaire emplit la pièce. Dehors, il entend les cris des hirondelles.

Il regarde son visage dans une vieille glace aux bords noircis. Il est marqué par la fatigue, et par quelque chose d'autre qui ne s'effacera sans doute plus jamais. Ce qu'il a vu l'a profondément transformé, à la manière d'une expérience initiatique ouvrant brusquement à d'autres stades de compréhension et de conscience. Et s'il sent confusément cette transformation progresser en lui, il ignore en revanche vers quel nouvel état il se dirige... Sa seule certitude, c'est que plus rien ne sera jamais comme avant, et qu'il va falloir s'adapter à cette nouvelle réalité.

Il trouve tout le nécessaire pour se raser, puis se douche à l'eau froide avec un savon artisanal qui sent bon la lavande. L'eau ruisselle sur sa fatigue. Lorsqu'il sort de la salle de bain, pieds nus sur les tomettes rouges usées par des générations avant lui, il trouve des habits propres bien rangés sur le lit. Il laisse par terre ses vêtements sales et déchirés, et commence à s'habiller.

Léa frappe à la porte, et entre dans la chambre.

— Alors les habits te vont ? demande-t-elle.

— Oui, répond Jacques qui finit d'enfiler une chemise.

Léa vérifie consciencieusement qu'elle n'est pas trop petite, et qu'elle tombe bien aux épaules, en l'ajustant. Elle lisse méthodiquement les manches sur les biceps de Jacques en lui chuchotant à l'oreille qu'il a toujours été musclé, et qu'elle aime bien ça…

Jacques se laisse faire, à peine surpris par le doux contact et par la situation sans équivoque, se souvenant de ses premiers émois dans la garrigue, bien des années auparavant, avec une Léa jamais farouche.

Son chandail laisse entrevoir le sillon de généreuses promesses invitant à l'exploration. Jacques effleure ces terres inconnues qui s'offrent à lui, puis ils chavirent dans le lit…

La secte de Mazel

An 0 – « La chute »

Jacques est étendu torse-nu sur le lit, et observe Léa qui se rhabille dans le chant des cigales tisonnant la fournaise.

— Que veux-tu pour ton déjeuner ? lui demande-t-elle, ne reboutonnant pas jusqu'en haut sa chemisette rose décidément trop petite.

— Ce que tu as, pourvu que ça me redonne des forces, répond-il en se levant à son tour, et en retournant prendre une douche fraîche.

Il la rejoint dans la cuisine, et dévore tout ce que Léa lui apporte. Le jeune urbain n'a plus mangé de produits frais depuis si longtemps, et se délecte de légumes odorants et d'un poulet qu'il engloutit presque en entier…

— C'est à peine croyable, confie-t-il entre deux bouchées. Tout ce que tu me sers n'existe plus depuis longtemps dans les villes. Tu t'imagines ? Comment ces gens ont-ils pu faire ?

— Ils ont débarqué dans les campagnes pour manger cru sur plant ce qu'ils trouvaient, comme des nuisibles. On a vu des flots de naufragés faméliques prêts à tout, arriver jusque dans nos vallées. Ils ont découpé du bétail dans les champs ! On a dû défendre nos terres et nos vies, jusqu'à ce que l'armée intervienne, et les regroupe à Manosque. C'est à ce moment-là que certains villageois sont partis avec eux, car ils ne croyaient pas aux choix que nous avons faits…

— Pourtant vos choix donnent d'excellents résultats… dit-il en brandissant une belle tomate qui avait le goût de ce à quoi elle ressemblait.

— Nous devons cela au travail de nos frères Convers.

— Des frères convers ? Tu veux dire comme ceux du Moyen Âge qui s'occupaient des travaux des champs ?

— C'est à peu près ça. Ce sont des villageois qui cultivent les terres pour nourrir la population, pendant que d'autres se chargent de protéger le village en permanence, comme Adrien que tu as vu tout à l'heure. Notre nouvelle vie impose une organisation sans faille.

— Ça se comprend… Mais qui coordonne tout ça ? Le maire ? Des adjoints ?

— Non, le maire est mort, et les adjoints sont tous partis. C'est le père Paul, qui nous guide désormais et veille au salut de nos âmes.

— Ah ? Le père Paul ? Je ne le connais pas, celui-là. Qu'est devenu notre ancien prêtre du village ?

— Le père Jean a disparu alors qu'il faisait sa tournée des paroisses, plus haut dans les montagnes, il n'est jamais revenu. Alors Paul, qui est le jeune prêtre que le Diocèse avait envoyé pour le seconder l'année dernière, a repris le flambeau et éclaire notre chemin de sa bienveillance et de ses idées brillantes. Il a appris ton arrivée, et voudrait te rencontrer…

— Rencontrer le prêtre ? Oui, pourquoi pas ! Je ne suis ni un mécréant, ni un pratiquant zélé.

— Aucune importance, tu sais… Paul met en application sa vision novatrice, et nous ne perdons plus de temps à célébrer des messes traditionnelles. Nous préférons écouter son message qui est… comment dirais-je… plus fort.

— J'ai hâte de voir ça, confesse Jacques surpris par la curieuse exaltation de Léa.

En sortant de la maison en fin d'après-midi, il prend son arme.

— Non, c'est inutile, tu es en sécurité dans notre communauté. Nous veillons sur toi, dit-elle en posant doucement sa main sur son bras pour l'arrêter. Il se dégage néanmoins, et met le fusil automatique en bandoulière.

— Je te rappelle que je pars dans quelques heures pour retrouver mes parents, Léa, je ne laisse pas mon arme !

— Comme tu voudras, c'est dommage que tu ne restes pas encore un peu avec nous. Tu as tant à nous apporter, dit-elle d'une voix suave…

— Je dois retrouver mes parents Léa, c'est ma priorité, dit-il, imperturbable, en la suivant dans les ruelles du village où des hirondelles lancent des cris stridents en rasant les murs.

Ils arrivent sur le parvis de l'église où le père Paul les accueille. L'homme doit avoir environ quarante ans, plutôt athlétique, bien de sa personne, habillé en civil mais en blanc. Seule une ostensible croix en bois sur sa belle chemise en soie peut donner une indication sur sa fonction.

— Bienvenue Jacques, quelle joie d'accueillir un enfant du village égaré qui vient rejoindre sa communauté ! dit-il les bras ouverts.

— Bonjour mon père, répond Jacques protocolairement.

— Appelle-moi Paul, nous sommes tous frères et sœurs, et nous devons abattre les barrières qui nous séparent pour être unis dans la paix du Christ.

L'architecte trouve la formule un peu trop démonstrative, mais n'en laisse rien paraître. Le père Paul les invite à le suivre à l'intérieur. Il demande à Jacques, comme s'il s'agissait d'une simple formalité, de remettre son arme à l'un des deux hommes en faction devant la porte. Jacques ne peut refuser, il est désormais trop engagé pour faire marche arrière. À contrecœur, il remet son fusil à un villageois qu'il n'a jamais vu auparavant, ce qui ne manque pas d'accroître son inquiétude…

Lorsqu'il pénètre dans le lieu de culte, il découvre avec stupéfaction un espace qui a été réaménagé vraisemblablement selon "la vision" de Paul : les inconfortables bancs de contrition ont tous été remplacés par des dizaines de canapés, sans doute empruntés aux maisons abandonnées. Ils sont disposés aléatoirement, il y a de nombreux tapis et des coussins partout sur le sol dans la nef et les travées. Ils forment des îlots, où les fidèles doivent sans doute discuter et écouter les prêches… Les statues sont ornées de chapeaux, d'instruments de musique… Des sacs pendent aux bras des Saints, et une grande banderole sur laquelle est inscrite à la peinture rouge « Rédemption » obstrue un des vitraux…

Seuls, le chœur et la croix ont, pour l'instant semble-t-il, échappé aux délires blasphématoires de "l'artiste", à l'exception d'une rangée de peluches et d'une énorme radio disposées sur l'Autel. Il ne s'était jamais vraiment posé de question sur la religion, mais la décoration kitch lui semble inappropriée en un tel lieu, même s'il n'est pas un fervent défenseur de la liturgie. Il se surprend même à trouver cette vision dérangeante, lui qui pensait plutôt faire preuve de tolérance et d'ouverture d'esprit.

— Surprenant n'est-ce pas ? interroge fièrement Paul, en s'asseyant sur un canapé à côté de Léa, et invitant Jacques à s'asseoir en face d'eux, dos au chœur.

— Oui en effet, du jamais-vu ! répond Jacques, en s'enfonçant dans les coussins moelleux.

— Je concède bien volontiers que cela puisse surprendre un enfant du village comme toi, qui a dû vivre de nombreux événements heureux ou plus tristes dans ce lieu. Mais c'est le nouveau chemin sur lequel notre petite communauté s'engage, pour sa rédemption.

— Pour sa rédemption ?

— Oui, Jacques, les choses changent : « Les péchés d'hier ne sont plus les péchés d'aujourd'hui ». Le monde a changé. Par la force des choses, nous sommes obligés de nous défendre contre une autre communauté, plus bas dans la vallée. Ils nous attaquent sans cesse pour piller nos réserves… Nous devons prendre des vies, et nous devons aussi nous battre pour imposer Dieu aux impies. Nous avons tous péché en tuant notre prochain.

— Qui sont ces gens dans la vallée ? demande Jacques qui trouve le discours de plus en plus inquiétant et décousu…

— Ce sont des païens ! Des parjures que nous devons repousser loin de nous, ou bien anéantir ! répond-il avec véhémence. Il se lève, et récite avec éloquence devant Léa, éperdue d'admiration, un texte ancien :

— « Si vous demeuriez encore quelque temps sans rien faire, les fidèles de Dieu seraient encore plus largement victimes de cette invasion. Aussi je vous exhorte et je vous supplie – et ce n'est pas moi qui vous y exhorte, c'est le Seigneur lui-même – vous, les hérauts du Christ à vous rendre à temps au secours des chrétiens et de repousser ce peuple néfaste loin de nos territoires. Je le dis à ceux qui sont ici, je le mande à ceux qui sont absents : le Christ l'ordonne.
À tous ceux qui y partiront et qui mourront en route, que ce soit sur terre ou sur mer, ou qui perdront la vie en combattant les païens, la rémission de leurs péchés sera accordée. Et je l'accorde à ceux qui participeront à ce voyage, en vertu de l'autorité que je tiens de Dieu. »

Il se tait un instant, et écoute avec délectation, la tête basculée en arrière, sa voix qui résonne entre les colonnades de l'église. Puis il reprend doctement en fixant Jacques :

— C'est en ces termes qu'Urbain II, lança en l'an de grâce 1095 son appel à la première croisade contre les ennemis de la Foi. Jacques, nous sommes entourés de menaces et Dieu, qui s'adresse à moi, nous a enjoint de nous rassembler pour être plus forts. Il y a bien des jours déjà, il m'a annoncé ta venue pour que tu puisses accomplir ton destin parmi nous. Jacques, entends-tu le seigneur ? demande-t-il un doigt tremblant pointé vers le ciel.

Jacques est de plus en plus mal à l'aise tandis qu'il observe Léa, prête à défaillir en buvant béatement chacune des paroles de son guide spirituel.

— Devrais-je entendre quelque chose Paul ? hasarde Jacques, inquiet de la réaction à venir.

— Oui Jacques ! Tu devrais entendre au fond de ton cœur l'appel que t'a lancé le seigneur ! Si tu ne l'entends pas, c'est parce que ton âme n'est pas encore pure et lavée des péchés de l'extérieur. Elle reste sourde à la mission qui t'a été confiée. Veux-tu te libérer de tes péchés, Jacques ? Veux-tu rejoindre la famille des croyants ? Veux-tu demeurer parmi nous, et accomplir ton chemin dans la lumière du Christ ? demande-t-il en écartant les bras en signe de bienvenue.

— C'est-à-dire que je dois retrouver mes parents en premier Paul, ensuite je serai heureux de revenir parmi vous pour « accomplir ma mission dans la lumière du Christ ».

— Tu mens ! dit-il en le pointant brusquement du doigt dans un effet de manche théâtral, qui aurait pu être risible, si Jacques ne s'était pas vraiment senti en danger. Ton âme est souillée ! Elle est vile, tu es un agneau égaré dans cette apocalypse biblique.

Le père Paul, s'arrête un instant, comme s'il cherchait des arguments. Puis il reprend plus conciliant :

— Mais nous allons te tendre la main, car le chrétien est charitable. Nous allons t'aider à remarcher, comme un nouveau né fait ses premiers pas, entouré de la bienveillance de ses frères et de ses sœurs. Tu vas rester avec nous, puis ensuite, si tu le décides tu pourras repartir… Mais notre action de grâce aujourd'hui, consistera à te protéger contre toi-même, et à t'ouvrir les yeux sur la divine vérité.

— Vous savez Paul, j'apprécie du fond du cœur votre sollicitude. Je vous demande simplement de comprendre, qu'après le formidable message de paix et d'espoir que je viens d'entendre ici, je me sente obligé de ramener mes parents au village pour qu'ils bénéficient, eux aussi, de votre bonté.

S'apercevant sans doute que le prêche des croisades n'a pas de prise sur Jacques, Paul se rassoit sur le canapé, et adopte un ton plus doux :

— Jacques… C'est le jardin d'Eden que nous te proposons, c'est l'innocence des origines… Te rends-tu comptes qu'en rejoignant notre communauté, tu pourras jouir pour l'éternité de tous ses bienfaits ? « Les péchés d'hier ne sont plus les péchés d'aujourd'hui » dit-il en mettant sa main sur l'épaule dénudée de Léa qui vient se blottir contre lui en regardant Jacques lascivement.

Jacques a grand peine à cacher son étonnement devant cette scène improbable. En un instant, il comprend pourquoi Léa a si facilement basculé dans le lit avec lui quelques heures auparavant… Son indéniable charme personnel n'y était vraiment pour rien ! Ce devait être une tactique bien rodée : le "bon père Paul" se servait de Léa, et sans doute de quelques autres amazones, pour rabattre les proies vers la communauté…

— Nos sœurs pansent nos blessures, plaide Paul, une main caressant toujours l'épaule de Léa et l'autre défaisant un bouton de son chemisier rose bombé, comme pour déballer la marchandise un jour de marché. Elles nous aident à surmonter les épreuves que nous rencontrons, en luttant contre les impies plus bas dans la vallée. « Les péchés d'hier ne sont plus les péchés d'aujourd'hui » martèle-t-il avec force comme pour s'en convaincre. Alors Jacques, acceptes-tu de nous rejoindre ? questionne le Prêtre exhibant Léa tel un souteneur à l'œil lubrique.

Le silence s'installe entre les deux hommes.

— Paul, merci pour tous ces bienfaits dont je ne pense pas être digne. J'aimerais réfléchir à tout ça, comprenez-vous ? lance-t-il afin de gagner du temps alors que la tension monte imperceptiblement d'un cran.

Paul parle à l'oreille de Léa, qui se lève et disparaît vers la sacristie en remettant ses jupes et en refermant son chandail largement entrouvert.

— Oui, je comprends et j'admire ton honnêteté « Chevalier Jacques » répond le père Paul avec un sourire forcé. Mais tu seras digne de ces bienfaits, ne t'inquiètes pas, dit-il en se calant au fond du sofa. Le doute fait partie du chemin. Il est légitime et il t'honore. Ton cœur s'ouvrira lorsque nous aurons ôté le voile d'impureté qui t'empêche d'accomplir ta mission, pour terrasser nos ennemis depuis le zénith. Tu porteras nos bombes spirituelles jusque dans leurs maisons, et tu raseras bientôt jusqu'à leur existence depuis le ciel divin…

Encore des illuminés de Dieu qui en veulent à mon ULM ! Se dit Jacques, en pensant que l'appareil ne lui a finalement pas rendu que des services, et qu'il attise bien des convoitises chez les terriens en quête d'élévation.

Deux villageois, sans doute sortis de la sacristie dans le dos de Jacques, surgissent de part et d'autre du canapé.

— Enfermez-le avec "l'autre", nous procéderons à sa "purification" plus tard, ordonne Paul du revers de la main.

Jacques a juste le temps de se lever et d'envoyer un coup de poing à l'un des hommes qui s'approche, mais le second le ceinture fermement par-derrière, alors que le premier lui décoche un uppercut qui le laisse inconscient.

Les prisonniers

An 0 – « La chute »

Lorsqu'il reprend ses esprits, Jacques est allongé sur une paillasse dans une grande salle souterraine voûtée qu'il reconnaît immédiatement : c'est l'ancien local de l'école de musique où, adolescent, il venait plaquer quelques accords sur sa guitare électrique, devant un parterre de groupies. La lourde porte, qui atténuait jadis les sons rock de son groupe, est fermée et le soupirail par lequel il jetait naguère ses cigarettes au menthol, est encore plus petit que dans ses souvenirs.

L'architecte n'est pas seul dans sa cellule, et un autre prisonnier, très marqué par les coups, l'observe avec l'œil qu'il peut encore ouvrir. Il est assis sur une litière disposée à même le sol et lui sourit en guise de bienvenue.

— Alors l'ami, tu te réveilles ? T'as de la chance, ils t'ont moins tabassé que moi, dit-il en montrant son impressionnant coquard de la même couleur que ses cheveux sombres.

— Oui on dirait… répond Jacques qui s'assoit doucement sur sa paillasse en bois et met les pieds par terre. T'es là pour quoi toi ? Lui demande-t-il comme un taulard parle à son compagnon de cellule.

— La même chose que toi sans doute : j'ai refusé d'adhérer à leur secte, répond le trentenaire.

— Et pourquoi t'ont-ils frappé ? demande Jacques qui fait bouger sa mâchoire endolorie.

— Ils ont commencé à "purifier mon âme", dit-il en relevant son tee-shirt sale sur son corps couvert d'hématomes bleus et noirs. Et toi, tu es là pour quoi ?

Jacques se méfie de ce compagnon d'infortune, qui semble néanmoins sincère, compte tenu de ses stigmates qu'il arbore fièrement.

— Eh bien, c'est comme toi : je n'adhère pas à cette mascarade, et je cherche à comprendre le but de tout ça… Je présume qu'ils ont aussi essayé de t'amadouer avec des filles ?

— Oui, ils ont essayé… Mais les bacchanales divines pour l'éternité, ce n'est pas ma tasse de thé. D'où viens-tu au fait l'ami ?

— De Paris.

— De Paris ? Mais t'as fait comment pour arriver vivant jusqu'ici dans ce merdier ? C'est un miracle !

— Non, c'est un ULM.

— Ah, Je comprends mieux le bruit de moteur que j'ai entendu ce matin… Tu t'appelles comment au fait ?

— Jacques, et toi ?

— Nicolas, mais tout le monde m'appelle Nico… dit-il en tentant de s'attaquer aux lourdes grilles qui barrent le soupirail.

— Je laisserais tomber si j'étais toi car, derrière cet étroit passage, il y a un ancien bassin asséché et condamné qui ne mène nulle part.

— Ah bon ? Et tu sais ça comment toi ?

— Nous sommes dans le village de mon enfance, et je connais sans doute la moitié des abrutis que tu as croisés en venant ici…

— Alors, qu'est-ce qui me garantit que tu n'en es pas un toi aussi, et que l'on ne t'a pas envoyé ici pour me soudoyer et m'extorquer mon accord ? répond Nico, un brin provocateur.

— À ce stade, rien du tout. Tu vas être obligé de me faire confiance comme moi je vais devoir aussi compter sur toi pour qu'on se sorte ensemble de ce guêpier…

L'œil que Nico peut encore ouvrir pétille instantanément :

— T'as un plan pour qu'on s'évade ?

— Pas encore, mais ça va venir, je commence à être un habitué de l'évasion… Ce qui est sûr, c'est que ça ne sert à rien de tenter de casser cette porte qui est trop épaisse, ou d'arracher ces grilles… Attendons le moment propice, gardons des forces pour profiter d'une inattention.

— Et ensuite ?

— Ensuite, il faudra sortir de cette salle par un labyrinthe de ruelles, que je connais par cœur, et s'évader dans la vallée.

— Pour aller où ?

— Je ne sais pas encore, on improvisera..., répond Jacques énigmatique, espérant pouvoir tester la détermination et la loyauté de sa nouvelle recrue, avant de détailler sa destination secrète de Petra Alba...

— On pourra prendre ton ULM ?

— Je doute fort qu'on le retrouve. Ils ont dû l'emmener, et le cacher quelque part. Nous devrons marcher...

— Ok, je suis quand même avec toi, Jacques, tu peux compter sur moi.

Ils entendent des pas plus haut, la porte de la geôle s'ouvre, et deux hommes apparaissent. L'un entre avec deux assiettes, l'autre reste dans l'entrebâillement avec une arme pour les tenir en joue. Jacques a perdu la notion du temps, et s'étonne d'être déjà à l'heure du dîner... Il fait encore jour malgré l'étroitesse de l'imposte.

Il regarde celui qui apporte à manger et reconnaît immédiatement Yves, une connaissance d'enfance. Il traverse la longue cellule en s'avançant vers lui, essayant désespérément d'attirer son regard en faisant des mimiques que l'autre geôlier ne peut pas voir. Yves est en sueur, il s'approche de Jacques, se penche pour poser l'assiette sur le banc en bois et lui chuchote, comme si sa vie en dépendait :

— Je reviens ce soir pour vous sortir de là !

Jacques feint de ne rien entendre pour ne pas trahir celui qui pourrait être un sauveur providentiel, ou une fatale tentation... Le gardien resté à l'autre bout de la pièce près de l'entrée n'a rien entendu et les menace toujours de son arme. La porte se referme sur les deux prisonniers qui entendent les pas de leurs geôliers s'éloigner.

— Qu'est-ce qu'il a dit ? le questionne aussitôt Nico.

— Il nous a demandé de nous tenir prêts pour ce soir... Il reviendra sans doute pendant son tour de garde, répond Jacques à voix basse.

— C'est quoi cette histoire ?

— Je n'en sais rien ! En attendant c'est tout ce qu'on a… Et, comme je n'ai pas l'intention de gratter la porte avec mes ongles, je vais m'en contenter, et nous verrons bien de quoi il s'agit lorsqu'il reviendra…

— Est-il digne de confiance ?

— Mais je n'en sais rien moi ! Plus personne n'est digne de confiance dans ce cirque sans nom… Les enjeux sont trop importants ! Jusqu'où puis-je me fier à toi ? À partir de quel moment privilégieras-tu ta survie à la mienne ? Peux-tu me faire confiance ? Il se pose sans doute les mêmes questions à notre propos et, compte tenu de son air terrorisé, je pense qu'il a pris un gros risque en nous parlant de la sorte…

Jacques touche à peine à son repas car il a bien mangé à midi chez Léa. Il se méfie aussi de ce qu'on pourrait lui servir. Nico, qui est prisonnier depuis plus longtemps, ne fait pas le difficile, et demande même à son codétenu s'il peut finir son assiette.

— Au fait, tu faisais quoi avant que tout ça n'arrive ? demande Nico qui vient de terminer les deux plats en les raclant consciencieusement avec les doigts.

— J'étais architecte et urbaniste dans une société de construction à Paris. Je dessinais des villes nouvelles que plus personne n'habitera sans doute…

— T'es un vrai optimiste toi ! Mais au moins tu étais à l'abri dans un bureau bien chauffé.

— Et toi tu faisais quoi ?

— Moi ? J'étais policier à Grenoble. J'étais à la BAC, la Brigade Anti Criminalité, ceux qu'on envoie justement en première ligne dans les "villes nouvelles" que tu imaginais sur tes tables à dessin… Avant que mon unité ne soit démantelée il y a un an faute de moyens, je peux te dire qu'il y avait déjà de vraies raisons d'être pessimiste.

— La situation était déjà inquiétante à ce moment là ?

— Au-delà de l'imaginable pour un pays dit "civilisé". Mais on ne nous disait pas tout aux infos à la télé… On était au beau milieu de ghettos où les tensions sociales, économiques et religieuses empiraient de jour en jour avec la crise qui s'amplifiait…

— C'est sans doute parce que notre modèle de société consumériste et citadin, vendu comme un exemple planétaire, n'offrait plus assez de solutions à tous depuis longtemps. Toi avec la BAC, tu évoluais justement dans ces secteurs urbains où se concentraient pas mal de problèmes qu'on ne parvenait plus à résoudre autrement qu'à coup de subventions ou de promesses…

— C'est sans doute ça… Dis donc, monsieur "l'architecte sociologue", tu ne serais pas en train de reprocher aux villes que tu dessinais d'avoir causé les problèmes actuels ? taquine Nico.

— Pas tout à fait, car tout ceci a très bien fonctionné en période de plein-emploi et de croissance, dans un contexte particulier, où les villes nouvelles et les barres d'immeubles remplaçaient les bidonvilles et les habitats vétustes. C'était l'époque bénie de la "pleine consommation", même à crédit.

— Alors c'est quoi le problème ?

— Le problème c'est que notre modèle, basé sur la nécessité de produire et de consommer toujours plus, a montré ses limites il y a bien longtemps. Pourtant, il n'a pas été fondamentalement remis en question, et je suis bien placé pour te dire qu'on a continué durant des décennies à étendre les villes dans toutes les directions sans vraiment se soucier de la place que les gens allaient pouvoir y tenir et de quels buts on leur offrait.

— Il y a pourtant eu de belles prouesses et de grandes réalisations avant la crise mondiale… argumente Nico.

— Oui, un peu comme les dernières notes d'une symphonie déclinant à l'ennui un même thème sans jamais pouvoir se renouveler. J'ai le sentiment qu'en repoussant sans cesse les limites architecturales, nous n'avons pas proportionnellement amélioré la condition humaine… Les technologies, qui auraient pu nous permettre d'imaginer un autre type d'habitat et d'accompagner la nécessaire transition, ont été majoritairement utilisées pour renforcer la place de la ville et reproduire le schéma dominant. La baisse des coûts, l'accès à des solutions techniques plus simples et autonomes n'ont pas remis en question le dogme et ont, au contraire, été affectés à son expansion.

— Historiquement les villes ont quand même permis d'améliorer des conditions de vie, de faciliter les échanges et le commerce…

— Oui, à tel point que le modèle urbain était largement soutenu par l'obligation de consommer de tout et de n'importe quoi. Lorsque les vitrines se sont vidées, la ville a subitement perdu une grande partie du sens qu'elle proposait à ses habitants. Et comme plus rien d'essentiel ne reliait les gens entre eux, à part comparer et commenter leur consommation respective, eh bien le modèle s'est effondré… C'est vraiment grave ce qui se passe : c'est pas qu'une émeute ou une révolution avec une perspective de renouveau derrière. Là, c'est un projet de société tout entier qui s'est cassé la gueule et il va falloir qu'on réapprenne à vivre ensemble après ça.

— Je pense surtout que c'est parce qu'on n'a pas su contrôler les manifestations que les choses vont mal actuellement… tempère Nico. Lorsque l'armée aura repris le contrôle de quelques zones de contestation, alors on pourra envisager de revivre plus normalement…

— Je ne pense pas que tout ceci soit temporaire, et que nous allons retrouver une situation « normale » rapidement. Ce que j'ai survolé en ULM depuis Paris m'a convaincu : nous sommes embarqués dans un mouvement de forte amplitude. Un bouleversement profond comme il est rarement donné d'en voir dans une vie : sans doute la fin brutale d'une civilisation.

— Hé, t'y vas pas un peu fort, là ? s'exclame Nico devant le ton prophétique de Jacques.

— Hélas non, j'aimerais bien finalement que tout soit comme avant, car aujourd'hui je ne sais vraiment pas de quoi sera fait demain… Mais les civilisations ne sont pas inoxydables, Nico. Ce sont des organismes vivants qui naissent, se développent et meurent plus ou moins rapidement selon leur capacité d'adaptation et de réforme. Depuis la nuit des temps, lorsqu'une organisation humaine n'est plus capable de s'adapter, d'évoluer d'absorber les changements, elle périclite. L'architecture qui les accompagne est là pour nous le prouver depuis les troglodytes jusqu'aux gratte-ciels en passant par les châteaux-forts du moyen-âge…

— Ça ne peut pas s'effondrer aussi rapidement ! Ce serait incroyable… commente Nico pensif.

— Je t'accorde que lorsque les grandes civilisations ont disparu par le passé, elles l'ont fait progressivement, sans craquement brutal, et sans entraîner le reste de la planète avec elles. Mais, avec plus de cinquante pour cent de la population mondiale entassée dans des villes, avec des dépendances économiques et industrielles mondiales complexes, notre modèle est global, Nico. Rien à voir avec les Mayas, l'Egypte ancienne ou les Byzantins, même s'ils ne sont plus là pour en parler… On avait sans doute sous-estimé l'ampleur de la dégradation de la situation.

— Pourtant, les chiffres étaient disponibles et l'information n'avait jamais été aussi accessible avant qu'internet soit coupé…

— L'histoire est remplie de manipulations et de bidouillages d'état. Je ne vois pas pourquoi ce qui s'est passé avant l'effondrement de l'ex URSS, ne se reproduirait pas chez nous lors de notre propre effondrement. Les chiffres étaient bidonnés pour tenter de changer notre perception de la réalité. D'un côté les gens avait de moins en moins d'emplois et de quoi bouffer, de l'autre on leur expliquait que la crise allait finir à coup d'annonces plus bidons les unes que les autres…

La conversation se prolonge ainsi, tard dans la nuit. Jacques est heureux de trouver un compagnon d'infortune avec qui échanger pour enfin prendre un peu de recul sur les évènements qu'il subit depuis Paris.

Les évadés de Mazel

An 0 – « La chute »

Yves ne se montre pas avant une heure du matin. Alors qu'ils luttent pour ne pas s'endormir sur leurs paillasses, les deux prisonniers entendent le bruit d'une clef dans la serrure. La porte grince doucement, et Yves apparaît dans l'encadrement. Il repousse la porte derrière lui, et se dirige à pas de velours vers Jacques.

— Vous voulez toujours sortir d'ici ? chuchote-t-il.

— Oui bien sûr, et toi que veux-tu ?

— Vous accompagner ! Mais je ne peux pas partir seul, je n'aurai aucune chance. Alors qu'avec l'ULM on pourra rapidement s'envoler…

— Sais-tu où il se trouve ? questionne Jacques trop heureux d'apprendre que son avion est encore en un seul morceau.

— Oui.

— Où l'ont-ils entreposé ?

— On va y aller ensemble, ou on n'ira pas !

— Ok, je comprends, Yves, mais le problème, je dois te l'avouer, c'est que ça risque d'être difficile de monter à trois en même temps dans le zinc à cause du poids, ce n'est pas un avion classique…

— Même si on se déleste ?

— Combien tu pèses ?

— Je pèse moins de soixante-deux kilos, répond Yves.

— Mouais… on peut essayer, car l'ULM n'est plus à pleine charge, mais c'est risqué ! prévient Jacques.

— Je suis prêt à courir le risque. Tout, plutôt que de rester ici, répond Yves.

— C'est aussi terrible que ça ? demande Jacques qui cherche à sonder les motivations réelles de leur geôlier.

— Oui c'est pas tenable. Le père Paul, qui nageait dans des doux délires au début, s'est transformé en gourou inquisiteur et fait régner la terreur avec quelques gardes, murmure t-il terrorisé en regardant par-dessus son épaule, comme si quelqu'un allait l'attraper. Ils ont tué de sang-froid des villageois qui résistaient ! Paul a mis en place un système féodal, où la plupart des habitants triment pour leur clique de dépravés.

— Mais toi, tu n'es pas un convers ? Tu es armé, et tu fais partie de "la clique" alors ? insiste Jacques.

— Non, pas de la clique de dépravés, enfin pas tout le temps…, répond-il empourpré. Il y a plusieurs cercles de confiance, et moi je fais partie des hommes armés qui se chargent des "basses besognes" comme on dit…

— Alors, pourquoi t'enfuir ? demande Jacques en le fixant dans les yeux.

— Parce qu'ils viennent de tuer mon frère qui essayait de s'échapper dans une autre vallée où se trouve ma famille, et que je ne tarderai pas à le rejoindre, vu que je suis devenu une menace potentielle pour eux… C'est une question de jours, peut-être d'heures… avoue t-il au comble de l'inquiétude en transpirant à grosses gouttes.

— Écoute Yves, je vais te parler franchement, comme je l'ai fait jusqu'à présent : je ne te connais pas tant que ça, même si on a été ensemble sur les bancs de l'école il y a bien longtemps. Donc à la première entourloupe, tu vas avoir des problèmes, c'est clair ?

— Oui, oui très clair, répond Yves tout miel.

Jacques n'apprécie pas ce personnage dégoulinant, ni la situation, mais il n'a pas le choix. Il se tourne vers Nico, et lui demande :

— Qu'en penses-tu ?

— On n'a pas trop le choix, mais je confirme qu'on t'a à l'œil, dit-il en menaçant Yves avec celui qu'il peut encore ouvrir.

Ne sachant plus trop quoi faire pour les rassurer, Yves sort deux couteaux de son sac, et décide de leur donner en gage de bonne foi :

— C'est tout ce que j'ai pu prendre.

— Et ton flingue alors ? demande Nico, en montrant l'automatique qu'il n'a pas lâché.

— Je le garde, c'est mon assurance-vie… répond-il avec un imperceptible geste de protection.

— Ok, dit Jacques on ne va pas traîner ici à discutailler pendant des heures ! Quel est ton plan ?

— On sort en partant à droite vers le moulin, on évite comme ça les ruelles barrées qui sont gardées nuit et jour. On va passer par ma maison, elle communique vers l'extérieur par une petite fenêtre du rez-de-chaussée. Alors, c'est d'accord ? questionne Yves inquiet.

— Très bien, pas de temps à perdre. On y va ! décide Jacques.

Yves précède les deux hommes qui sortent prudemment de la cellule. Le couloir est désert et, lorsqu'ils passent la tête dans la ruelle éclairée par la pleine lune, ils ne voient personne. Les prisonniers couvrent la centaine de mètres qui les sépare de la maison d'Yves sans être inquiétés. Ils entrent dans la vieille bâtisse et, alors que leur geôlier s'apprête à refermer la porte, ils entendent une voix l'interpeller depuis l'extérieur:

— Tiens Yves, t'es là ? Ce n'est pas toi qui devais être de garde ce soir ?

Jacques et Nico, cachés derrière la porte, retiennent leur souffle en espérant ne pas être trahis. Jacques tient fermement son couteau et se prépare au pire…

— Heu non… pas ce soir. Il y a Hervé qui est là-bas je crois…

— Ah bon d'accord. Eh bien, bonne nuit alors…

— À toi aussi, bonne nuit, répond Yves en claquant le vantail derrière lui.

Il est devenu livide, et montre un état de grande fébrilité :

— On n'a plus beaucoup de temps ! Ils risquent de s'apercevoir de notre évasion dans quelques minutes, dit-il en se dirigeant rapidement vers une fenêtre condamnée par des planches qu'il retire sans peine.

Jacques et Nico le regardent faire, et comprennent que leur geôlier avait préparé son coup en prenant le temps de scier discrètement les boulons qui retenaient la protection. Ils espèrent ne pas tomber dans une embuscade…

Les fugitifs sortent de la maison en quelques secondes, et progressent dans les ruelles silencieuses. Les sens en alerte, Jacques est déterminé à bondir sur quiconque se mettra en travers de leur chemin. Ils sortent enfin du labyrinthe minéral, et Yves les conduit directement sur l'immense terrain familial, où l'ULM est entreposé sous un filet de camouflage militaire.

— Aidez-moi à le mettre en position de décollage, ordonne Jacques en montrant l'ouest et en rangeant la bâche sous son siège.

Sans un mot, les fugitifs tournent le petit avion, et le vident des rares affaires qui encombrent encore la soute. Jacques s'installe et allume le contact pour vérifier que tout est en état de marche. L'ULM est intact, mais le réservoir a été partiellement vidé ! Il reste maintenant moins d'un quart de plein.

Cela permettra un départ rapide avec le moteur poussé à son maximum, mais ils ne pourront pas voler durant des heures… Jacques s'inquiète de la charge anormalement lourde, mais il n'a pas le choix. Il doit bien y avoir une marge de sécurité prévue par le constructeur…

— Je monte devant, dit Yves d'un ton autoritaire en poussant Nico.

— Quoi ? Tu ne vas pas m'obliger à me plier dans cette minuscule soute à bagage ? Je ne suis pas contorsionniste ! Tu es plus petit que moi, vas-y toi ! proteste Nico.

— Personne ne monte dans cette soute, sinon on va être trop lourds. Jacques va faire un premier voyage et reviendra te chercher tout à l'heure c'est promis, allez recule ! dit-il en menaçant Nico de son arme.

— Ce n'est pas ce qu'on avait convenu Yves… rappelle Jacques. On a moins de carburant que prévu, donc plus de marge de sécurité, on pourrait se serrer et…

— C'est comme ça ! Bouge ! ordonne-t-il avec détermination à l'intention de Nico, en lui faisant signe de s'écarter du bout du canon de son automatique.

Nico lève les mains en l'air, s'effaçant à contrecœur pour le laisser monter dans l'ULM. Il est condamné à une mort quasi certaine… Jacques réfléchit à ce qu'il va pouvoir faire pour détourner l'attention d'Yves, et permettre à son codétenu de s'emparer de l'arme… En quelques secondes, il passe en revue les principales options, sa vision est claire. Il analyse la situation avec calme, et s'étonne même de n'être qu'un spectateur extérieur qui cherche méthodiquement une faille avant d'agir.

C'est alors que plusieurs détonations retentissent. Des balles sifflent autour des fuyards ! Yves s'effondre immédiatement sur le siège passager, touché par un projectile tiré par deux villageois à l'autre bout du champ. L'alerte a été donnée ! Il est peut-être trop tard !

Instinctivement, Nico empoigne Yves inanimé, et le jette par terre sous les ailes de l'ULM. Le policier ramasse son arme, tire quelques coups bien ajustés vers les assaillants qui stoppent net en se plaquant au sol. Il monte dans l'avion dont le moteur vrombit déjà, alors que Jacques pousse les gaz au maximum.

Des impacts de balles touchent la carlingue de l'appareil. L'ULM décolle dans la fusillade laissant le corps sans vie d'Yves, et les deux hommes armés courant dans le champ. Jacques disparaît derrière une haie d'arbres, volant à basse altitude le plus vite possible, pour s'éloigner du village en direction de Manosque. La visibilité par nuit de pleine lune est excellente, et les yeux s'accoutument rapidement à la semi-obscurité…

Puis, lorsqu'ils sont suffisamment loin, l'ULM entame un virage en montée rapide vers le plateau de Valensole. Jacques fait signe à Nico de mettre son casque.

— Tout va bien pour toi ?

— Oui je suis en un seul morceau, pas de casse, répond calmement Nico manifestement habitué à ce qu'on lui tire dessus.

— Parfait, on va essayer de se poser sur le plateau devant nous, dit Jacques en montrant l'étendue déserte. On va passer la nuit là, et on parlera de nos plans respectifs demain matin. Ça te convient ?

— C'est parfait commandant !

Au bout de cinq minutes de vol, le petit ULM atterrit, moteur au ralenti, dans l'odeur saturée de lavande des champs laissés à l'abandon. Sous un dôme constellé d'étoiles, les deux évadés se préparent à passer une nuit fort peu confortable, mais loin des menaces connues…

Vers Petra Alba

An 0 — « La chute »

Jacques et Nico se réveillent après l'aube au beau milieu d'une vaste étendue de lavandes ondoyant sur un relief vallonné. La vision est féerique et étrange. Seul le ballet incessant des abeilles, déjà à l'œuvre et une légère brise matinale, viennent troubler un silence minéral qui ajoute une note irréelle à ce tableau. Les deux évadés restent un moment à contempler la fresque, sans un mot. Au loin, quelques rapaces tournoient dans le ciel, sans doute en quête d'une charogne.

S'extrayant immédiatement du spectacle, Jacques s'inquiète de leur position totalement à découvert en plein milieu des champs. Il regrette de ne rien avoir mangé la veille dans sa geôle de Mazel car son ventre crie déjà famine. Sans trop d'espoir, il cherche dans la soute de quoi satisfaire sa faim. Mais rien ne traîne, à part une vieille chemise de Vince, qui aurait sans doute aimé cet endroit. Le pilote préfère oublier cette idée pour l'instant, et contrôle la jauge d'essence marquant bien moins du quart. À peine de quoi rallier Petra Alba... Jacques lève la tête vers un ciel désespérément bleu, et s'abrite derrière sa main en clignant des yeux. Il estime que d'ici une heure ou deux, le soleil ne tardera à taper, tel le marteau sur l'enclume du plateau de Valensol. Il ne fera pas bon rester là sans eau, car rien ne résistera à qui s'oppose à lui.

— Que fait-on ? demande alors Nico.

— Je ne sais pas encore ce qu'« on » fait mais, en ce qui me concerne, je m'envole maintenant en direction du nord-est car, à moins de trente kilomètres d'ici, derrière ces crêtes, il y a mes parents qui doivent m'attendre. Et toi, quels sont tes projets ?

— Je n'en ai pas dans l'immédiat. J'espérais trouver ma famille à quelques villages d'ici… Mais elle n'est plus là, et doit se trouver je ne sais où dans l'exode. Ma compagne a été tuée sous mes yeux près de Grenoble. Il va falloir que je me trouve de bonnes raisons d'envisager le futur avec envie dans ce foutoir biblique…

— Si tu ne sais pas où aller, je peux te proposer de venir passer un moment avec moi chez mes parents. Tu pourras ensuite décider de ce que tu veux faire…

— Je te remercie pour ta proposition, et j'en suis très touché. J'accepte avec plaisir…

Ainsi débuta l'amitié entre Jacques et Nico, au beau milieu des champs de lavande. Ils n'étaient plus obligés d'être ensemble, ils l'avaient décidé. Les deux complices replient le filet de camouflage sous lequel ils s'étaient abrités durant la nuit, inspectent soigneusement le fuselage transpercé de quelques impacts de balle sans gravité, et prennent place à bord du petit appareil qui tangue sous leur poids.

— Nico, je dois te prévenir que je ne suis pas certain de retrouver mes parents, et qu'on a juste assez d'essence pour rallier Petra Alba… En cas de problème, on n'aura aucune marge de sécurité en survolant les montagnes, prévient Jacques en bouclant sa ceinture.

— C'est toi le commandant de bord. Si tu me dis que c'est faisable, je fonce ! affirme Nico sans sourciller.

— C'est faisable soldat ! confirme Jacques en démarrant le moteur qui tourne comme une horloge malgré les mauvais traitements qu'il subit depuis des jours.

Le pilote augmente progressivement la puissance, l'avion cahote dans le champ, puis décolle au dessus d'un océan de lavandes. Ils laissent derrière eux le tombant du plateau de Valensole, passent en montée rapide au-dessus du vallon des Estroublon, où Jacques allait caler des pièges à grives étant enfant. Puis l'ULM franchit une vallée encaissée vers Travans, alors que l'altimètre marque déjà 4 400 pieds d'altitude. Ils sont obligés de monter à plus de 5 000 pieds, pour pouvoir passer la montagne qui leur barre le passage de la vallée de Chaudron-Norante et de Barrome.

Jacques surveille avec inquiétude sa jauge d'essence qui baisse à vue d'œil, car le moteur est très sollicité pour franchir les reliefs. Un bref instant, il regrette d'avoir proposé à Nico de venir avec lui en alourdissant dangereusement le frêle esquif. Puis, il s'en veut d'une telle pensée… .Maintenant que les dés sont jetés, il ne peut plus faire marche arrière de toute manière…

Ils passent des barres calcaires derrière Chaudron, et voient enfin au loin le but tant espéré : Petra Alba se dore déjà au soleil, avec pour toile de fond la célèbre montagne du Cheval-Blanc, et ses alpages dédiés à l'estivage des troupeaux de moutons. Vu d'ici, le lieu paraît plus isolé encore, comme acculé au fond de sa vallée protectrice…

— C'est là-bas, à moins de dix minutes de vol ! commente Jacques, en désignant le minuscule point perdu milieu des roches.

— Ah oui ! Je l'aurais pas vu sans toi… Où en sommes-nous de l'essence ? s'inquiète le copilote.

— Ça va être vraiment juste… répond Jacques concentré sur les paramètres de vol et sur la jauge qui est presque à zéro. Il vient de réduire les gaz et peut désormais voler à l'économie, car l'ULM entame sa descente avec un vent favorable.

Après une approche par les contreforts de l'ouest qui lui paraît durer une éternité, Jacques peut enfin virer à l'est. L'avion s'aligne pour atterrir dans un champ à l'abandon au loin, à plus d'un kilomètre.

L'aiguille de la jauge est déjà contre la butée depuis quelques minutes, lorsque l'hélice décide de s'arrêter définitivement, après que le moteur ait eu plusieurs ratés annonciateurs. Les tentatives de redémarrage ne donnent rien, et les pales se contentent de tourner dans le vent relatif créé par le vol plané. Fort heureusement, l'avion a assez d'altitude et de vitesse. Il n'a "plus qu'à" se laisser glisser en ligne droite, dans le sifflement des ailes tout en contrôlant sa vitesse de descente qui avoisine les

140 km/h. Jacques espère que le champ d'où émergent progressivement d'inquiétants buissons, est carrossable…

— Ça ira ? lui demande Nico, qui commence déjà à se cramponner à ses sangles et à caler ses pieds en prévision du choc.

— Pas de souci ! rassure Jacques, qui actionne des contacts, ferme des robinets en gérant calmement la situation. L'ULM se présente parfaitement et frôle un relief dans l'axe de la piste.

Mais que le terrain arrive vite ! Au fur et à mesure que la piste se rapproche, Jacques constate qu'elle n'est pas en très bon état. Impossible de remettre les gaz, il n'a pas d'autre option que de se poser droit devant. Concentré sur ses sensations et les cadrans, le pilote sort les volets de deux crans, et joue savamment des aérofreins pour atteindre une vitesse finale de 100 km/h. Les deux réfugiés ne sont plus qu'à quelques mètres du sol, et Nico aperçoit furtivement l'ombre projetée du monoplan qui les rejoint rapidement.

Jacques arrondit son vol pour faire toucher les roues arrière dans ce qui ressemble plus à un champ de pierres sèches qu'à un vrai terrain d'aviation. L'avion se pose dans une constellation d'astéroïdes calcaires qui semblent avoir été disposés là à dessein. C'est un vrai miracle si le train d'atterrissage ne percute pas l'un d'eux à pleine vitesse. Jacques freine en tenant fermement le manche. Il tente d'éviter les plus gros blocs en dirigeant l'appareil avec les freins et la direction.

Soudain, la roue avant est violemment arrachée par une énorme pierre, et l'ULM manque de faire un salto avant ! L'avion continue sa course en glissant sur le nez pendant plusieurs mètres dans un fracas assourdissant puis, s'immobilise enfin, enveloppé dans un nuage de poussière…

— Ça va ? demande aussitôt Jacques.

— Pas de problème, je suis en un seul morceau ! répond Nico en défaisant ses sangles, et en sortant sans difficulté. Jacques déboucle aussi sa ceinture, mais sans précipitation. Il enlève posément son casque, et l'accroche au-dessus de sa tête. Il veut goûter à chaque instant du but ultime de ce voyage…

Curieusement, il peine à laisser son avion, comme un marin remercie son bateau blessé après une traversée tempétueuse, et hésite à quitter son bord. Jacques ouvre enfin sa porte, et pose les pieds sur une terre saturée d'odeurs oubliées, mais pourtant si familières. Elles l'emportent instantanément à des décennies de là, lui rappelant l'insouciance des jours passés et le bonheur d'être ensemble en famille à pique-niquer à la campagne… À l'autre bout du champ, deux silhouettes hésitantes apparaissent, comme écrasées par les ruines de Petra Alba d'où elles émergent timidement.

Ce sont eux ! Son cœur le lui dit, alors qu'il ne peut pas encore distinguer leurs visages. Au début, il marche lentement dans leur direction, puis finit par courir les yeux embués de larmes…

En face, des cœurs tressaillent aussi. Est-ce possible ? Est-ce bien lui ? Quelle intervention divine a permis un tel miracle ? Depuis Paris en avion ? Regarde-le courir, oui c'est lui ! Oh mon Dieu ! Les bras se tendent dans l'air vers ce fol espoir, vers ce bel envol…

« Papa, Maman ! » parvient-il à dire dans un sanglot, alors qu'ils ne forment déjà plus qu'un. Un tout d'amour et de reconnaissance infinis, qui rayonne plus encore que le soleil d'été lui-même. Nico, resté en retrait près de l'oiseau blessé, observe la scène de loin. Il pleure en silence du bonheur des autres, mais aussi de son propre malheur.

Puis, le "tout" accepte enfin que les atomes qui le composent reprennent un peu de leur autonomie et cessent de s'aimanter. Jacques regarde ses parents, ne parvenant pas à croire qu'ils soient si marqués par "la chute". Il ne les a pas vu depuis le noël précédent, sept mois auparavant, et une éternité semble désormais les séparer. Mais ils en parleront plus tard, Petra Alba doit recevoir dignement son premier invité depuis au moins un siècle…

Les rescapés du bout du monde se rejoignent au milieu du champ, entourés du cirque de montagnes et du chant des criquets. Jacques fait les présentations. Ses parents accueillent Nico avec beaucoup de bienveillance, et il se sent immédiatement apaisé par cette fraternité. Le groupe se dirige ensuite vers le vieux hameau fortifié posé contre les reliefs de la montagne du cheval blanc. Il semble dominer le monde.

— Est-ce que Manu et Clara sont là ? demande immédiatement Jacques en les cherchant du regard.

— Non, tu es le premier arrivé, répond sa mère partagée entre joie et inquiétude. Mais on ne perd pas espoir, si tu as trouvé le message, ils le trouveront aussi…

— Vous êtes seuls ici alors ?

— Oui seuls depuis le début, répond son père. Alors avec les beaux jours, j'ai eu le temps de faire mon jardin, dit-il en montrant fièrement un potager à l'abri d'une grande serre en plastique rafistolée avec des bouts de fils de fer.

Jacques est surpris par le nombre de variétés. Il y a là de belles tomates, des aubergines, de nombreux rangs de haricots verts, et d'autres légumes qu'il n'arrive pas à distinguer…

— Mais où as-tu trouvé autant de graines ?

— Un peu plus bas dans la vallée, il y a beaucoup de fermes et de maisons abandonnées ou vandalisées. J'ai même récupéré quelques moutons qui erraient dans les montagnes…

Pour un professeur d'université à la retraite qui n'avait jamais été vraiment habile de ses mains, et encore moins versé dans les travaux agricoles, Jacques trouve qu'il s'en sort admirablement bien…

— Heureusement que je suis une fille de la campagne, et que je me suis toujours occupée d'un petit bout de terrain chez nous…, ajoute discrètement sa mère.

— Oui à tous les deux, on fait du bon boulot, conclut avec satisfaction le père de Jacques, posant devant son œuvre comme devant un tableau de chasse.

En progressant vers les murs en pierres sèches, Jacques peut constater que les petits remparts du hameau fortifié ont gagné leur bataille contre les siècles. Ils se dressent toujours courageusement, se fondant harmonieusement dans les reliefs calcaires. Les anciens n'avaient pas pu lutter contre le socle rocheux à coup de dynamite ou de pelleteuses mécaniques dirigées au laser. Alors, ils avaient épousé les contraintes du terrain comme une cause, pour enchâsser fermement Petra, tel un diamant sur sa monture.

Jacques avait le souvenir de murs plus hauts et d'un endroit immense. Avec ses yeux d'adulte, il redécouvre un lieu plus petit qui offre néanmoins de très belles proportions. Le groupe pénètre dans l'enceinte, passant sous la voûte d'entrée barrée par quelques planches vermoulues.

— Avez-vous eu des problèmes avec des réfugiés ? questionne Jacques en refermant avec un bout de fil de fer la fine porte branlante. Il remet son bras autour de l'épaule de sa mère qui ne le lâche pas.

— Non, personne n'est encore arrivé jusqu'à nous, répond son père en montant dans la ruelle pavée où picorent quelques poules s'écartant sur leur passage. Mais nous sommes en sursis, car si le barrage humanitaire de Manosque cède, alors le camp de réfugiés risque de déferler sur les vallées avoisinantes…

C'est probable, se dit Jacques se remémorant l'incroyable étendue de tentes bleues survolée plus bas le long de la Durance. Il se demande combien de temps les militaires pourront contenir l'inexorable poussée, et surtout s'ils seront capables de nourrir tout le monde…

Le jeune architecte chasse de son esprit la menace, pour mieux profiter des retrouvailles, et du repas que sa mère leur sert sous la tonnelle dominant toute la vallée. Les deux garçons s'attablent coude à coude, face au panorama qui s'offre à eux. Ils apaisent leur faim sous les yeux attendris des "anciens" reprenant sans doute espoir à contempler tant de vigueur à poursuivre la vie. Chacun admire son propre paysage.

Jacques inspecte du regard la bicoque délabrée de ses parents, et les quelques maisons du village qui tiennent encore debout par miracle. Certaines ne sont plus qu'un tas de pierres, d'autres signalent par un mur dressé ou une cheminée branlante leur envie de lutter contre le vent et l'oubli. Il se dit qu'il a beaucoup de travail devant lui. Mais il se découvre satisfait par cette perspective, se doutant que la rénovation à mains nues, sans outils modernes, risque de l'occuper pour de nombreuses années. Dans sa précédente vie, l'urbaniste avait pu facilement contraindre la nature en traçant des routes rectilignes et en nivelant des collines sur ses ordinateurs. C'était à son tour d'accepter avec humilité d'être dépouillé de ses pouvoirs surnaturels, pour se mesurer à lui-même sans artifices.

— Quelle ironie du sort ! se lamente son père attablé à l'ombre de la tonnelle, en se tapant sur les genoux.

— Qu'est-ce que tu veux-tu dire par là papa ?

— Eh bien quelle ironie de nous retrouver ici sur ce bout de caillou, démunis comme aux premiers jours du monde ! s'exclame le professeur d'université. Maintenant, nous sommes à la merci des éléments et de la sauvagerie que nous avons générée…

— Oui, c'est sans doute la fin du monde tel que nous le connaissions. Mais ce n'est pas la fin du monde pour autant, même s'il est difficile d'imaginer de quoi sera fait demain… Mais je ne veux pas que mes doutes soient plus forts que mes espoirs.

— C'est-à-dire ? interroge son père intrigué par cette dernière remarque.

— Et bien je crois que nous devons fonder dès à présent un espoir encore plus grand que le chaos qui nous entoure…

— Mais Jacques, nous sommes assis sur les ruines de notre civilisation et de notre technologie ! Tout s'est effondré en l'espace de quelques mois ! déplore son père au comble du désarroi.

— Oui peut-être, mais ce n'est pas une raison pour se "contenter" de survivre, vous pouvez en être sûrs ! J'ai besoin d'avoir plus d'ambition pour nous-mêmes, et aussi pour les autres…

— Vas-y, poursuis… invite Nico qui observe son ami s'animer d'un enthousiasme tranchant singulièrement avec l'extrême dénuement du lieu.

— Eh bien, c'est plutôt simple : lors de mon survol d'une partie de la France, j'ai vu que les champs, les routes, les ponts, les centrales électriques et les lignes hautes tension qui alimentaient les villes étaient inutilisables. Les cités sont incendiées et ravagées. Plus personne ne pourra sans doute y habiter avant des années, tant elles sont devenues insalubres, dangereuses… mais aussi inutiles. Finalement, elles ne portent plus aucun projet de société. Car ce ne sont pas que les villes qui se sont effondrées, j'ai le sentiment que ce sont aussi les rêves qu'elles soutenaient. Voilà la réalité dans laquelle les survivants, entassés dans des camps, ou dans des dérives religieuses et communautaires, piétinent aujourd'hui.

— C'est temporaire, rassure Nico. Le gouvernement va bientôt reprendre la situation en main…

— Tu me fais marrer avec ton gouvernement, Nico ! C'est l'ancien policier de la BAC qui parle, là. Désolé, mais tout ça n'existe plus. Pour qu'il y ait un gouvernement il faut qu'il y ait un pays en paix, des lois respectées, des infrastructures en état de marche et surtout des vivres pour tous ! Ce qui n'est pas le cas pour l'instant. Et je n'attendrai pas que quelqu'un trouve une solution à ma place, alors que je peux en concevoir une de mes mains dès maintenant, réaffirme Jacques.

— Et c'est quoi ta solution miracle ? demande Nico en se resservant de la ratatouille.

— Ce n'est pas une solution miracle malheureusement, admet Jacques. Mais c'est la seule qui puisse nous permettre de ne pas crever de faim et de sécuriser notre position. Elle consiste à rester ici pour remonter ces pierres, et reconstruire des habitats décents afin d'accueillir les personnes qui sont plus bas dans les vallées. Qu'est-ce que tu en penses ?

— Pourquoi pas… Mais on va vite se retrouver devant des problèmes d'alimentation insolubles si on se lance dans l'humanitaire ! On va être submergé par la foule… s'inquiète Nico.

— On est au bout du monde Nico ! On ne risque pas de crouler sous les demandes… Pour l'instant, on va juste se contenter de quelques réfugiés isolés qui cherchent à se regrouper pour être en sécurité, tout comme nous. J'ai l'intuition que de ces pierres que renaîtra un peu de sens. C'est en tout cas la tâche à laquelle je vais affecter toute mon énergie… Est-ce que je peux compter sur toi ?

— Bien sûr que tu peux compter sur moi, mon pote ! Qui n'en serait pas ! répond Nico reprenant une belle tomate odorante.

À l'issue de son errance au travers d'un pays dévasté, Jacques a acquis la conviction que l'homme est à la fois la serrure mais aussi la clef de ses problèmes, il doit donc être le point de départ de la refondation…

Le village

An 1 après « La Chute »

Une année s'est déjà écoulée depuis l'atterrissage mouvementé de Jacques et Nico au pied de Petra Alba. En cette fin de journée, Jacques scelle une dernière pierre sur le pignon d'un mur. Demain ils poseront la lourde poutre faîtière qui soutiendra un toit de plus. Du haut de son perchoir, le corps transpirant, l'architecte prend le temps d'admirer le village qui renaît lentement de leurs mains…

Les anciens n'avaient pas bâti le hameau dans cette petite vallée reculée par hasard. Depuis son piton rocheux, il bénéficie d'une vue panoramique sur le cirque de montagnes environnant, sur les cultures, et sur le principal chemin d'accès. L'exode rural des siècles derniers avait vidé le lieu de ses habitants, dont beaucoup étaient partis s'aliéner dans les grandes villes, ou vers les bourgs de la plaine. Aujourd'hui, Jacques comprend mieux le choix de ces générations de jeunes paysans, dont le destin se bornait, telle une fatalité, à la cellule villageoise et à de rudes conditions qu'il expérimente bien malgré lui.

Depuis des millénaires, le petit village agricole martelait les contours de ce que l'homme, seul face aux éléments, avait pu raisonnablement concevoir. Le village était une limite, un seuil de conscience. À l'époque, les villes qui commençaient à se développer un peu partout, annonçaient quant à elles une ère nouvelle, où tout semblait possible et plus facile…

Elles symbolisaient le formidable essor d'un mythe qui aura duré plus de trois siècles: celui d'une humanité sans limite, portée par l'élan du progrès et des innovations. Comment auraient-ils pu résister ? Les cités matérialisaient trop de promesses, d'espoirs d'amélioration, et trop de tentations pour les jeunes générations, condamnées à reproduire sans cesse les mêmes gestes bornés par les traditions.

Alors, une à une les pierres étaient tombées et les voûtes s'étaient refermées sur la mémoire de ce lieu où Jacques venait souvent étant enfant. Il n'aurait jamais imaginé se retrouver ici, plus de vingt ans plus tard, à réhabiliter le hameau et à survivre dans un monde ayant totalement basculé dans l'inconnu et l'anarchie…

Car derrière les crêtes qui protègent Petra, à quelques jours de marche à peine, rien ne semble pouvoir stopper le chaos qui se propage inexorablement depuis plus d'un an. Les survivants s'affrontent pour les ressources encore disponibles, s'entassent dans des camps de réfugiés ou tentent de refonder de petits noyaux humains en équilibre précaire sur la vague du désastre.

Petra Alba abrite désormais dix-huit habitants âgés de cinq à quatre vingt quatre ans. Les survivants ont presque tous été jetés sans ménagement sur les routes de l'exode, comme vomis par les villes qui les avaient vidés de leur substance. Ils se réapproprient le hameau maison par maison, au fur et à mesure qu'ils ont besoin de plus de surface pour loger et nourrir tout le monde. Du haut de son chantier, les outils à la main, Jacques se rappelle leurs difficultés à réhabiliter les champs en contrebas. Avec l'énergie de ceux pressentant qu'une solution est peut-être à leur portée, ils ont commencé à cultiver quelques lopins de terre au pied du village, et à développer l'élevage.

Les habitants ont amélioré leurs techniques agricoles notamment grâce à Henri, un ancien agriculteur de quatre vingt quatre ans qui habitait un peu plus bas dans la vallée avec son épouse. Ces aînés sont la mémoire vivante de pratiques agricoles ancestrales, les gardiens de savoir-faire et d'astuces que la mécanisation agroalimentaire avait rendu presque caduques. Aujourd'hui, ils sont une mine d'information pour les survivants inexpérimentés confrontés à la nécessité de produire leurs propres ressources. Dès l'an zéro, Henri a transmis son précieux savoir aux réfugiés. Grâce à ses conseils bienveillants et amusés, ils ont pu tenter de reproduire des gestes oubliés, remettre en marche de vieilles faucheuses, apprendre à utiliser la charrue Brabant, mener les animaux de trait, semer et récolter à la bonne lune…

Au printemps, Henri a beaucoup ri en voyant ces "paysans de la ville", comme il les appelle affectueusement, essayer de tracer leurs premiers sillons de labour. Il faut dire qu'au début, les bœufs faisaient un peu ce qu'ils voulaient, ce qui le mettait dans une grande hilarité. Jacques sourit lui-même en se remémorant leur tentative pour dompter David & Goliath, leurs deux énormes bœufs de trait récupérés dans une ferme détruite plus bas dans la vallée. Finalement seul Pierre, un ancien conducteur de métro lyonnais, semble pouvoir contrôler les paisibles mastodontes n'obéissant qu'au son de sa voix.

Cette première année de refondation leur a permis de prendre toute la mesure de leur fragilité. Ils se sont rapidement aperçu que chacun de leurs gestes et de leurs tâches quotidiennes avait son utilité et s'inscrivait dans une finalité ne laissant aucune place au superflu. Leur lien à la terre s'est imposé de lui-même dans toute son âpreté, mais aussi sa générosité.

C'est ainsi que les "paysans de la ville" redécouvrirent avec une sorte de joie enfantine et jubilatoire qu'ils pouvaient subvenir à leurs propres besoins alimentaires. Ils furent presque étonnés de pouvoir directement obtenir des résultats avec leurs jardins, leur bassin à truites, ou leur poulailler sans avoir à passer par les rayons des supermarchés…

Jacques s'est spécialisé dans la rénovation et la taille de pierre. Ses mains sont devenues calleuses à force de manipuler les blocs de roche et le marteau. Son corps s'est habitué à sa nouvelle vie, son rythme exigeant et des aliments moins riches en graisse. Ses muscles se sont rapidement dessinés et renforcés, comme s'ils attendaient de trouver enfin un but après des années de travail derrière un ordinateur. Il donne vie à des formes, sculpte l'espace, modèle le roc et cela le comble. L'architecte s'est trouvé une véritable passion pour ce métier qu'il considère comme la continuité de son précédent travail. Après avoir conçu sur papier les plans de vastes programmes qu'il ne voyait jamais sortir de terre depuis ses bureaux parisiens, il les réalise désormais de ses propres mains. Et, malgré la modestie de ses réalisations, Jacques en tire beaucoup plus de satisfaction, surtout lorsqu'une nouvelle famille inaugure une bâtisse remontée à la sueur de son front.

Le contact avec la matière lui plaît. Il a peu à peu appris à choisir la bonne pierre, celle convenant à une voûte, ou à un mur. Quelques coups vifs de marteau sur les arêtes après l'avoir faite pivoter dans ses mains, et elle s'ajuste à la perfection. C'est comme une seconde nature répondant à un appel venant du plus profond de lui-même. Une activité désormais essentielle à sa nouvelle existence, et qui aurait pu paraître désuète au Jacques hyperconnecté d'avant "la chute". La reconstruction de Petra fournit un nouveau but à sa vie, comme elle permet aussi à tout ceux qui sont venus les rejoindre de partager des activités simples et compréhensibles tournées vers la survie du groupe et la solidarité.

Il s'est aussi révélé dans ses fonctions d'organisateur de la vie du hameau : au fil des mois, alors qu'un espoir de raison et de sens émerge de la refondation, il a gagné la confiance de ceux qu'il a décidé d'accueillir à Petra. Il ne s'attendait pas vraiment à être ainsi sollicité, et à devoir coordonner les actions et les décisions car certains sont plus expérimentés que lui et, de son point de vue, plus aptes à diriger. Mais les gens viennent spontanément le voir. Le jeune chef sait écouter, et essaye de tenir compte du caractère de chacun sans trop s'imposer. Il connaît ceux qui attendent du réconfort et des encouragements, ceux qui ont toujours besoin qu'on leur dise quoi faire, et les grincheux qui, au contraire, n'acceptent pas que l'on vienne leur dire quoi que ce soit…

Malgré ses trente-deux ans, il organise avec habileté le travail de la petite communauté dont les efforts sont majoritairement tournés vers la production agricole et l'élevage, ainsi que vers le recyclage des outils qui peuvent être réparés ou la réhabilitation de certaines technologies.

Jacques est secondé par Nico, qui habite depuis peu avec sa nouvelle compagne, Muriel, arrivée avec sa fille Jade, âgée de six ans. Elles ont échappé de justesse à une razzia conduite par un groupe armé qui a massacré et dépouillé les réfugiés de passage sur "leur terre". Muriel et Nico se sont d'abord croisés lors des activités quotidiennes, avec une régularité qui fit bientôt sourire tout le monde… Ils ont appris à se connaître, et ont fini par aimer être ensemble et voir Jade retrouver sa joie de vivre.

Avec une douleur commune, mais aussi un sentiment d'urgence et de fragilité partagé par tous, quelques couples se sont progressivement formés.

Jacques quant à lui n'est pas vraiment fixé, au grand désarroi de ses parents qui le verraient bien fonder une famille avec Isabelle, une réfugiée de la première heure dont il est régulièrement assez proche… Le fait qu'elle ne soit pas possessive convient parfaitement à Jacques qui lui, est possédé par Petra.

Dans sa vie d'avant, l'architecte ne s'était jamais autant impliqué dans une réalisation collective. Et lorsque du haut de son toit, il cherche les raisons profondes d'une telle obsession, il lui suffit de contempler l'espace aux contours réels et compréhensibles qui se matérialise devant lui pour trouver quelques éléments de réponse.

Pour la première fois de sa vie, Jacques n'a pas le sentiment d'évoluer dans une abstraction, une gigantesque machinerie dont il ne verrait jamais la fin. Pour la première fois de sa vie, il partage avec d'autres un espace où ils peuvent développer leurs propres réponses, interagir, échanger, expérimenter et envisager positivement l'avenir…

Le village est à taille humaine, et seules les satisfactions que les villageois y découvrent jour après jour semblent infinies. Car Petra crée des solutions, offre des places, sécurise la survie de tous et redonne un espoir concret. Petra leur est précieuse, car elle réhabilite leur humanité mise en danger.

Avant de descendre de son promontoire Jacques embrasse du regard la vallée de Petra alors que le soleil décline derrière les cimes rougeoyantes. Il écarte les bras, comme pour mieux recevoir ce don. Lui, le jeune urbain emporté par un monde global tourbillonnant qui ne se conjuguait qu'au futur, retrouve sa fragilité originelle et communie enfin avec ce qui l'entoure.

"La chute" a écorché les hommes, elle les a laminés et débarrassés contre leur gré de leurs armures rutilantes et de leurs pouvoirs extraordinaires. Désormais ils sont nus, comme au premier jour.

Les migrants

An 2 après « La Chute »

Lorsque les nuages tapissent la vallée de Petra Alba, elle se dresse telle une île flottant au-dessus de la tempête. Coupée du monde, mais aussi reliée à lui au travers des naufragés qui lui parviennent. À la fin de l'été, de nouvelles arrivées ont permis de collecter des informations et de se renseigner sur les dégâts provoqués par deux années d'anarchie et d'affrontement. Le village compte désormais vingt-six habitants.

Les voyageurs sont le dernier lien entre le hameau isolé et le monde d'en bas, ou ce qu'il en reste… Tous confirment que partout en Europe occidentale, de nombreuses personnes périssent dans des affrontements armés, dans des foyers d'épidémies, mais surtout dans la famine biblique qui s'aggrave. Le retour "à la normale", que certains appellent de leurs vœux, semble improbable à brève échéance. Des combats opposent des groupes armés réguliers contre des paramilitaires. La confusion est totale…

Les paramilitaires sont apparus dans les plaines au début de l'an deux. Ils recrutent des déserteurs et tous les hommes disposés à se servir d'une arme sans trop se poser de questions. Organisés comme des milices, ils se déplacent rapidement de village en village réduisant les réserves de leurs victimes à néant, puis passant à une autre cible qui sera inexorablement pillée. Ces "hordes sauvages" sèment la terreur et la désolation où qu'elles passent. Dans ce maelström les militaires, beaucoup moins mobiles, apparaissent comme un fragile rempart contre l'usage de la violence qui embrase le pays. Deux années après l'effondrement, une armée disparate et désœuvrée, sans soutien logistique, manquant de moyens, souffrant d'une pénurie généralisée d'essence et de vivres, survit aux crochets de hameaux reconvertis dans l'agriculture vivrière. Durant la première année, les soldats ont bien reçu quelques ordres du gouvernement dont la rumeur dit qu'il s'est réfugié sur une île perdue au milieu de l'Atlantique, sans que personne n'en soit vraiment sûr… Mais, avec l'aggravation de la situation et la rupture des communications, le commandement ne peut plus faire appliquer ses décisions sur le terrain.

Les militaires campent plus bas dans la vallée, à proximité du village de Barrome situé à plus de huit heures de marche de Petra. Les soldats contrôlent ainsi l'entrée de l'étroit corridor conduisant aux alpages, et réorientent parfois les migrants vers le hameau lorsqu'il n'y a plus de place en bas.

Les militaires ont dû ouvrir le feu à plusieurs reprises sur des groupes armés se sentant assez forts pour attaquer Barrome et tenter de s'emparer des ressources alimentaires. Il y a eu des morts des deux côtés. Petra avait été épargnée par ces confrontations essentiellement localisées dans les plaines où les flux migratoires sont importants. Les habitants du hameau pensaient être en sécurité et hors d'atteinte dans leur petit univers. Ils ont rapidement compris que ce n'était pas le cas : Un beau matin, ils surprennent cinq migrants armés se servant copieusement dans le potager collectif !

L'alerte est donnée par Laurent, ancien comptable en Avignon, en charge de la menuiserie du village. Aidés de trois autres habitants appelés en renfort, ils tentent de faire fuir les pillards en haillons qui n'hésitent pas une seule seconde à ouvrir le feu dans leur direction !

Heureusement, personne n'est touché, mais ils sont obligés de rebrousser chemin pour s'abriter derrière les remparts. Le petit groupe se contente alors de regarder, impuissant, le pillage en règle de leur jardin. Jacques, alerté par les tirs, arrive sur place, et décide immédiatement de regrouper quelques volontaires pour repousser les assaillants hors de leur vallée.

Après de précieuses minutes perdues pour aller chercher leurs armes, un groupe de sept hommes sort enfin de l'enceinte. Il progresse prudemment vers le jardin que les pillards ne semblent pas vouloir abandonner sans lutter. La confrontation est alors inévitable, et des échanges de tirs intenses soulignent l'enjeu du combat. Jacques finit par toucher mortellement un assaillant qui s'effondre sur place. Les autres s'enfuient, poursuivis par la meute de Petra, soudainement galvanisée par la déroute de l'ennemi, et résolue à laver l'affront.

Les accrochages et la partie de cache-cache mortelle entre les deux groupes durent toute la journée, sous la surveillance de ceux restés pour garder le hameau et protéger les enfants.

En fin d'après-midi, Jacques et son équipe reviennent fourbus et indemnes, sous les acclamations du clan qui communie dans cette victoire. Grâce à leur parfaite connaissance du terrain, ils ont mis hors d'état de nuire les intrus, repoussés au-delà du pont qui matérialise la limite géographique de leur territoire.

Cette première incursion d'éléments hostiles dans la vallée marque un tournant pour les villageois qui n'ont pas eu d'autre alternative que d'affronter la menace. Le soir venu, Jacques discute avec quelques habitants du hameau rassemblés pour l'occasion dans l'ancienne grange réaménagée en salle commune.

— Ce qui vient de se passer aujourd'hui est un avertissement que nous ne pouvons ignorer. C'est un miracle si aucun de nous n'a été blessé. À l'avenir, nous devons mieux organiser notre sécurité car il ne faut plus compter sur les militaires de Barrome pour arrêter les intrusions.

— Et comment comptes-tu t'y prendre ? demande Janice, une ancienne informaticienne encore ébranlée par cette soudaine explosion de violence.

— Eh bien, il y a plusieurs choses à organiser : d'abord il va falloir ressortir les armes que nous avions peut-être rangées trop tôt, et les garder avec nous lorsque nous sommes en dehors de l'enceinte de Petra.

— Et à quoi penses-tu d'autre ? interroge David, le dentiste de Carpentras, devenu le médecin du village en l'absence de personne plus qualifiée.

— Je pense que nous devons gérer un paradoxe : nous devons à la fois nous protéger des migrants hostiles en les contrôlant dès qu'ils arrivent, mais nous devons aussi être capables d'intégrer de nouveaux éléments si nous voulons mieux assurer notre défense en étant plus nombreux.

— Quoi ? Tu veux dire que l'on va encore accepter de nouveaux réfugiés ? demande Bernard, surnommé "Bernie le Fou".

Il était arrivé l'année précédente avec sa seule guitare en bandoulière. "Bernie le fou" est une sorte d'objet chantant non identifié, aussi appelé le barde du village… Il passe ses journées à fredonner lorsqu'il travaille aux champs, et gratte sur sa guitare le soir venu, s'il ne s'est pas blessé… Il reste une inépuisable source d'étonnement et de bonne humeur pour la communauté qui l'a rapidement adopté.

— Oui Bernie, nous devons encore intégrer des migrants pour atteindre une taille dissuasive vis-à-vis d'éventuels agresseurs car nous commençons à attirer des convoitises… Aujourd'hui, nous avons pu repousser cinq agresseurs non sans difficulté, mais que se passera-t-il demain s'il y en a dix ou vingt qui débarquent ? Nico intervient :

— Jacques a raison. Il y a encore de la place à Petra et nous pouvons accueillir de nouveaux migrants. Qui sait, avec un peu de chance, Bernie trouvera peut-être une chanteuse dans le lot ! Taquine-t-il en déclenchant l'hilarité générale. Mais très rapidement les visages se referment.

Pierre, en charge des plantations sur le flanc Sud, prend la parole à son tour :

— Comme vous le savez, nos premières récoltes de blé et de pommes de terre ont été bonnes. Techniquement, nous pouvons donc nourrir entre dix et quinze personnes supplémentaires qui arriveraient d'ici la fin d'année ou le début de l'année prochaine.

— Parfait, mais nous devons cependant veiller à ne pas nous mettre en danger en acceptant plus de bouches que nous ne pouvons en nourrir, précise Jacques. Le pacte social qui nous lie implicitement depuis le début est assez simple : soit le migrant trouve à contribuer d'une manière ou d'une autre à la survie de tous selon ses capacités, soit il continue sa route en dehors de notre vallée…

La salle acquiesce à cette règle qui s'est imposée, telle une évidence, sans qu'il ne soit nécessaire de la formuler. Jacques a le sentiment que l'attaque des migrants a réaffirmé la valeur de leur collaboration qui ne se limite pas uniquement à la production de denrées alimentaires et à la réhabilitation de Petra. Leur travail produit autre chose, et va bien au-delà. Il est surtout l'occasion de participer à la vie du village, d'échanger avec autrui, d'exercer ses talents dans un domaine particulier, ou de développer sa créativité…

Les habitants peuvent ainsi démontrer leur implication dans une logique de reconstruction à la fois globale, mais aussi très personnelle. Ils s'entraident et en tirent, outre le sentiment de véritablement participer à la petite agora, une joie finalement très égoïste. Il a fallu du temps pour que les survivants intègrent ce concept tranchant radicalement avec la vie "d'avant" car le temps ne peut plus faire l'objet d'une rémunération. L'argent n'existe plus, et ne peut plus être une finalité. Ils ne travaillent donc plus pour en gagner directement, mais pour produire des biens ou des services pour eux-mêmes et pour la communauté. Ils peuvent en retour les troquer contre d'autres biens ou des services… Pour certains, l'adhésion à ce système de troc s'est faite simplement sans trop de perturbation. Pour d'autres, il a fallu expliquer, convaincre, et rassurer sur l'équité du modèle…

Jacques étudie ces visages familiers. Il connaît une partie de leur histoire et sait que tout le monde a souffert à différents degrés de l'effondrement. Le jeune chef sait aussi que l'envie d'oublier est proportionnelle à celle de s'investir dans la refondation qui matérialise tous les espoirs.

— Nous devons organiser dès demain une surveillance armée de notre territoire, réaffirme Jacques. Nous n'aurons pas de seconde chance…

Lorsque son ami Nico, l'ancien policier de la BAC, propose de planifier des tours de garde, de nombreux volontaires se pressent déjà devant lui avec enthousiasme.

En les observant, Jacques ne cesse de s'étonner de ce nouveau monde d'après "la chute". C'est un curieux mélange de nécessités médiévales et de modernités assumées.

Sur certains aspects, il s'appuie largement sur ce que les survivants ont pu sauver et réparer de la technologie : les ordinateurs en réseau côtoient ainsi les fourches, les panneaux photovoltaïques les troupeaux de moutons…

Sur d'autres aspects, il implique une organisation clanique nécessaire à la survie du groupe, qui doit être capable de faire bloc, d'afficher sa force et de s'en servir en cas de nécessité.

Cette violence légitime n'appelle aucun débat, et ne suscite aucun questionnement philosophique ou remords au sein de la communauté, c'est un état de fait. Tout le monde considère l'usage de la force comme une évidence pour défendre une fragile renaissance. Elle s'oppose à la plus sauvage des prédations, d'où rien ne semble émerger d'autre qu'un chaos sans lendemain.

La cueillette

An 3 après « La Chute »

Trois années viennent de s'écouler depuis "la chute", le chemin de Petra Alba charrie toujours des réfugiés. Le plus souvent seuls, ils montent aux alpages baluchon sur l'épaule avec l'espoir de mettre le plus de distance entre eux et la "civilisation". Les villageois apprennent par leur intermédiaire que plusieurs foyers de choléra ont été signalés dans la vallée du Rhône et à Marseille. Au-delà, ils ne savent pas, mais se doutent du pire… Le camp de Manosque quant à lui, retient toujours des milliers de réfugiés. Les rations militaires leur permettant de survivre sont presque épuisées. Les heurts entre les naufragés à la recherche de nourriture et les villages alentour sont quotidiens. Le cloaque semble au bord de l'explosion…

La menace préoccupe les habitants de Petra qui ne pourront certainement pas faire face à un afflux massif de migrants, qu'ils soient pacifiques ou non. Le hameau a mis en place un plan agricole et de rénovation permettant d'intégrer dix nouveaux réfugiés par an, ce qui porte désormais le nombre total d'habitants à trente quatre. Jacques voit dans chaque nouvelle arrivée une occasion d'enrichir le projet de refondation avec l'expérience des migrants, et de leur proposer, s'ils le souhaitent, une place pouvant convenir à tous.

Face aux demandeurs d'asile parfois agressifs, ils ont compris que la dissuasion armée est nécessaire pour éviter l'usage de la violence. Car l'instant de la rencontre est toujours très délicat, et les survivants de Petra ne savent jamais à quoi s'attendre…

Les équipes en charge de la surveillance doivent rapidement identifier les réfugiés potentiellement "intégrables" du fait de leur métier, et repousser ceux qui représentent un risque pour le village, ou ne peuvent plus être intégrés, le quota d'habitants étant atteint. À plusieurs reprises ils ont dû se défendre contre de petits groupes n'acceptant pas de repartir. À cette occasion, Petra a déploré ses premières victimes, ce qui a renforcé la nécessité de sécuriser toute leur vallée en affichant une vraie force de dissuasion.

Au début, Jacques et Nico eurent quelques difficultés à convaincre tout le monde de mettre en place une organisation quasi militaire pour être efficace. En effet, les comportements des villageois avaient été conditionnés des années durant par des visions angéliques d'un jardin d'Eden bio, où les survivants seraient tous des démocrates, pacifiques, supérieurement éduqués, et "porteraient des pulls en poil de lama" comme le chantait si bien Bernie. Mais une réalité beaucoup plus violente s'est imposée à eux aux travers d'intrusions dictées par la convoitise, le mépris et la faim. Pour ne pas être balayés, ils ont dû renforcer leur sécurité en entraînant les habitants en âge de porter une arme.

En parallèle, les conditions de vie plutôt spartiates du début se sont largement améliorées, grâce aux technologies soigneusement entretenues par les habitants.

En cette fin d'après-midi, les villageois au complet viennent d'aménager la grande cascade afin d'étendre le système d'irrigation des jardins, mais surtout d'entraîner une turbine hydraulique trouvée dans une ferme abandonnée. Elle fournira de l'électricité à tout le hameau, en complément d'une éolienne déjà en fonction depuis deux ans.

Tout le monde s'y est mis, même les enfants qui courent sur la rive, et font semblant de trébucher pour finalement tomber tout habillés dans l'eau sous les cris faussement courroucés de leur mère, ou de celles qui les ont remplacées…

La joyeuse troupe remonte vers Petra et, comme souvent après de gros travaux en commun, ils s'attablent ensemble pour partager le repas. Les habitants ne manquent jamais une occasion de se réunir, surtout lorsque le temps s'y prête. Devant un auditoire très attentif, Pierrc présente fièrement ses premiers litres d'huile d'olives récoltées plus bas dans la vallée. Avec Philippe, un autre migrant spécialisé en mécanique, ils ont remis en état un vieux pressoir permettant d'extraire une récolte suffisante pour tout le village.

— C'est vrai que les poulets sont meilleurs comme ça ! taquine Nico en brandissant une belle cuisse dorée qu'il dévore à pleine dent.

— C'est toujours mieux que tes perdreaux secs et pleins de petits plombs Môsieur le chasseur du dimanche ! rétorque Pierre.

Tout le monde s'amuse de leur amicale querelle, et la soirée se passe à discuter des prochaines améliorations, et des projets pour le futur. Jacques observe cette grande tablée qui discute, se chamaille gauloisement, et il se dit que leur histoire et leur mode de vie commencent à produire une empreinte commune. Son cheminement a été progressif depuis son départ forcé de Paris il y a plus de trois ans… Il n'a été frappé d'aucune révélation mystique, un brin de paille au coin de la bouche en regardant paître son troupeau dans les alpages. Pourtant, une interrogation inhabituelle s'est progressivement imposée à lui : « Comment être heureux dans ce nouveau monde qui semble vouloir perdurer ? »

Avant "la chute", l'architecte ne s'était jamais vraiment posé cette question car il n'en avait pas le temps. Le plus souvent, on se chargeait d'ailleurs de répondre à sa place. Il se souvenait d'avoir eu pléthore de solutions pour être heureux et "conforme" dans un monde offrant tellement de potentiel, mais finalement si peu de possible… Aujourd'hui, le silence a remplacé la cacophonie permanente d'images et de son diffusés en flux continu sur tous les supports possibles et imaginables. Hors de portée, il peut enfin s'entendre penser. Il n'y a plus de sollicitations pour lui proposer d'acheter des produits qui le rendront heureux, ou pour lui vendre des services censés répondre à "la" question.

"Bernie le fou", toujours prompt à mettre en musique leur quotidien, a d'ailleurs composé une chanson à ce sujet. Le titre est même devenu un slogan avec lequel tout le monde le taquine à longueur de journée en le croisant : « Mais qu'est-ce qu'on fout ici bon sang ? ». Voilà l'interrogation à laquelle il faut tenter de répondre au bout de trois ans de survivance faite de frugalité et de pénuries diverses. Car tous comprennent plus ou moins consciemment désormais que remonter des murs en pierre, cultiver, élever, réparer des ordinateurs ou une éolienne, ne sont pas forcément des activités se suffisant à elles-mêmes. Elles doivent porter un sens et une ambition plus vaste…

À Petra les journées sont bien remplies, comme elles l'étaient avant "la chute" lorsque la ruche moderne bourdonnait encore. Mais elles le sont différemment, par quelque chose dont le parfum flotte en permanence autour des villageois. Les rescapés sont dans ce qu'ils font, et s'en nourrissent au propre comme au figuré. Privés des artifices modernes, leur cheminement semble plus intérieur, et Jacques a maintenant le sentiment qu'ils commencent à répondre à la question de "Bernie de fou"…

Le repas prend fin tard dans la nuit, car le dimanche reste traditionnellement un jour où les travaux sont moins intenses. Le lendemain, Jacques et quelques villageois ont d'ailleurs prévu d'aller ramasser des champignons sur le flanc ouest de la vallée où les cèpes ont commencé à pousser.

Sous le clair de lune, il raccompagne ses parents jusque chez eux tout en discutant. Ils sont très inquiets, car Manu et Clara n'ont toujours pas donné de nouvelles… Il tente de les rassurer sur le sort de son frère et de sa sœur, mais partage leur anxiété en pensant aux nombreuses familles séparées lors de l'exode.

Puis Jacques rentre seul dans les ruelles de Petra. Deux semaines auparavant, Isabelle et lui ont décidé de mettre fin à leurs rencontres épisodiques. Jacques ne souhaitait pas vraiment s'engager dans une relation plus sérieuse, alors qu'elle estimait que le moment était peut-être venu de fonder un foyer. Ne partageant pas du tout la même perception de la situation, ils avaient préféré rester bons amis, et se laisser une chance d'atteindre leurs objectifs séparément. Jacques pense que ce désir partagé de refondation s'exprime différemment selon les individus et les sexes. Alors qu'Isabelle rêve d'un foyer et d'enfants, il souhaite avant tout concevoir un espace dans lequel la vie puisse se poursuivre en toute sécurité. Cependant, il comprend la jeune femme, car l'appel qui résonne en lui s'inspire sans doute des mêmes fondements. Ils poursuivent des buts essentiels à leur manière. Aujourd'hui, Jacques est plutôt préoccupé par l'afflux constant de migrants vers Petra, et la manière dont le hameau va évoluer dans le futur avec tous ces naufragés des cités modernes venant frapper à leur porte…

L'architecte marche dans les rues désertes, effleure les murs de chacune des maisons qu'il a reconstruites, s'attarde sur un détail en même temps qu'il considère le projet de refondation dans sa globalité. Il s'assoit un instant sur un banc, et s'accorde un moment pour tenter de formaliser ce qui l'obsède depuis des mois. Il a l'intuition que Petra ne doit pas grossir sans limite. Il se dit qu'il faudra rapidement créer d'autres solutions ailleurs, et favoriser la division des ressources vers d'autres lieux afin que le hameau ne devienne pas le seul point d'attraction du secteur. Jacques imagine aisément que des milliers de villages ainsi essaimés aux quatre coins du territoire, permettront à autant de bouchers, de boulangers, de fermiers, d'instituteurs, de médecins, de coiffeurs… de retrouver leur place. Certainement de quoi accueillir les migrants encore dans les camps, tout en réglant les problèmes d'alimentation. Une manière aussi de favoriser une architecture mieux distribuée dans l'espace, et moins polarisée autour de villes incapables d'exister sans énergie.

En tant qu'urbaniste l'idée lui plaît, à la fois parce que la vie s'est imposé le modèle de la division cellulaire pour croître au travers de cellules de taille constante, mais aussi parce que ce schéma est rendu possible par les technologies que les villageois réhabilitent. Sans elles, ils seraient encore tous au moyen-âge…

Il se prend même à rêver : à terme, tous ces hameaux pourront fonctionner de manière autonome, mais resteront coordonnés. Des villages connectés, comme autant de cellules d'un même organisme, partageant une même empreinte et capables de composer des fonctionnements selon les enjeux à traiter.

En rentrant chez lui, il ne parvient pas à fermer l'œil tant il croit tenir une ébauche de solution pour l'avenir de Petra. Il se demande si cette nouvelle civilisation de villages autonomes reliés entre eux, qu'il baptise vicilisation, de "vicus", le village en latin, ne pourrait pas être une architecture fondatrice pour les prochaines années…

Jacques y voit une sorte de mécanisme naturel de sauvegarde de l'homme contre lui-même et sa capacité à s'étendre sans cesse, souvent dans la mauvaise direction…

Avec l'industrialisation, le processus millénaire de division cellulaire des villages s'est déréglé, tel un cancer. Des millions de tumeurs malignes ont ainsi pu prospérer aux dépends de ceux qu'elles se proposaient d'émerveiller. Mais l'architecte comprend maintenant que ce mouvement de l'histoire recelait, dès son origine, les germes de sa propre destruction, notamment parce qu'il n'allait que dans une direction : celle d'une croissance insoutenable, souvent consentie au détriment des hommes eux-mêmes. Ce ne sont pas les villes qui doivent être sans limite, mais nos rêves… Il se retourne dans son lit, et aperçoit par les volets entrouverts la vallée en contrebas. Il s'endort, enfin apaisé, conscient d'avoir choisi son grand Jihad.

C'est Théo, le fils adoptif de Pierre, qui le réveille le matin en frappant à sa porte.

— Tonton Jaaaaacccqqques on part aux champignons !

Il sursaute et a l'impression d'avoir dormi à peine une heure ! Le tailleur de pierre se lève péniblement et va ouvrir à Théo qui se moque immédiatement de ses cheveux en pétard.

— Mais quelle heure il est, là ?

— C'est 8 heures ! C'est maman qui m'a dit de venir te réveiller, répond le petit garçon pour éviter que "tonton Jacques" ne le sermonne.

— Bon, bon, j'arrive, dit Jacques en refermant la porte.

Il prend une douche d'autant plus rapide que l'eau de la source n'a pas encore été réchauffée par le système de chauffe-eau solaire. Il s'habille et rejoint les cueilleurs sur la place de Petra. Les adultes sont armés comme à chaque fois qu'il faut s'éloigner du village. Jacques a simplement pris un fusil de chasse dans l'espoir que le chien de Pierre marque un faisan, une bécasse ou un lapin. Ils n'ont pas vu de migrants depuis des semaines, mais ils ne sont pas à l'abri d'une rencontre dangereuse…

Le soleil commence à réchauffer les pierres calcaires du petit chemin qu'ils empruntent pour rejoindre le coin aux champignons. Le "rodou" en patois local, se trouve plus bas dans la vallée, dans une petite forêt de pins et de chênes. Derrière une petite crête, ils détectent un mouvement au loin. Tout le monde se fige, Jacques sort ses jumelles et identifie deux personnes armées qui empruntent le chemin vers Petra.

C'est un couple. Ils portent chacun un sac à dos et n'ont pas encore repéré le groupe de villageois qui s'est immédiatement mis à couvert. Jacques demande à Nico et Philippe de passer par les flancs et décide de rester seul afin d'être vu. Enfin, le couple les repère. Il s'arrête, semble hésiter, regarde autour de lui, puis décide de poursuivre. La femme tient ostensiblement son fusil à deux mains. Jacques fait de même et avance vers eux sans geste brusque. Cent mètres restent à couvrir. Sur les côtés, Nico et Philippe progressent en soutien au cas où… Les enfants sont restés en retrait en haut de la crête, et les deux groupes se rejoignent en bas du vallon. Jacques reste à une vingtaine de mètres en tenant fermement son arme. Il peut maintenant distinguer les vêtements déchirés et les visages amaigris du couple. Elle seule porte une arme mais ne les mets pas en joue.

— D'où venez-vous ? demande-t-il en guise de bienvenue.

— Du camp de Manosque, répond la femme. Elle observe avec inquiétude le mouvement d'encerclement de Philippe et Nico.

— Ne vous inquiétez pas, rassure Jacques d'une voix calme la main tendue en l'air en signe d'apaisement. Nous faisons ceci pour notre sécurité afin d'éviter d'utiliser nos armes. Comment êtes-vous arrivés jusqu'à nous ? demande-t-il en se rapprochant à moins de dix mètres.

— On a pu s'échapper du camp de Manosque il y a une semaine, mais on a eu des problèmes plus bas dans la vallée à

Mazel, où nous avons dû nous défendre. Puis à Barrome, où on nous a chassés à cause de mon ami…

— Qu'est ce qu'il a ? interroge Jacques se rapprochant encore, et en montrant du doigt l'homme famélique qui ne semble pas réagir au stress du moment et à ce qui l'entoure.

— Il a été choqué à Mazel il y a deux jours lors de l'accrochage avec les villageois, il a dû craquer psychologiquement. Je pense que c'est temporaire, mais je n'arrive plus à communiquer avec lui.

L'homme semble atteint du "syndrome de la chute" apparu dès l'an zéro. De nombreux migrants, à bout de force, sans espoir et broyés par les scènes de violence s'enferment ainsi dans un mutisme plus ou moins prononcé. Cela peut durer quelques jours pour certains, quelques mois pour d'autres qui parfois se laissent mourir…

Ça s'annonce plutôt mal pour ces réfugiés, le village pouvant difficilement se transformer en cours des miracles, compte tenu de la faiblesse de leurs moyens. Ce ne serait pas la première fois qu'ils demandent à des migrants de faire demi-tour, aussi dur que cela puisse paraître…

— Pourquoi être montés jusqu'ici malgré son état ?

— C'est un endroit que mon compagnon connaît depuis longtemps, et c'est le but de notre voyage. Nous avons espoir de retrouver ses parents qui lui ont laissé un message dans sa maison d'enfance à Mazel lui indiquant qu'ils l'attendent ici à la "Forteresse de Petra"…

Un frisson parcourt Jacques instantanément ! Il s'approche à moins de deux mètres, pour essayer de percer l'épaisse barbe, et la couche de crasse sur le visage du fantôme fixant toujours le sol. Son cœur bat à tout rompre. Serait-ce…

— Comment s'appelle-t-il ? parvient-t-il à articuler, tout en connaissant déjà la réponse.

— Il s'appelle Emmanuel Soubey, pourquoi ?

— Parce que ses parents sont bien ici à la "Forteresse", et que je suis Jacques, son grand frère !

Le tracteur

An 3 après « La Chute »

Aujourd'hui est un jour à marquer d'une pierre blanche. Au terme de nombreux essais et tâtonnements, Philippe, l'as du bricolage, est enfin parvenu à reconvertir le système de carburation d'un vieux tracteur agricole pour le faire fonctionner à l'huile végétale !

Cette technologie, facilement disponible avant "La Chute", permet de faire marcher les moteurs diesel avec presque n'importe quelle huile végétale. Lorsque les villageois entendent le tracteur toussoter, puis démarrer et tourner au ralenti sans caler, ils se précipitent tous dans la grange à l'extérieur du village pour constater de leurs yeux qu'ils ne rêvent pas ! Trente-neuf curieux, petits et grands, se pressent autour de l'engin pétaradant, émerveillés par la prouesse. Les implications de la redécouverte de Philippe sont assez importantes en matière d'agriculture. Cela n'échappe à personne, lorsque le soir venu, une petite conversation informelle s'organise dans la salle commune entre quelques couche-tard réunis autour du foyer.

— Dès le printemps, on va pouvoir préparer les terres que nous n'avions pas pu cultiver sur le flanc ouest, se réjouit Pierre.

— À combien estimes-tu le gain en terme de productivité ? demande Jacques en se tournant vers son frère, ancien ingénieur agronome.

Depuis son arrivée à Petra à la fin de l'été, Manu s'est rapidement remis du traumatisme lié aux affrontements. Avec sa compagne, il occupe une petite ferme, et participe activement à l'optimisation des variétés de semences, ainsi qu'à la conservation des graines dont dépend leur survie.

— Si je me rappelle bien de mes cours, il me semble qu'avec la mécanisation, la productivité agricole a été multipliée par sept après la seconde guerre mondiale, répond l'ingénieur.

— Ça veut dire qu'on pourra être plus efficaces qu'avec les animaux de trait, s'émerveille Pierre. On pourra peut-être cultiver sept fois plus de surfaces en sept fois moins de temps ! Cela signifie aussi qu'on peut théoriquement être sept fois plus nombreux à Petra…

L'assemblée enthousiaste applaudit, presque unanime, devant de tels chiffres. Jacques quant à lui semble plus réservé, comme si quelque chose le gênait.

— Je partage votre joie en pensant aux prochains labours, et surtout à la retraite bien méritée de nos bœufs. David & Goliath doivent nous entendre depuis leur étable, et se féliciter de cette bonne nouvelle ! Il faudra aussi que Philippe documente le détail du procédé sur nos ordinateurs en réseau, précise t-il à son intention…

Depuis que de nombreuses techniques ont totalement disparu dans le chaos avec les livres ou les experts qui les maîtrisaient, les villageois ont mis en place un système de bibliothèque collaborative destinée à consolider et partager les savoirs disponibles sur cinq ordinateurs répartis dans le hameau. Trop souvent en effet, les survivants savent que la technique existe, pour l'avoir vue ou utilisée avant "la chute", mais sont incapables de la mettre en œuvre comme ce fut le cas durant trois ans pour le moteur fonctionnant à l'huile végétale. Grâce à Philippe, qui a dû faire preuve de persévérance pour retrouver des notices et résoudre de nombreux problèmes techniques, ils disposent désormais d'un atout considérable dans un monde où l'essence est devenue quasiment introuvable.

Mais qu'allons-nous en faire ? Se demande Jacques en sentant confusément qu'ils sont face à une alternative déterminante pour le futur de la refondation. Le jeune bâtisseur tient à faire part de son sentiment à ceux qui sont présents :

— Grâce à ce tracteur, et aux suivants que nous ne manquerons pas de refaire fonctionner, nous allons pouvoir produire plus, donc nous serons théoriquement en capacité d'absorber plus de migrants. C'est une bonne nouvelle, car nous devons encore sécuriser notre position pour faire face aux intrusions qui s'intensifient.

Les participants acquiescent se remémorant les derniers accrochages avec des pillards, deux jours plus tôt : ils doivent se défendre contre des meutes affamées devenant de plus en plus agressives. Jacques poursuit :

— Désormais, cette nouvelle force de travail nous offre des possibilités infinies de croissance, comme lorsque le tracteur est entré pour la première fois dans les fermes traditionnelles, avec les conséquences que nous connaissons aujourd'hui. Je pense que nous avons l'opportunité de nous poser à nouveau les bonnes questions.

— De quelles questions parles-tu ? interroge Philipe avec une pointe d'inquiétude, car il commence à bien connaître Jacques.

— Et bien, par exemple, jusqu'où voulons-nous croître grâce à la mécanisation ? Combien d'habitants devons-nous héberger à Petra ? Et surtout, quels sont nos objectifs en termes de qualité de vie ?

Isabelle répond la première à cette interrogation :

— Eh bien, comme l'explique Manu, le village peut sans doute accueillir entre quatre et sept fois plus de monde si nous construisons en dehors de l'enceinte… Nous pourrions peut-être devenir une belle bourgade de plusieurs dizaines de milliers d'habitants, et reprendre une vie normale si nous réparons tous les engins agricoles et les voitures de la vallée…

— Qu'est-ce que tu appelles une vie "normale" ? demande immédiatement Lise, une jeune institutrice de Marseille, en charge d'une petite école comptant désormais dix élèves répartis de la maternelle au lycée,

— Eh bien… Je pense à une vie plus facile, moins contrainte par les saisons, les travaux des champs, la nécessité de produire nous-mêmes nos aliments ou de nous défendre. Bref, j'imagine que tout redevienne comme avant.

— Excuse-moi Isabelle, mais je pense qu'il va couler de l'eau sous les ponts avant que tu ne puisses circuler avec ta voiture payée à crédit, acheter des yaourts allégés, et consommer de la nourriture cultivée par d'autres aux antipodes ! rétorque Lise agacée. Lorsque l'on produira plus grâce à la mécanisation, les échanges vont s'intensifier entre les villages, la mémoire des raisons de "la chute" s'estompera, et nous reproduirons exactement les mêmes erreurs…

— Et de quelles erreurs parles-tu ? réplique Isabelle, piquée au vif.

— Je parle de cités hors de proportions dans lesquelles personne ne produisait plus rien de vraiment utile, et où tout le monde consommait de tout ! affirme Lise. Ce sont elles qui ont généré les conditions de l'implosion. Elles ont favorisé l'émergence d'êtres sous perfusion et infantilisés qui ont fini par perdre le contact avec la réalité.

Jacques intervient pour calmer la discussion qui, comme à l'habitude, s'anime entre les deux amies qui s'apprécient, mais campent sur leurs positions dès qu'il s'agit de parler de politique ou d'organisation du village :

— Le retour "à la normale" qu'évoque Isabelle aura peut-être lieu à long terme, tempère-t-il. Mais je rejoins aussi Lise sur le risque de sombrer dans les mêmes travers dès que nous nous serons réapproprié les technologies…

— Dans ce cas, détruisons tout de suite le tracteur, et vivons comme au Moyen Âge ! Attendons que d'autres réhabilitent cette technique à notre place, et viennent nous écraser avec des chars d'assaut qui marcheront à l'huile de colza ! s'emporte Philippe.

— Rassure-toi, personne ne souhaite détruire ton travail qui va améliorer nos conditions de survie, confirme Jacques. Mais nous devons tous comprendre que nous sommes responsables de cette redécouverte, et surtout de la manière dont nous allons l'utiliser.

— Et toi, qu'en penses-tu ? demande Nico qui n'était pas encore intervenu.

— Je pense qu'il faut traiter les sujets par ordre de priorité : à court terme, on utilise le tracteur pour produire plus, donc intégrer d'autres migrants et mieux nous défendre. Je suis d'accord sur cet objectif à brève échéance. Mais il me semble utile de nous entendre sur nos buts à long terme, puis d'inscrire nos décisions dans le cadre que nous définirons ensemble.

— Heu… on a besoin d'un cadre pour utiliser un tracteur ? demande Bernie qui gratte sur sa guitare dans un coin sans perdre une miette du débat. La question fait sourire tout le monde, y compris Jacques.

— T'as raison Bernie, peut-être que je me fais des nœuds au cerveau pour pas grand-chose… Après tout, il ne s'agit que d'un modeste tracteur. D'un autre côté, je me dis que tous les engins que nous allons refaire fonctionner, vont changer la vie que nous bâtissons depuis trois ans. Et moi cette vie, elle commence à me convenir, notamment parce que nous pouvons créer, à notre échelle, nos propres solutions.

— Alors c'est quoi le risque, puisque cette découverte nous permet justement de continuer à produire à notre niveau ? questionne Philippe.

— Je pense que le risque c'est de poursuivre des buts qui ne sont pas les bons. La technologie ne devrait être qu'un moyen au service d'une ambition, et non pas une finalité. On s'aperçoit maintenant que le paradigme technologique d'avant "la chute" n'a pas forcément créé tout le bonheur qu'il nous promettait en repoussant les limites de la productivité.

— Très bien, mais c'est quoi la solution selon toi alors ? Demande Youssef, un ancien restaurateur ayant reprit une ferme en contrebas des fortifications.

— Je n'ai pas vraiment de solution miracle. Je ne m'appelle pas "Madame Irma" ! répond Jacques comme pour se défendre. Je constate simplement que l'homme est une insatiable énergie. Il est dans sa nature de souhaiter des améliorations, de rechercher plus d'efficacité, et de repousser sans cesse les limites, comme Philippe vient de le faire avec le tracteur…

— Et alors ? insiste-t-il comme pour l'aider à accoucher de son idée.

— Et alors, on ne pourra jamais lutter contre ça. L'humanité cherchera toujours à améliorer sa condition, c'est dans nos gênes, et c'est tant mieux ! Il faudrait simplement un lieu propice à notre inventivité, une sorte d'architecture sociale capable de canaliser positivement notre ingéniosité.

— À quoi penses-tu lorsque tu parles "d'architecture sociale" ? questionne Lise, intéressée par l'évocation.

— Je pense à des lieux créant une forte empreinte sociale et une faible empreinte écologique, exactement l'inverse de ce que proposaient les villes en quelque sorte… Si une "Petra" fonctionne, pourquoi ne pas imaginer des centaines, voire des milliers de "Petra" reliées entre elles ?

— Ça ressemble au début d'une nouvelle civilisation ton truc… commente un habitant.

— Oui, et ça pourrait être tellement différent de ce que nous connaissions, que j'appellerais plutôt ça une Vici-lisation.

— De "Vicus", qui veut dire "village" en latin, précise immédiatement le père de Jacques à l'intention de quelques membres de l'assemblée qui s'interrogent...

Jacques enchaîne avec passion :

— Pourquoi se limiter à notre nombril ? Hein ? Additionnons toutes ces petites améliorations au niveau d'un département ou d'une région, et nous obtiendrons une amélioration globale de la situation sans attendre qu'une solution nous soit parachutée d'un gouvernement ou d'institutions qui n'existent plus…

— Et tu crois vraiment que la somme de toutes les améliorations locales va créer une amélioration globale ? demande un autre villageois.

— Oui, j'en suis certain, mais uniquement si elles sont coordonnées. Si nous restons isolés, nous n'arriverons à rien, et nous reproduirons la ruralité du passé. Alors, plutôt que de favoriser l'expansion sans fin de Petra grâce aux engins agricoles, je préfère aider d'autres espaces à trouver des solutions, affirme Jacques. En essaimant ainsi nos technologies vers d'autres survivants, partageant sans doute nos préoccupations, nous pourrons les aider à mettre œuvre leurs propres réponses et écrire la suite de notre histoire…

— À terme, tu imagines donc une sorte de regroupement de villages ? C'est ça ? demande Janice, l'informaticienne, qui imagine déjà comment relier les villages et les savoirs…

— Oui en quelque sorte, car j'y vois surtout un moyen de sécuriser la refondation en connectant des territoires qui ont tout intérêt à collaborer pour survivre. À Petra nous prouvons tous les jours qu'un renouveau est possible. Alors, que se passerait-il si nous partagions nos savoirs ? Qu'adviendrait-il si nous facilitions les échanges au travers d'un chapelet de hameaux de tailles équivalentes, connectés entre eux ?

— On obtiendrait sans doute un accroissement des échanges, une certaine émulation, pour ne pas dire compétition, entre les villages qui voudront rapidement dépasser "les autres", répond Nico toujours prompt à rappeler les réalités de la nature humaine.

— J'y vois une saine émulation, et la recherche de l'excellence. De plus, il va s'en passer du temps avant d'arriver à ce stade, vu d'où nous partons… Pour l'heure, l'objectif consiste simplement à essaimer nos savoirs vers d'autres villages, tout en renforçant notre sécurité en maillant la région…

— Je ne vois toujours pas l'intérêt de nous fragiliser, alors que nous commençons à satisfaire à nos propres besoins, et à améliorer nos conditions de vie, finit par lâcher un habitant resté à l'écart de la conversation.

—Effectivement, après ce que nous avons vécu, tout nous pousse à réagir ainsi, et à nous recroqueviller sur notre belle Petra… Tu sais, avant "la chute", je n'avais jamais eu de véritable conscience politique, ni même un goût particulier pour la réflexion sur ces sujets, je l'avoue… Je m'y intéressais de loin, comme la plupart d'entre nous sans doute. Mais je crois que nous avions renoncé à porter une action dont les résultats n'étaient plus à notre échelle.

— Et qu'est-ce qui nous garantit qu'ils le resteront lorsque ta "vicilisation" aura pris de l'ampleur ? rétorque le villageois.

— À ce stade rien du tout, mais je pense que nous n'avons pas d'autre choix si nous voulons imaginer le futur positivement... La refondation de Petra Alba m'amène à me poser de nouvelles questions sur le sens de nos actions. Je suis persuadé que nous avons l'opportunité de continuer à améliorer notre propre situation, tout en refondant un territoire plus vaste.

— Mouais… Belle utopie ! répond l'habitant dubitatif.

— Je sais que ce n'est pas simple, mais il faut parvenir à nous libérer de nos schémas de pensée d'avant "la chute". Ce que nous connaissions n'existe plus. Alors, il ne sert à rien de tenter de recréer le modèle, ou d'attendre que des gens, dont c'est le métier, viennent nous faire croire un beau jour d'élection qu'ils ont la solution miracle. Arrêtons d'espérer une issue globale à notre problème, alors que nous portons, localement, une part de la réponse en chacun de nous… Créons plutôt des espaces dans lesquels les réfugiés vont mettre en œuvre leurs propres solutions, à leur niveau. Relions ces villages et leurs habitants, partageons nos connaissances, essayons d'utiliser les technologies disponibles de manière coordonnées, et nous aurons peut-être l'opportunité d'inventer autre chose…

— Alors le village pourrait être le point de départ d'un mouvement de refondation encore plus vaste, c'est ça ? demande Lise avec enthousiasme.

— Il me semble que nous avons un début de réponse avec Petra. Pas besoin de longs discours pour constater que notre mode d'organisation produit des solutions autonomes de qualité, et à taille humaine. De toute façon pour l'instant, aussi loin que le regard porte derrière ces montagnes, le village est notre nouvelle unité de mesure. Alors oui, je pense que c'est une bonne base pour tenter de refonder un projet encore plus vaste…

— Moi, j'aime bien ton idée… commente un Bernie goguenard, alors que tout le monde s'attend à une nouvelle "vanne" dont il a le secret : finalement, ta "vici-lisation", c'est surtout un excellent moyen pour faire face à nos "vici-ssitudes" ! Lance t-il en plaquant un accord, sous les acclamations unanimes de l'assemblée.

L'attaque

An 4 – Après « La chute »

En sortant de sa maison au petit matin, Jacques est alerté par une agitation inhabituelle dans la ruelle du boulanger en contrebas. Le signe est pourtant infime, à peine un bruissement, une sorte de tension diffuse dans l'air… Il descend rapidement entre les vieilles bâtisses du hameau, et se dirige vers un petit attroupement. C'est Janice, visiblement très agitée, qui est au centre de toutes les attentions :

— Puisque je vous dis que j'ai reçu un message radio ce matin : le village de Barrome vient d'être attaqué !

— L'armée est-elle intervenue ? demande Laurent, l'ancien comptable.

— Eh bien, je crois justement que c'est elle qui a fait le coup ! répond Janice, dont on ne sait trop si elle grelotte du froid automnal, ou du choc causé par la proximité de l'événement.

Jacques s'alarme de la menace même si ce n'est pas la première fois qu'une petite garnison, coupée de son commandement, et livrée à elle-même depuis des années, décide de faire une razzia dans un village qu'elle est censée protéger contre les agressions extérieures.

— Que peut-on faire pour éviter qu'ils nous attaquent aussi ? demande Pierre avec inquiétude.

— Si nous portons secours à Barrome, nous risquons d'attirer les agresseurs dans notre village. Ensuite, c'est nous qui aurons des problèmes… fait remarquer Isabelle venue se joindre à l'attroupement.

— Il faut réunir le conseil du village en urgence pour décider de la marche à suivre, préconise Jacques. Retrouvons-nous dans la salle commune dès que possible ! lance-t-il aux villageois qui s'éparpillent aussitôt pour faire circuler la nouvelle.

Depuis une année, le conseil qui s'est formé autour de Jacques, regroupe quatre hommes et une femme prenant part aux décisions. Petra abrite désormais quarante quatre habitants, et cela implique un fonctionnement plus participatif où chacun doit pouvoir exprimer ses convictions.

Cette démocratie voulue par Jacques fonctionne bien, même si elle malmène parfois son autorité historique sur des sujets concernant la vie publique, et pour lesquels il décidait seul auparavant. En revanche, sa légitimité n'a jamais été remise en question en matière de défense et de capacité à contrer les attaques incessantes des migrants. Avec Nico, son indéfectible lieutenant, ils ont mis en place une organisation efficace qui leur a permis, jusqu'à présent, d'assurer la sécurité du hameau.

Moins de quinze minutes après l'alerte initiale, tout le village se rassemble. Certains sont précipitamment rentrés des champs, d'autres ont laissé leur ouvrage en l'état pour partager les dernières informations. Les enfants quant à eux, jouent insouciants sur la placette centrale.

Jacques fait son entrée dans le brouhaha, s'assoit avec les quatre autres membres du conseil, et attend quelques minutes que tout le monde soit là. Il observe ceux qui sont venus les rejoindre au fil des années. Le jeune chef lit de la fatigue et beaucoup d'anxiété sur leurs visages, car certains revivent de douloureux événements. D'autres sont apparemment plus calmes, ou ne laissent rien paraître du sentiment de danger qui s'est brusquement emparé de l'espace. Les retardataires arrivent enfin tout essoufflés, sous les railleries amicales de l'assemblée qui trouve là un moyen de détendre l'atmosphère. Jacques attend que le silence se fasse avant de prendre la parole :

— Comme vous le savez maintenant, Barrome a été attaqué tôt ce matin, sans doute par le régiment en place dans la vallée, ou par des paramilitaires, ou encore des migrants… En fait, on n'en sait rien, avoue-t-il calmement. Le but de notre réunion est de décider ensemble de ce qu'on doit faire… Pour commencer, de quelles informations disposons-nous ? demande-t-il, en se tournant vers Janice.

— Eh bien, ce matin à 8 heures, j'ai reçu un message radio de Lila, indiquant que des coups de feu avaient été tirés, et que des hommes en arme avaient pris position dans le village de Barrome, explique Janice, très inquiète. J'ai reçu une seconde transmission, quelques minutes plus tard vers 8 h 20, dans laquelle j'entendais très clairement des fusillades d'armes automatiques, et Lila qui criait « Ils arrivent, ils arrivent », et puis plus rien.

On entend des raclements de gorges et des mouvements nerveux dans l'assistance. Jacques s'adresse à Nico :

— Nico, peux-tu nous rappeler l'effectif estimé de ce régiment, et ce que tu sais de leurs forces ?

— Eh bien, lorsque je suis descendu plus bas dans la vallée cet été pour troquer des brebis, j'ai vu environ quinze soldats. Leurs véhicules rouillés sont néanmoins équipés de trois mitrailleuses lourdes en état de marche.

— Étaient-ils agressifs ou méfiants ? demande Charles-Edouard, un ancien rentier, nouvellement reconverti avec succès dans la fabrication de meubles.

— Non pas vraiment… Il y avait plutôt du laisser-aller : leur campement fortifié à l'extérieur était ouvert aux quatre vents. Ils ne m'ont même pas contrôlé lorsque je suis arrivé des alpages malgré mon fusil en bandoulière. Ils circulaient dans Barrome, et vaquaient à leurs occupations avec les villageois. Ils m'ont échangé deux brebis contre des médicaments et quelques sacs de sel, indique fièrement Nico, apparemment satisfait de sa négociation.

Il poursuit :

— Les habitants ne semblaient pas mécontents d'avoir des voisins avec lesquels faire du troc, et échanger de l'équipement contre de la nourriture. En conclusion, je n'ai rien noté d'anormal, pas d'agressivité ni d'incident.

— Bien, intervient Jacques. Il se peut que nous ayons affaire à une nouvelle désertion collective. D'autres villages nous ont rapporté des cas similaires. Certains bataillons n'hésitent plus à franchir la ligne séparant une armée régulière d'un groupe sécessionniste revendiquant un fief. En attendant, la question immédiate est de savoir s'ils vont se contenter de Barrome, ou si les agresseurs monteront jusqu'à notre hameau.

— Ils vont monter pour prendre nos récoltes, notre cheptel et l'éolienne ! avertit un villageois. Ça commence à se voir de loin qu'on a de quoi manger et qu'on a de l'électricité…

D'autres renchérissent :

— Ils vont venir se servir dans nos réserves et prendre les vaches !

— Qu'ils montent, on va les accueillir…

— Réfléchis un peu ! Ils n'ont plus d'essence pour monter avec les blindés… Ils devront venir à pied ou à cheval !

Jacques tente de rassurer tout le monde :

— J'aimerais vous soumettre deux idées : premièrement, pour que notre village ne subisse pas le même sort que Barrome, nous devons avoir plus d'informations sur leur situation, et l'état des forces en présence. Qui a fait le coup ? Les militaires en place ou des groupes paramilitaires mobiles ? Combien sont-ils ? Y a-t-il des victimes ?

Il attend un petit moment que cette première évidence fasse son chemin, puis il reprend :

— Deuxièmement, je vous rappelle que la nature s'impose à tous de la même manière. En conséquence, ils doivent impérativement préparer l'hiver, rentrer le fourrage, et stocker des provisions… Les mauvais jours arrivent à grand pas, et la vallée va rapidement devenir impraticable, ce qui nous protège pour les deux ou trois prochains mois…

— Ils ne vont pas prendre le risque de tenir un siège en plein hiver dans la neige, répète David pour se rassurer.

— Il est peu probable qu'ils s'attaquent à nous dans l'immédiat, car ils viennent de livrer une première bataille, confirme Nico. Ils ont dû perdre des hommes, et doivent reconstituer leurs forces avant d'envisager de nouveaux raids.

— Les groupes qui nous ont attaqués jusqu'à présent ne comptaient que quelques migrants généralement moins bien équipés que nous… argumente Youssef. Nous avons pu les tenir à distance. Mais là c'est pas pareil ! Vous parlez de soldats, ou pire encore de paramilitaires, sans compter les habitants de Barrome qui seront enrôlés de force. Ils ont peut-être assez d'armes lourdes pour raser le village ! Il faut s'attendre à voir débarquer entre trente et quarante bonshommes armés et aguerris…

Ces chiffres font immédiatement tressaillir l'assemblée, et une peur grandissante se lit sur les visages.

— Sans doute, tempère Nico, c'est pour ça qu'on ne peut pas ignorer ce risque. Il est impératif que l'un de nous se rende sur place pour évaluer la situation.

Un autre habitant du village intervient :

— On est à plus de huit heures de marche de Barrome, et la météo peut se dégrader rapidement en cette saison. Je ne suis pas sûr que la mission de reconnaissance soit simple et justifiée. On ferait peut-être mieux de les attendre ici de pied ferme, et de garder tous nos hommes en état d'alerte maximale.

— On doit y aller, insiste Jacques qui a laissé les participants discuter entre eux. Nous devons absolument avoir des informations précises. Il en va de notre survie, dit-il en fixant les premiers rangs. Je ne vois pas comment nous pourrions laisser prospérer un tel risque à proximité de notre vallée, sans contrôler sa dangerosité. Ça ne fait plaisir à personne, mais nous ne pouvons pas faire les autruches ! Nous ne sommes pas obligés d'y aller à pied. Je peux prendre l'ULM, ce qui me permettra de faire un aller-retour rapide dans la journée… Ça vaut la peine de brûler nos derniers litres de carburant, s'ils sont encore utilisables.

— C'est risqué Jacques, tempère Nico se souciant surtout des dangers qu'allait courir son ami. Outre l'aérologie imprévisible en cette saison, tu risques surtout de te faire repérer.

— Je n'ai pas l'intention de me poser directement près de Barrome. Je vais passer par la vallée parallèle, et atterrir à Chaudron. Cela ne met plus le village qu'à trois quarts d'heure de marche… En volant gaz au minimum à la descente, je ne consommerai pas beaucoup d'essence, et surtout j'arriverai silencieusement.

L'assemblée, désormais convaincue de l'imminence du danger, ne discute pas sa détermination et semble même soulagée par cette décision. En attendant, le village décide de se mettre immédiatement en état d'alerte maximale, et de doubler les gardes afin d'identifier, le plus tôt possible, une éventuelle intrusion. Les participants se dispersent dans les ruelles du petit village fortifié, chacun voulant reprendre rapidement les tâches dont dépendent la survie ou la sécurité de tous.

En sortant de la salle, Jacques et Nico s'interrogent sur les meilleures options pour la mission de renseignement. Nico évoque ses craintes quant à une possible attaque avant l'hiver. Cette possibilité n'a pas été clairement évoquée.

— Je suis de ton avis Nico. Ils savent que la vallée va devenir impraticable dans quelques semaines, et ils pourraient tenter une incursion avec quelques hommes, ou une attaque massive dans les prochains jours. Ils ont dû apprendre maintenant que nous avons des ressources et que, s'ils parviennent à s'en emparer rapidement, ils pourront tenir tout l'hiver. C'est pour cela que je dois y aller dès demain…

Les deux amis n'ont pas besoin d'échanger plus longtemps, et restent dans le froid, scrutant la vallée sombre qui s'étale devant eux pour essayer d'y déceler des mouvements avant coureurs. Ils savent qu'à tout moment, la flamme de la refondation qu'ils défendent au prix de tant d'efforts, peut être soufflée d'un simple revers de la main. Tout ceci n'aura-t-il donc jamais de fin ?

Mission en terres ennemies

An 4 après « La chute »

Au petit matin, Jacques boit un grand bol de chicorée. Les racines torréfiées de cette plante aux multiples vertus remplacent avantageusement le café importé, dont le goût n'est plus qu'un très lointain souvenir.

Dans quelques minutes, il va décoller pour sa mission de reconnaissance vers Barrome. Il ferme la porte, et se dirige d'un pas décidé vers le champ servant aussi de piste à l'ULM. Un froid humide l'enveloppe instantanément, lui rappelant que l'hiver est en train de s'installer.

Jacques traverse le lopin de terre où le village a fauché sa quatrième récolte de blé depuis la refondation, et se dirige vers la grange qui abrite une petite moissonneuse fonctionnant à l'huile végétale, l'ULM et des bottes de foin entassées jusqu'au toit. À l'intérieur du vieux bâtiment, Philippe, le mécano du village, vérifie que tout fonctionne correctement. Il a remis en état de marche de nombreux outils agricoles que la rouille pensait avoir définitivement gagnés. Son savoir-faire est très utile à la communauté, même si personne ne sait vraiment ce que Philippe faisait avant "la chute". Mais il n'est pas le seul à être peu prolixe sur son passé. Au village, tout le monde a une histoire et un passé, mais ce qui compte désormais pour tous, c'est la valeur d'une contribution visible au présent.

Les deux hommes se saluent d'un hochement de tête sans rien dire. Jacques prépare consciencieusement ses affaires. Il vérifie son arme de poing, fait jouer plusieurs fois la culasse à vide, insère le chargeur et rengaine le pistolet neuf millimètres à sa ceinture. Au village, il y a au moins deux armes par adulte. Et depuis quatre ans, beaucoup ont du apprendre à s'en servir. Il attache solidement son fusil automatique derrière son siège, puis aide Philipe à sortir l'ULM de la grange et à le pousser au bout du champ. Jacques inspecte une dernière fois l'appareil qui porte encore les stigmates de son atterrissage mouvementé avec Nico. Le train avant a été renforcé avec une plaque de métal, et le matériau composite recollé. Il vérifie les trois pales de l'hélice, les ailes, la dérive, puis s'assoit à la place du pilote, en se contorsionnant pour entrer dans l'habitacle peu adapté à son gabarit. Il fixe son sac sur le siège du passager, se sangle, et met le contact général sur "On". Les cadrans et les compteurs endormis depuis des mois, affichent des promesses de liberté. Les aiguilles s'affolent en tout sens, puis reviennent doucement contre la butée, comme des coureurs dans leur starting-block. Le pilote démarre le moteur, et le laisse chauffer en espérant qu'il ne cale pas à cause du carburant de mauvaise qualité… Les survivants se sont aperçus que l'essence se conservait très mal dans le temps du fait de son origine organique : de l'eau apparaissait parfois dans les réservoirs ou les bidons à cause des bactéries, et il fallait ajouter des additifs pour espérer conserver les propriétés initiales du mélange. Mais une fois encore, Philippe l'alchimiste avait fait des merveilles… Le bruit emplit l'espace et fait vibrer le cockpit. Jacques se laisse bercer par le ronronnement tout en vérifiant les affichages sur le tableau de bord rudimentaire. Lorsque le moteur de l'ULM est à bonne température, il accélère, roule un peu, puis quitte la planète terre face à l'Est rougeoyant. L'aviateur attend de prendre un peu d'altitude et de vitesse, puis vire doucement au sud pour entamer un demi-tour complet.

Sous son aile, les champs moissonnés et les cultures de Petra défilent. Vu du ciel, il mesure d'avantage l'effort produit pour parvenir à ce résultat pourtant modeste en comparaison des grands champs qui alimentaient naguère les cités modernes. Les sillons des labours dessinent de fragiles coups de pinceaux variant du brun foncé au beige clair selon la nature et l'exposition des sols. Malgré la verrière, le froid s'incruste sur son visage. En repassant à la verticale du terrain, Philippe lui souhaite bon vol de la main. Le jeune chef laisse derrière lui Petra Alba la magnifique encore endormie sur son roc, puis il fait cap au sud-ouest en montée afin de franchir les montagnes de la Coupe qui se dressent devant lui. Son altimètre marque déjà 3 900 pieds, et il doit encore se hisser au-dessus de 5 400 pieds, pour pouvoir franchir les sommets abrupts, où des plaques de neige commencent à tenir par endroit.

Après de longues minutes de vol à l'écoute du petit moteur poussé dans ses retranchements, Jacques arrive enfin à la verticale de la crête acérée de la Coupe qu'il dépasse, tel un net trait de crayon sous ses ailes. Il réduit les gaz de moitié. Des turbulences font tanguer le frêle esquif perdu dans l'immensité minérale grise des pré-Alpes. Au loin, très loin plus au nord, quelques fumées éparses signalent des présences humaines accrochées au fragile crépitement d'un feu. Un jour peut-être pourront-ils facilement rallier ces îlots sans risquer leurs vies…

Ici, plus qu'ailleurs il ressent l'extrême fragilité de leur situation, et l'incroyable rétraction de leur champ de perception. Désormais, ils ne peuvent plus s'intéresser qu'aux territoires qu'ils sont capables de parcourir en quelques journées de marche. L'Europe et le monde sont devenus des concepts lointains, non seulement parce qu'ils n'ont pas d'informations fiables à leur sujet, mais surtout parce qu'ils ont brusquement changé de dimension avec "la chute". Personne ne se soucie plus vraiment de pays éloignés qui doivent faire face aux mêmes problèmes d'alimentation et de sécurité qu'à Petra… Alors, à quoi bon regarder par-delà l'horizon ? S'occuper d'inconnus à l'autre bout de la planète n'a plus aucun sens aujourd'hui, alors que les ressources sont limitées, et que des familles dans la même rue ont besoin d'aide… Le village leur permet de le savoir et d'organiser une collaboration de proximité sur une plus petite échelle, tout en suivant les résultats de leurs actions et l'implication de tous. Est-ce grâce à ce format, ou bien grâce à la responsabilité partagée que cela implique, mais Jacques sait qu'il fait beaucoup plus aujourd'hui, qu'il n'a jamais fait auparavant… Et plus il contribue et partage, plus il a le sentiment de progresser et de gagner en sérénité, comme si dans un monde tristement fini, l'immatériel était en quantité illimitée.

Il fait virer l'avion en descente cap au sud, piquant vers le fond de la vallée de Chaudron, parallèle à celle de Barrome. Il peut maintenant réduire les gaz au minimum, et planer entre les reliefs qui désormais le surplombent. Le paysage bascule avec l'horizon et offre de magnifiques perceptions entre ombres et lumière alors que Jacques s'enfonce dans une gorge vertigineuse. Il prend garde à ne pas sous-estimer les distances dans ce dangereux ballet granitique. Une erreur de pilotage lui serait fatale…

Le vent siffle sur les ailes, le moteur tourne au ralenti, et l'appareil très maniable épouse avec agilité les courbes de la montagne qui s'arrondissent. Au fur et à mesure que l'ULM perd de l'altitude, il survole une petite retenue d'eau et des granges abandonnées comme il y en a tant dans la région. Au bout de dix minutes d'approche, Jacques aperçoit bientôt le champ d'atterrissage après Chaudron. Il faut impérativement se poser sans reconnaissance préalable du terrain car, s'il devait remettre les gaz pour chercher une autre piste ou s'aligner différemment, son impérative discrétion serait anéantie par le bruit du moteur.

Le pilote frôle un relief sur sa gauche, sort les volets, et se met progressivement dans l'axe du champ. L'ULM est presque au ralenti, aussi furtif qu'un planeur. Jacques ajuste la puissance du moteur pour parfaitement contrôler son approche silencieuse avec un faible vent de face. À quelques mètres du sol, il commence à arrondir sa trajectoire pour faire toucher les deux roues arrière de l'ULM, puis la roue avant qui éjecte quelques pierres sur son passage. Jacques freine progressivement, voulant s'approcher le plus possible de la lisière du bois. Une fois atteinte, il coupe le moteur, et s'extirpe immédiatement du cockpit pour sonder le silence du désert alpin.

Jacques l'éclaireur reste ainsi en alerte cinq bonnes minutes à scruter le paysage, arme à la main. Rien à signaler, pas âme qui survive dans ce magma de roches grises. Il fait pivoter l'ULM pour le remettre en position de décollage et ainsi préparer un éventuel retour en urgence…

Il sort de la soute à bagage un grand filet de camouflage militaire et le dispose sur le fuselage, cachant ainsi totalement l'appareil qui se fond parfaitement dans la végétation. L'éclaireur se met en route vers sa mission et longe le lit d'un petit ruisseau séparant Chaudron de Barrome. Il prend soin de s'arrêter régulièrement pour observer les collines qui le surplombent. Avec mille précautions, Jacques parvient enfin sur une crête d'où il devine Barrome, gardienne des trois vallées. Le village est un point de passage obligé. Sur la gauche, le hameau de Saint-Paul ne semble pas avoir résisté aux récents combats. Seules quelques ruines fument encore…

L'éclaireur de Petra préfère continuer sa progression à la lisière du bois plutôt que de marcher à découvert sur le vieux chemin de terre en contrebas. C'est certainement ce qui lui évite de se faire repérer par un petit groupe armé redescendant vers la vallée à moins de cent mètres de sa position. Jacques se cache immédiatement derrière un buisson et sort des jumelles de son sac pour les observer. À cette distance, impossible de deviner s'il s'agit de l'armée régulière ou de paramilitaires habillés en treillis. Rien ne permet pour l'instant de les distinguer. Les cinq hommes ont des habits différents, et leur armement est plutôt disparate : celui-là a un vieux fusil de chasse, un autre seulement un pistolet automatique à la ceinture, tel autre un fusil d'assaut Famas de l'armée française, reconnaissable de loin. Ce bric-à-brac de l'armement est inhabituel dans l'armée régulière disposant généralement d'un équipement homogène même quatre années après "la chute". L'éclaireur de Petra garde à l'esprit qu'il observe peut-être des paramilitaires, ce qui pourrait changer considérablement les données du problème.

Mais si Barrome a été attaquée par des paramilitaires, que sont devenus les "vrais" soldats censés défendre le village ? Y a-t-il des paramilitaires assez puissants et nombreux pour défaire un petit contingent certes, mais lourdement armé ? D'où vient cette nouvelle menace extérieure que les autres villages en aval n'ont même pas eu le temps de signaler par radio ? En proie à de nouvelles questions, Jacques décide de laisser le groupe s'éloigner, et en profite pour s'hydrater et prendre des forces. Il avale rapidement un sandwich tout en scannant à l'aide d'une petite radio militaire les canaux habituellement utilisés par l'armée de Barrome. Rien, pas un souffle, un silence d'outre tombe sur toutes les fréquences de la bande. Il accroche le talkie-walkie à sa ceinture en le laissant allumé au cas où il pourrait capter des émissions. Il insère une seule des deux oreillettes et remet par-dessus le bob de camouflage que lui avait offert Isabelle pour ses trente-trois ans.

Le groupe d'hommes armés disparaît finalement derrière la crête. Jacques reprend sa progression en redoublant de prudence. Il tient fermement son fusil, prêt à riposter en cas d'attaque, même s'il sait que ses chances en cas d'embuscade adverse sont faibles. Il demeure le plus possible à couvert de la végétation, et marque des arrêts fréquents, un genou à terre, à l'écoute du vent qui passe dans les branches des pins. Puis il reprend sa progression, en veillant à une somme de petits détails vitaux qu'il avait appris dans sa nouvelle vie depuis "la chute" : regarder où l'on met les pieds, éviter d'avoir le soleil de face, toujours choisir le chemin qui offre le plus d'échappatoires, ne pas s'aventurer dans les champs de pierres pouvant dévaler et signaler sa présence, et surtout, suivre son intuition, celle qu'il avait développée au fil des ans et qui lui permettait d'être encore en vie aujourd'hui…

Enfin, au bout d'une demi-heure de marche, il parvient au sommet d'une colline surplombant Barrome.

Ce qu'il découvre confirme rapidement ses craintes. Plus bas, à une centaine de mètres, le village porte encore les stigmates de combats intensifs. De nombreux impacts de balle criblent les façades des principaux bâtiments, et témoignent de la violence des affrontements avec les villageois dont Jacques ne voit pas trace lors de sa première observation aux jumelles…

L'ordre nouveau

An 4 après « La chute »

Depuis son promontoire, Jacques tente de comprendre ce qui s'est passé. À l'extérieur du bourg, à l'intersection des trois axes de circulation, le camp fortifié de l'armée est intact. Cela ne colle pas avec la thèse d'une attaque de paramilitaires, mais plutôt avec celle d'une razzia déclenchée par les soldats eux-mêmes. D'où vient alors cette patrouille à l'équipement hétéroclite croisée dans les collines ? C'est à n'y rien comprendre…

Trois véhicules blindés rouillent depuis des années à l'extérieur du camp, leurs mitrailleuses lourdes sous des bâches sont orientées vers les trois vallées adjacentes et n'ont manifestement pas servi lors de l'attaque du village. L'assaut a dû se faire à l'arme légère. Dans une grange à l'écart, Jacques détecte la présence de chevaux sans qu'il ne puisse en compter le nombre exact… Ils sont généralement utilisés par les paramilitaires, plus mobiles que l'armée qui n'a plus de moyens de locomotion efficaces.

Enfin, il repère un soldat de l'armée régulière sortant du camp à vélo. Le fusil en bandoulière, le bidasse se dirige nonchalamment en direction d'un bosquet d'arbres coincés entre la route principale et la rivière de l'Asse, qui collecte les fontes printanières en provenance des différentes combes. Jacques suit le soldat avec ses jumelles, et le voit disparaître derrière un rideau de végétation. Il peut distinguer des mouvements et plusieurs individus sans pouvoir déterminer leurs activités de sa position.

L'éclaireur de Petra décide donc de se décaler sur la droite afin d'avoir une meilleure vue sur le champ et les bosquets. Avant de bouger, il inspecte une dernière fois le village toujours désert. Puis en rampant, Jacques parvient à un excellent poste d'observation derrière des roches calcaires et de la végétation le rendant invisible. Il ressort ses jumelles, les ajuste en direction du bois, et parvient à retenir un sursaut d'effroi devant la scène qu'il découvre. Des cadavres s'entassent dans un champ !

Ils sont là, empilés les uns sur les autres, pêle-mêle, dans d'improbables positions. Combien y en a-t-il ? Sans doute trente, ou plus ! Tellement sales et couverts de sang noirci qu'il est impossible de distinguer à cette distance si ce sont des civils, des soldats ou des paramilitaires. Sous la surveillance d'hommes armés, une dizaine de villageois portant des masques ou des foulards ont creusé des trous dans lesquels les masses informes sont jetées sans ménagement, puis sont recouvertes de terre. Jacques inspire un grand coup, contrôle sa respiration et reprend son observation avec méthode s'efforçant de traiter calmement les informations malgré la peur froide qui s'instille en lui. Comme il le craignait, il aperçoit distinctement des soldats de l'armée régulière fumant et riant avec des paramilitaires. Les armes sont différentes, les attitudes et les uniformes aussi. Il n'est pas très surpris par ces images de camaraderie qui ajoutent plus encore au désespoir et à l'isolement du lieu.

Mais comment rester en équilibre sur le fil trait de l'humanité qui parfois vacille ? Les circonstances qui s'imposent à certains les font renoncer, d'autres au contraire bénéficient de conditions plus clémentes et parviennent à sauvegarder l'essentiel comme à Petra. La bravoure n'est pas un état permanent… Il a si souvent vu le renoncement dans les yeux de ceux qui les ont rejoint, avant de voir renaître l'espoir et l'envie sans lesquels rien ne peut-être.

Jacques imagine que les bidasses sans espoir ont préféré pactiser plutôt que d'affronter les paramilitaires sans doute en surnombre. Ils n'avaient aucune chance de s'en tirer. Cela explique mieux désormais la présence de cette patrouille à l'équipement hétéroclite dans la montagne, et le fait que le camp retranché soit encore intact. Jacques tente avec anxiété de compter les hommes en armes. Il ne les voit pas tous, car certains ont dû rester au village, ou sont cachés par les arbres. Il dénombre au moins dix paramilitaires, et cinq soldats réguliers en train de surveiller les charniers qui se remplissent. L'éclaireur de Petra reporte son attention sur le village, afin de repérer des civils. À part les dix malheureux occupés à enterrer les corps sans vie près de la rivière, il n'a pas vu d'autres villageois. Ont-ils tous été massacrés ?

Personne ne connaît le nombre exact d'habitants à Barrome. En ces temps incertains, les petites cités s'observent prudemment à distance, et ne montrent leurs forces que si elles y sont vraiment obligées. Mais il estime, au nombre de constructions et aux activités agricoles visibles, que Barrome doit compter environ soixante âmes. C'est donc entre trente et quarante personnes qui manquent à l'appel, en comptant les dix fossoyeurs aperçus dans le bois. Jacques se demande où se trouvent leurs voisins, et n'ose imaginer le pire malgré les fosses qui se remplissent… Il ne doute pas un seul instant que les habitants se soient battus vaillamment, même si le rapport de force leur était défavorable. L'état dans lequel se trouve le village confirme d'ailleurs qu'ils ont chèrement défendu les leurs. Il n'y a donc pas que des villageois dans les victimes en train d'être ensevelies. Alors qu'il cherche une réponse, il aperçoit des hommes armés sortir de l'église, encadrant un groupe de civils qui avait dû y être enfermé. Il peut rapidement compter trente et un villageois, rudoyés et poussés vers la place centrale par une vingtaine de paramilitaires d'où émergent quatre rares soldats. Un homme s'avance, monte sur un mur et prend la parole face à la foule. Jacques est trop loin pour l'entendre, mais acquiert la conviction, à ses attitudes et son habillement, qu'il s'agit d'un paramilitaire. Les implications de cette découverte sont importantes :

Une poignée de jeunes bidasses déboussolés et coupés de leur commandement depuis des années, a été forcée de pactiser avec des paramilitaires, leur offrant ainsi les clefs des vallées dans lesquelles ils ne se priveront pas de déferler…

Les agresseurs, forts de plus de trente hommes armés et aguerris, ont dû jouer sur l'effet de nombre pour soumettre moins de quinze malheureux soldats parmi lesquels Jacques ne voit plus l'officier qui commandait Barrome. Il a du être éliminé par des snipers avant même que l'assaut ne soit donné. Jacques revient à son observation :

Celui qui doit être le chef, s'adresse aux habitants tétanisés, martelant l'espace de ses mains. Il édicte de nouvelles règles, menace et avertit son auditoire. Nul besoin d'entendre le discours pour comprendre qu'il définit un ordre nouveau…

Plus bas, chez les hommes, les épaules s'affaissent, les têtes se baissent et les fiertés s'enfouissent. Ils vont devoir oublier leurs espoirs, car ils sont revenus à l'aube de la civilisation.

Deux paramilitaires s'emparent de force d'un homme que les villageois tentaient de cacher au centre du groupe. Le gaillard résiste, se débat, mais doit céder… Jacques identifie Benoît, le responsable de Barrome, déjà rencontré à plusieurs reprises. Il est facilement reconnaissable à sa large carrure et ses longs cheveux blonds de Viking. C'est un natif du coin qui possède une ferme non loin de là.

Les soldats le traînent à l'extérieur du rassemblement, l'obligeant à se mettre à genoux devant leur nouveau chef qui dégaine son pistolet, et l'abat sans même le regarder. La détonation rebondit contre les flancs des montagnes alentour et vient frapper Jacques en plein cœur. Dans le groupe, une femme hurle de douleur. Les autres tentent de la retenir alors qu'elle s'effondre, comme débranchée d'une source d'énergie vitale. Jacques est subitement prit d'un sentiment d'urgence et n'a plus qu'un seul objectif : rentrer sain et sauf pour alerter les siens. Il rampe prudemment en arrière, remet les jumelles dans son sac, et se faufile dans la végétation.

L'éclaireur de Petra refait mentalement les comptes : dix paramilitaires au charnier, plus vingt au village, plus neuf soldats rescapés sans compter quelques patrouilles de trois ou quatre hommes quelque part dans les collines. Cela fait au bas mot entre quarante-cinq et cinquante assaillants, en incluant les quelques villageois qui seront enrôlés de force, sous la menace de représailles pour leur famille s'ils n'acceptent pas de combattre. Il faut se préparer au pire…

Janice, en charge des transmissions, est en veille sur le canal douze au village, mais Jacques est sans doute trop loin pour émettre. Il préfère ne pas utiliser sa radio, pour éviter de se faire repérer. Il sait qu'il n'est pas seul dans ces montagnes, et que l'observateur qu'il est, pourrait aussi être observé…

L'exfiltration

An 4 après « La chute »

Dans l'immensité des montagnes, Jacques n'est qu'un point cheminant à couvert de la végétation. Il vérifie sa montre afin de ne pas se faire surprendre par la nuit qui tombe vite en cette saison. L'ULM doit pouvoir redécoller en toute sécurité et atterrir de jour si possible. L'éclaireur de Petra s'inquiète des patrouilles qui doivent certainement être postées sur les hauteurs, ou en mouvement quelque part. Il est impératif de progresser dans les taillis en évitant de rester trop longtemps à découvert. Il aurait fait alors une cible facile pour un bon tireur embusqué. Par précaution, il ne reprend pas exactement le même chemin qu'à l'aller, et passe un peu plus au sud par un sentier serpentant au milieu des chênes et du maquis. Tout en marchant, il évalue les deux options possibles :

Soit les paramilitaires vont attaquer rapidement dans les prochains jours, avant les premières chutes de neige, soit ils vont déclencher une offensive au printemps prochain, car les cols et la vallée seront impraticables durant toute la saison hivernale, même pour leurs chevaux. Ce qui va probablement déterminer une attaque, qui ne fait plus de doute maintenant, c'est leur connaissance du terrain, et la convoitise que vont susciter leurs provisions, les animaux, et surtout les engins agricoles fonctionnant au biocarburant.

Le jeune chef s'arrête un moment, et sort ses jumelles pour observer autour de lui en s'attardant sur le sommet des collines dominant le vallon. Il poursuit ses réflexions qui le conduisent invariablement à une même conclusion : les paramilitaires vont vouloir engranger des vivres et du matériel en prévision de l'hiver, et ne tarderont pas à monter jusqu'à Petra…

En milieu d'après-midi, il arrive enfin sur les hauteurs dominant le champ dans lequel son ULM est camouflé. Il contrôle avec ses jumelles que la toile de protection est toujours en place. Une inspection méticuleuse des alentours ne révèle aucune présence humaine. Jacques doit désormais redoubler de prudence car, si l'avion a été repéré lors de son atterrissage, il sera attendu dans ce secteur pour être intercepté. Malgré les montagnes qui feront sans doute barrage aux ondes, il vérifie néanmoins son talkie-walkie afin de pouvoir envoyer des informations à Janice s'il devait être blessé, et ne devait plus jamais repartir d'ici…

Jacques sait qu'il peut mourir à tout moment, et cette perspective éclaire le présent d'une intensité qu'il n'avait pas avant l'effondrement. Le futur est devenu incertain, et rend chaque respiration d'autant plus précieuse. Dans les brumes du chaos, les survivants ne parviennent plus à discerner le triomphe annoncé de l'humanité et les lendemains radieux qu'on leur promettait. Pour beaucoup, un jour qui passe est une providence, un jour qui passe est un don. Le jeune architecte a maintenant acquis la conviction que cette incertitude qui plane au dessus de leurs têtes impose aux survivants une même attention sur la richesse de l'instant présent. Ils ne sont plus en projection permanente vers le futur. Ils ne peuvent plus courir après les chimères qui les obligeaient à aller toujours plus vite et plus loin… Alors, contraints par l'absence de solutions, leur temps s'est ralenti. Ils redécouvrent la joie simple d'être ensemble, d'animer à leur rythme un projet commun et d'en extraire un nouveau sens. En rapprochant l'horizon, "la chute" a sans doute aussi rapproché les hommes qui lui survivent.

Enfermés dans leur arrogante modernité, ils avaient oublié le goût de l'effort, la satisfaction du geste accompli et celle du résultat que seul le temps et les saisons délivrent dans leur mansuétude. Ils avaient appris à attendre, à écouter et même à s'incliner lorsque la nature montrait ses excès.

Après avoir oublié l'essentiel durant des générations sous cellophane, après s'être libérés de l'attraction terrestre le temps d'un court envol, ils avaient tout réappris lentement, au seul rythme qui désormais s'imposait à tous…

Toujours dans ses pensées, Jacques descend lentement sur les pentes de la face nord où l'ombre froide est son alliée. Sur l'autre versant, le soleil réchauffe encore la végétation et les barres rocheuses. L'éclaireur de Petra n'est plus qu'à deux cents mètres de l'ULM, lorsque les cris d'une femme et une course bruyante se font entendre… Il se fige instantanément derrière un bosquet, et voit furtivement passer une crinière de cheveux clairs poursuivie par un soldat en contrebas. Il n'a visiblement pas été repéré par l'homme tout occupé à essayer de capturer sa proie, sans se soucier du bruit qu'il fait. Jacques sait que ce patrouilleur n'est pas seul et que quelque part, sans doute plus haut ou en retrait dans la colline, il doit y avoir encore un ou deux autres fusils en couverture. Alors que la poursuite et la partie de cache-cache mortelle continuent, sans que le soldat ne parvienne à coincer la femme, Jacques, immobile, inspecte les alentours, sentant instinctivement que les mâchoires d'un piège peuvent se refermer sur lui à tout moment…

Que faire ? Contourner la scène et rejoindre son ULM, en risquant de se faire repérer lors du décollage ? Intervenir au péril de sa vie et de sa mission de reconnaissance pour le village ? Ou attendre que la nature fasse son œuvre ? Il n'a pas vraiment le temps de réfléchir à la réponse, car le prédateur vient justement d'attraper sa proie à moins de cinquante mètres de sa position.

Elle lutte, griffe et se débat vaillamment, mais reçoit en retour une énorme gifle qui l'envoie rouler par terre à demi-inconsciente. L'homme se jette immédiatement sur elle sans que ses intentions ne fassent vraiment de doute…

À la vue de la scène, le sang de Jacques ne fait qu'un tour. L'impulsion est telle, qu'il en oublie les règles élémentaires de prudence, son plan et sa mission. Le jeune chef se faufile entre les buissons, fusil à l'épaule, déterminé à intervenir. Jacques sait désormais, pour la connaître, que l'énergie qui monte irrésistiblement en lui n'a plus d'autre alternative que de trouver sa cible…

Le Saint-Bernard

An 4 après « La chute »

Lorsqu'il arrive sur le lieu de la forfaiture, le soldat se redresse, car il vient de repérer in extremis son assaillant. L'homme oriente déjà son fusil-mitrailleur en direction de Jacques qui, débouchant trop rapidement dans la petite clairière en pente, glisse sur une plaque de mousse humide et tombe à la renverse. C'est ce qui le sauve d'une courte rafale qui lui passe miraculeusement juste au-dessus de la tête et va se planter dans le sol. Depuis sa position couchée, le jeune guerrier ajuste l'agresseur, effleure sa gâchette, et tire deux balles, l'homme s'effondre.

Un silence minéral fait place aux détonations. Jacques se relève aussitôt et se met à l'abri derrière un rocher, fusil pointé vers la colline, les sens en alerte. D'où va surgir le reste de la patrouille ? Les secondes passent, il reprend son souffle, régule son pouls, élargit sa perception à ce qui l'entoure après l'avoir focalisé sur sa victime. La décharge d'adrénaline se diffuse toujours en lui, il aura peur après, lorsque l'odeur de la poudre se sera dissipée. Sur sa gauche un peu plus loin, la jeune femme s'est elle aussi plaquée derrière un autre rocher.

— Ça va ? demande-t-il tout en scrutant les taillis.

— Oui ça va, répond la femme d'une voie monocorde.

— Savez-vous combien il y a de soldats ? demande Jacques toujours à l'affût.

— Hein ? répond-elle mécaniquement.

— Je vous demande combien sont-ils ? répète Jacques à la femme visiblement dans un état second.

— Ils n'étaient que deux. Le soldat que vous venez d'abattre, et un paramilitaire qui m'a amenée en cachette à l'écart du village.

Il ne reste donc qu'un seul paramilitaire. Cela change la donne et réduit la probabilité d'une attaque frontale, ou d'un encerclement qu'auraient pu conduire deux ou trois hommes armés. Jacques détecte enfin un mouvement à plus de trois cents mètres tout en haut de la colline. C'est le paramilitaire qui détale et part chercher des renforts… Jacques tente de le viser malgré la distance, mais il est déjà trop tard, il disparaît derrière la crête en direction du village. Il faut évacuer la zone qui va devenir un véritable nid de guêpes dans moins d'une demi-heure… Jacques se redresse, et se remet en route en direction de son ULM. Il passe en courant à la hauteur de la jeune femme et, sans même la regarder lui lance :

— À bientôt peut-être…

L'éclaireur de Petra ne se soucie même pas de sa réponse, et progresse rapidement vers le champ où l'attend son appareil. Elle reste en retrait un instant, indécise, puis se met à courir pour le rattraper.

— Mais où allez-vous ? lui demande-t-elle en arrivant à sa hauteur.

— Je rentre chez moi dans mon village, et vous devriez faire de même.

— Ce n'est pas possible, si je retourne à Barrome, ils vont recommencer… Avec ce qui s'est passé, je suis condamnée !

— Avez-vous un autre endroit où aller ? demande Jacques en continuant à progresser à vive allure.

— Mais où voulez-vous que j'aille ? répond-elle au bord des larmes et en essayant de caler sa marche sur les grandes enjambées de Jacques.

Ils arrivent près de l'ULM. Il enlève son sac à dos et s'accroupit derrière un buisson en scrutant les crêtes des collines. Jacques sort sa gourde, boit de grandes gorgées, puis la tend à la jeune femme qui la vide d'un trait. Il reprend la gourde, se relève et sans un mot commence à enlever la bâche de camouflage.

— Emmenez-moi avec vous ! lui demande la jeune femme d'un air décidé en se campant devant lui, les mains sur les hanches, et en le fixant de ses beaux yeux bleus. Jacques, qui n'a pas vraiment vu celle qu'il a sauvée, est un peu surpris par sa détermination. Il doit la contourner pour continuer à préparer ses affaires.

— Nous sommes une petite communauté, vous savez. Ramener une bouche de plus à nourrir avant l'hiver est une décision lourde de conséquence que l'on pourrait me reprocher… Que savez-vous faire ? demande-t-il tel un recruteur inflexible.

— Je suis médecin, répond-elle fièrement.

— Médecin quoi ? questionne t-il inquisiteur et à peine impressionné. Vous savez, certaines spécialisations ne sont plus très demandées par les temps qui courent, affirme t-il en rangeant la bâche dans la soute à bagages.

— J'ai été médecin urgentiste pendant sept ans, puis chirurgienne dans un grand hôpital à Marseille, assène-t-elle. Jacques, qui charge son sac dans l'ULM, juge très favorablement l'information, mais n'en laisse rien paraître. David le dentiste du village reconverti par la force des choses en médecin, subit une grosse pression. Il lui a récemment confié son inquiétude quant à ses responsabilités, qui dépassent souvent sa compétence, surtout en cas de blessures graves ou d'opérations.

— Comment vous appelez-vous ? lui demande-t-il enfin.

— Ève.

— Ok Ève, je…

Une balle vient se figer à quelques mètres d'elle, et fait voler des éclats de pierres ! Instinctivement, Jacques bondit à sa place et met le contact. Le pilote regarde la frêle jeune femme restée debout au milieu des balles qui commencent à siffler de toute part. C'est suicidaire, mais peut-être est-ce l'issue qu'elle appelle de ses vœux… Des silhouettes de soldats se découpent au sommet de la colline.

— Montez ! ordonne t-il en enlevant son sac de la place du passager.

Elle saute dans l'ULM et Jacques démarre alors qu'elle s'attache. Les tirs ont cessé, car les paramilitaires progressent désormais dans la partie basse du vallon, dans une végétation gênant leur vue. Mais ils sont très proches… Jacques met les gaz à fond, l'ULM s'élance sur la petite piste en herbe, puis prend rapidement son envol.

Soudain, deux paramilitaires surgissent en bout de piste, sur leur droite. Mais l'avion n'a pas assez de vitesse et d'altitude pour faire un virage serré et les éviter. Ils doivent tout juste voler à dix mètres de hauteur et à moins de 110 km/h. Pas assez haut et rapide pour une manœuvre d'évitement radicale, mais suffisamment haut pour se tuer en cas d'erreur… L'aviateur ne peut que légèrement glisser sur la gauche, en évitant de trop perdre de sa précieuse vitesse, dont il a impérativement besoin pour remonter la vallée de Chaudron qui se dresse devant eux.

Il n'entend pas le coup de feu qui l'atteint à la jambe, mais sent immédiatement la chaude morsure de la balle qui, après avoir traversé la fine tôle du plancher de l'ULM, transperce sa cuisse gauche pour aller se figer dans un tube en acier du cockpit. Quelques gouttes de sang éclaboussent la vitre de son côté. Jacques ne lâche pas les commandes pour autant, et continue sa montée, gaz à fond. D'autres coups de feu sont tirés et touchent l'appareil, mais le moteur et les réservoirs des ailes semblent encore intacts… Les deux passagers s'éloignent rapidement du champ de tir, et sont maintenant hors de portée, entourés des montagnes protectrices qui les engloutissent progressivement et se referment sur leur passage.

— J'ai été touché ! dit-il enfin à Ève qui n'avait rien vu, tout occupée à surveiller les paramilitaires par son hublot.

La toile du siège est maculée de son sang qui commence à couler sur le plancher. Ève inspecte la blessure d'où sortent des petits jets de sang à chaque battement de cœur, et donne rapidement un premier diagnostic :

— Vous avez été touché à l'artère fémorale, dit-elle. Il faut absolument arrêter l'hémorragie, sinon c'est la mort dans quelques minutes. Joignant le geste à la parole, elle enlève la ceinture de son pantalon, et la passe autour de la jambe de Jacques pour faire un solide garrot.

— Voilà, dit-elle. Sommes-nous encore loin de votre village ? Car je ne sais pas piloter, moi !

— Non, ne vous inquiétez pas, on y sera dans dix à quinze minutes. Je tiendrai jusque-là…

Gaz au maximum, l'ULM prend encore de l'altitude pour pouvoir passer la crête des montagnes de la Coupe. À cet endroit, le relief plonge à pic et forme une barre blanche et ocre que seul un oiseau peut franchir. Ève suit avec attention les gestes de Jacques, puis elle prend son pouls en appuyant sur son cou tout en regardant sa montre.

— On passe à la verticale du col, marmonne Jacques pour se donner une consistance, surpris d'être ainsi ausculté en plein vol par la jeune femme. Là-bas au loin vous voyez le village de Petra Alba où nous allons.

— Il va falloir que je m'occupe de vous en arrivant, et que je referme cette vilaine plaie. Mais je n'ai pas mon matériel avec moi…

— On a tout ce qu'il faut au village, répond Jacques qui tourne des boutons sur le tableau de bord en préparant son atterrissage. Ils volent ainsi encore cinq minutes, les alpages défilent sous les ailes de l'avion qui longe le flanc des reliefs pour ensuite s'aligner sur la piste. Il était temps, car Jacques sent à ses mains moites et aux frissons lui parcourant l'échine, qu'il ne va pas très bien. Il se décide à communiquer par radio sur le canal douze, annonçant brièvement leur arrivée :

— ULM en Finale, deux personnes à bord, prévenez aussi David, dit-il simplement, ne pouvant se permettre d'annoncer sur une radio non cryptée qu'il est blessé.

— Reçu. David sera là, répond tout aussi laconiquement Janice.

Des gouttes de sueurs perlent sur le front du pilote. Ève le voit s'essuyer, elle l'éponge avec un bout de tissu qu'elle sort de sa besace.

— Comment ça va ? demande-t-elle.

— Ça va, fanfaronne Jacques qui se sent flageoler au fur et à mesure qu'il se rapproche du sol et qu'il termine son approche.

— Vous avez perdu beaucoup de sang, et en perdrez encore lorsqu'on vous "recoudra", quel est votre groupe sanguin ? Êtes-vous allergique à certains médicaments ? Demande-t-elle.

— Je suis AB négatif, et je n'ai pas d'allergie connue, parvient-il à répondre entre ses dents.

Le pilote réduit l'allure, sort les volets en espérant avoir assez de force pour poser l'appareil. Au loin, il aperçoit des personnes sur le bord de la piste. Mais impossible de distinguer qui que ce soit… Sa vue se trouble par moments.

— Toujours ok ? Lui demande Ève sans laisser filtrer son inquiétude grandissante.

— Oui, oui… répond Jacques grimaçant, cramponné au manche à balai. Il s'efforce de contrôler ses gestes et de rester focalisé sur la piste qui est maintenant à portée de main…

Enfin, les roues touchent doucement le sol. L'ULM roule sur quelques mètres, puis s'immobilise dans le champ. L'aviateur à bout de force coupe le contact, le moteur s'arrête et les villageois accourent de toute part.

— Au fait, moi c'est Jacques… dit-il en perdant connaissance sur son siège maculé de sang.

L'alerte

An 4 après « La chute »

Lorsque Jacques se réveille au petit matin, il est allongé dans son lit au village de Petra Alba. Sa jambe gauche est endolorie, et une bande lui comprime sa blessure. Une poche de transfusion contenant du sang est suspendue au-dessus de son lit, et finit de l'alimenter des dernières gouttes qui s'y trouvent.

Sur le côté gauche de la pièce, près des volets entrouverts, Ève est endormie dans un vieux fauteuil aux accoudoirs éventrés. Un rayon de soleil matinal joue avec ses cheveux clairs, et il prend enfin le temps de la regarder. Elle doit avoir le même âge que lui, et ses traits fins découpent un joli profil. Jacques ne voit pas ses mains enfouies dans les manches de son pull, mais seulement une partie de son visage marqué par la fatigue. Il entend un mouvement de l'autre côté du lit, et tourne la tête. Nico, assis dans l'autre fauteuil, lui parle doucement :

— Comment te sens-tu, vieux ? chuchote-t-il trop heureux de voir son ami en vie.

— Vidé, c'est ce qu'on dit dans ces circonstances, non ? Que s'est-il passé ? J'ai l'impression de m'être endormi avant la fin du film…

— Eh bien, après l'atterrissage on t'a récupéré inconscient. Ève, aidée de David, t'a pris en charge et t'a "recousu". Elle a dit que ton artère fémorale était "récupérable"...

— Alors ils ont bossé ensemble ? demande immédiatement Jacques avec un air satisfait.

— David ne se sentait pas d'opérer. Ils ont pas mal "charcuté" en début de soirée avant de pouvoir récupérer ton artère et la recoudre.

— Ah oui, ils ont bataillé ?

— Oui pas mal… Enfin moi je ne suis pas chirurgien, mais ça semblait compliqué. En revanche, je suis retourné voir l'impact de la balle dans le cockpit de l'ULM, et je peux te dire que tu as eu de la chance. Ils ont tiré avec du petit calibre, tu verras le trou dans le plancher et le projectile que j'ai retrouvé. Avec une vraie arme de guerre, ta cuisse aurait été déchiquetée…

— Oui, vous êtes très chanceux, confirme Ève qui vient de se réveiller. Les deux hommes l'observent émerger de son pull et de sa torpeur. Elle s'assoit confortablement sur le fauteuil, et poursuit son compte-rendu :

— La balle a frôlé votre artère qui n'était que partiellement sectionnée, j'ai donc pu revasculariser votre jambe sans problème en faisant quelques points de suture. On a ainsi évité la gangrène, et sans doute l'amputation…

— C'est une chance ! s'exclame Jacques.

— Effectivement, mais là où votre chance atteint des sommets, poursuit Ève, c'est que votre groupe sanguin est très rare, car il est présent chez moins de deux pour cent de la population française. Donc, la probabilité de trouver un donneur phénocompatible, dans un village reculé des Alpes-de-Haute-Provence, à 22 heures, en pleine opération sur une table de cuisine mal débarrassée est plutôt mince… voire nulle.

— Ah bon ? La table était mal débarrassée ?

Elle esquisse un sourire. Puis Jacques l'interroge, intrigué :

— Au fait, qui a le même groupe sanguin que moi au village ? demande-t-il avec intérêt, regardant la perfusion qui l'a sauvé.

— Moi, répond-elle simplement.

Si le regard est le reflet de l'âme, la sienne devait être tourmentée. Il émane d'elle de la tristesse, pour ne pas dire un accablement. Elle est à la fois avec eux dans la pièce, mais aussi ailleurs. Sans doute quelque part, très loin, au bord d'une route ou dans une banlieue en flamme…

— Alors, vous m'avez sauvé trois fois la vie en moins de 24 heures ! s'exclame Jacques admiratif. Une première fois dans l'ULM, en arrêtant l'hémorragie, puis en m'opérant ici avec les moyens du bord, et enfin en me donnant de votre sang. Je vous suis très reconnaissant…

— Je vous dois aussi une vie, Jacques, car si vous n'étiez pas intervenu près de Barrome lorsque les soldats me poursuivaient… dit-elle les yeux dans le vague en se remémorant sans doute la scène.

— Soit, dans ce cas je ne vous dois plus que deux vies ! Mais c'est mon dernier prix.

— Vous ne me devez rien, je n'ai fait que mon job, et David m'a bien aidée, plaide-t-elle modestement.

David entre justement dans la chambre et salue Jacques :

— Alors, tous les moyens sont bons pour se faire dorloter ? raille-t-il.

— Ah tiens, tu tombes, bien toi ! Tout d'abord merci pour ton aide. J'ai appris que tu avais collaboré avec Ève, et je constate à ma jambe encore valide, que vous avez fait de l'excellent travail tous les deux. Mais il va falloir organiser la suite maintenant, conclut-il plus sérieusement en reprenant son rôle de chef.

— Et tu veux que je m'en occupe ? répond David énigmatique en regardant Ève comme si elle devait affronter une sorte de bizutage.

— Oui, je souhaiterais que tu prennes en charge l'intégration d'Ève, si elle souhaite rester parmi nous évidemment… Les trois garçons se tournent, interrogatifs, vers elle.

— Je ne comprends pas bien, de quoi s'agit-il ? demande-t-elle.

— Eh bien, si vous n'avez rien à faire dans les prochaines années, et que vous souhaitez rester parmi nous au village, ce dont nous serions tous très heureux, précise Jacques, vous devrez passer par une "période d'intégration" que nous proposons aux nouveaux arrivants. Vous serez sous la responsabilité d'un "parrain" qui vous aidera à découvrir votre nouvelle vie.

— Je comprends, répond-elle. Vous avez besoin de vérifier à qui vous avez affaire…

— C'est ça. Personne n'a le droit de se tromper, ni nous, ni vous d'ailleurs. Il y a encore de la place au village, des maisons sont toujours inhabitées, et toutes les énergies sont les bienvenues. Je ne me suis pas encore concerté avec mes amis du conseil mais, compte tenu de ce que vous avez déjà prouvé hier soir, ce que vous pouvez nous apporter me semble évident, si vous souhaitez rester parmi nous…

David et Nico acquiescent ostensiblement.

— Vous savez, je venais juste d'arriver à Barrome lorsque les paramilitaires ont attaqué. Je n'ai rien là-bas. J'ai tout laissé plus loin en bas dit-elle avec beaucoup de tristesse en fixant le sol. Puis elle reprend :

— Enfin, si je peux être utile… Ça me plairait de rester si ça convient à tout le monde.

— Écoute Ève, lui dit Jacques qui préfère la tutoyer puisqu'ils partagent désormais le même sang. C'est une première étape que nous te proposons, elle n'est pas définitive. Elle peut s'arrêter à tout moment si tu veux repartir, mais aussi si nous le décidons, tu dois en être consciente. Notre solidarité ne peut s'exercer qu'à l'égard de nos anciens, pour le reste, tout le monde doit participer à la vie du village et apporter sa pierre à l'édifice. La règle est la même pour tous.

Jacques reprend la parole, car il sent Ève indécise, comme tiraillée par un débat intérieur…

— Je pourrais peut-être te suggérer un projet qui serait d'une grande utilité pour tous, et qui te permettrait de faire ta place parmi nous si tu es d'accord, hasarde-t-il, guettant sa réaction.

— Je t'écoute…, répond-elle prudemment.

— Eh bien, je pense que David, ton futur parrain, serait content d'avoir quelqu'un pouvant le soulager de la lourde tâche que nous lui avons imposée. Je pense que le moment est venu de créer une vraie antenne médicale, ailleurs que dans son salon…

David saute sur la proposition de Jacques :

— Merci mon Dieu, merci ! plaisante-t-il avec une ostentation toute méditerranéenne. Ça devient difficilement gérable, je ne suis pas qualifié pour ce job, je suis dentiste moi, pas chirurgien !

dit-il avec son fort accent pied-noir qui fait sourire ses amis. J'ai déjà repéré une maison vide en haut du village pour y aménager le rez-de-chaussée en salle médicale, avec une vraie table d'opération. À l'étage il y aurait aussi de quoi loger Ève… Qu'en pensez-vous ? demande-t-il à Jacques et Nico comme s'il était un agent immobilier faisant l'article d'un bien en catalogue

— Ah quel vendeur celui là alors ! Moi, si ça convient à Ève, ça me convient aussi, répond Jacques en se tournant vers elle.

— Je vous remercie pour la place que vous m'accordez, dit-elle avec émotion.

— C'est nous qui te remercions, Ève. Ce soir on réunira tout le monde dans la salle du conseil pour te présenter. Maintenant, je dois faire le point avec Nico sur d'autres sujets urgents, si tu le permets. Je te laisse partir avec ton parrain qui va te montrer où se trouve ta nouvelle maison…

Elle se lève, prend ses affaires, et suit David qui commence déjà à lui vanter la vie au village en faisant de grands gestes. « Ça va bien fonctionner entre eux », se dit Jacques, soulagé. Avoir une chirurgienne urgentiste est un véritable don du ciel, même si leur nouveau mode de vie basé sur le travail manuel, les déplacements à pieds, et une alimentation naturelle, a progressivement changé les pathologies et la physionomie des besoins médicaux. Avant de quitter la pièce, Ève se retourne et dit à Jacques :

— Tu devras te mettre au moins sur le bord du lit, la jambe par terre sans trop appuyer pour que le sang circule bien et irrigue tous les capillaires. Je repasserai à midi pour voir comment ça va…

Une fois la porte fermée, Jacques questionne immédiatement Nico :

— Alors, qu'est-ce que t'en penses ?

— Mouais, elle est vraiment bien foutue ! J'en reviens pas !

— T'es con, c'est pas la question !

— Non plus sérieusement, nous manquions d'un vrai médecin, donc c'est très bien. Mais notre proposition n'a pas l'air de la transporter de joie. Elle semble parfois préoccupée et triste, répond simplement Nico.

— Oui, comme beaucoup l'étaient en arrivant ici après avoir erré sur les routes à la recherche de solutions. Elle a dit qu'elle venait juste de rejoindre Barrome. Elle doit être à bout de nerfs, et ce que je peux te dire, c'est qu'elle l'a échappé belle dans les collines où deux bidasses avaient décidé de s'occuper d'elle à l'écart du village… Je pense qu'il faut lui laisser un peu de temps pour qu'elle trouve ses marques.

— Oui, tu as sans doute raison.

— Malgré ce qu'elle a fait pour moi, il faut appliquer la procédure classique. Tu devras la questionner dès que tu peux, comme nous l'avons fait pour tous les nouveaux arrivants.

— Tu peux compter sur moi, j'irai l'interroger tout à l'heure en lui expliquant pourquoi on fait ça… Mais parlons du plus important : qu'est-ce que tu as vu à Barrome ?

— Les nouvelles ne sont pas bonnes, Nico. Le village est aux mains des paramilitaires qui se sont alliés aux soldats.

— Incroyable ! laisse échapper Nico en se tapant sur les cuisses. Ils sont combien maintenant ?

C'est ce que Jacques aimait bien chez Nico : il allait rapidement à l'essentiel.

— Y'a une trentaine de paramilitaires au moins, et j'ai compté dix soldats, plus les villageois qui seront enrôlés de force. Je dirais qu'au total ils sont entre quarante-cinq et cinquante hommes armés avec sans doute autant de chevaux, répond Jacques.

— Cinquante hommes lourdement armés et mobiles… C'est une catastrophe ! s'alarme Nico. Ça va être très dur s'ils décident de pousser jusqu'à nous, car on n'a qu'une vingtaine d'hommes armés.

— Sans doute… D'un autre côté, une poignée de villageois déterminés et armés, barricadés dans un village fortifié, ça ferait réfléchir n'importe qui, même un contingent de cinquante hommes…

— Je suis d'accord avec toi, répond Nico, mais ça ne fera que retarder une attaque.

— Oui, une attaque semble inévitable. La question maintenant concerne son intensité… Qu'as-tu organisé au niveau des patrouilles ?

— J'ai positionné des guetteurs répartis sur les hauteurs à l'est et à l'ouest du village. D'où ils sont postés, ils peuvent voir toute la vallée. Ils ont une radio en cas de besoin, dit-il en montrant le talkie-walkie à sa ceinture.

— C'est parfait, confirme Jacques en enlevant de son bras l'aiguille de la transfusion qui venait de se terminer. Il essaye de s'asseoir sur le bord du lit en grimaçant. Il se lève, et arrive à marcher péniblement, mais a le sentiment qu'il vaut mieux forcer un peu et ne pas rester la jambe trop immobile s'il veut éviter les complications…

— Nico, il faudra que tu convoques les membres du conseil pour 14 heures.

— D'accord, répond le fidèle lieutenant qui s'apprête à sortir de la chambre. Tu devrais rester tranquille ce matin, vieux. Je vais demander à Muriel de t'apporter un truc à manger vers midi…

Jacques accepte avec plaisir l'offre de son ami car, pour être un habitué de leur table, il sait que Muriel est une excellente cuisinière. Après le départ de Nico, le convalescent va dans sa cuisine transformée en salle d'opération, et remet en ordre ce qui traîne. Il nettoie quelques traces de sang au bord de l'évier, et la source fraîche qui alimente le hameau emporte ce qu'il reste. Quatre années après "la chute", l'eau et l'électricité qui irriguent le village assurent un confort et une modernité qui surprend toujours les nouveaux arrivants. Jacques ouvre les volets pour mieux admirer Petra et les champs devant lui. Le jeune architecte fait partie de cet endroit, il y a acquis une place, et trouve une résonance particulière dans chacune des pierres qu'il a remontées sur ces pentes escarpées. Il est tiré de ses réflexions car quelqu'un frappe à la porte et entre. C'est Ève qui revient comme elle l'avait annoncé.

— Déjà debout ! Ce n'est pas très raisonnable sermonne le médecin. Comment ça va depuis tout à l'heure ?

— Ça va bien, ma jambe est un peu engourdie.

— C'est normal, elle n'a pas été irriguée pendant quelques temps et j'ai dû couper un peu des tissus pour accéder à ton artère, dit-elle en inspectant l'avant-bras d'où Jacques a retiré la perfusion. Elle désinfecte et met un sparadrap.

— Puis-je m'asseoir ? demande-t-elle en retirant une chaise de la table de la cuisine.

— Je t'en prie, répond Jacques en s'asseyant en face d'elle.

Ils se regardent en silence. Les secondes passent sans qu'ils ne soient nullement gênés par l'étrangeté de l'instant. Ils n'éprouvent ni le besoin, ni l'envie de combler ce vide par des banalités. Et parfois un regard en dit plus long que tous les discours. C'est ainsi que Jacques perçoit confusément qu'il a quelque chose à faire ou à demander. Ève semble attendre un signe, une parole ou un geste de sa part… Il se rapproche en posant ses coudes sur la table qui les sépare :

— Des choses à me dire peut-être ? hasarde t-il, en surveillant sa réaction.

Le temps s'arrête un court instant, et la jeune femme se montre presque soulagée par l'intuition de son patient. Elle inspire en silence comme pour se donner du courage, fouille dans sa besace pour en sortir un petit appareil rectangulaire qu'elle pose sur la table.

— Sais-tu ce que c'est ? demande-t-elle.

Jacques, les sens soudain en alerte, ne la quitte plus des yeux, ayant immédiatement reconnu cet équipement militaire.

— Surprends-moi…, lâche-t-il, un brin provocant.

— C'est la radio avec laquelle je suis censée vous espionner.

Faute avouée…

An 4 après « La chute »

Jacques et Ève demeurent assis face à face, séparés par la puissante radio et le silence. La tension qui s'installe entre eux est palpable, chacun tentant de percer les pensées de l'autre dans la partie de poker qui débute. Jacques s'alarme du fait qu'elle ait déjà pu s'en servir pour fournir des renseignements vitaux à l'ennemi, et mettre ainsi en danger le village tout entier.

— As-tu émis avec ce talkie-walkie ? questionne t-il enfin en la fixant droit dans les yeux pour tenter d'y déceler une vérité ou un bluff.

— Non, répond-elle calmement en soutenant son regard sans faillir.

— Qu'est-ce qui me prouve que tu ne mens pas ?

— Le fait que je t'en parle rapidement malgré les risques. J'aurais pu facilement continuer à cacher ce petit appareil, et remplir ma mission sans que personne ne se doute de rien…

— Précise l'objectif de ta mission, ordonne Jacques avec fermeté.

— Je suis censé vous espionner et envoyer des informations aux paramilitaires à Barrome.

— Pourquoi tu fais ça ?

— Parce qu'on ne m'a pas laissé le choix ! crie presque Ève alors que des larmes, qu'elle a pu retenir jusqu'à présent, perlent sur ses joues.

— Je ne comprends pas trop ce que tu me dis. On a toujours le choix, même si certains chemins sont parfois plus abrupts que d'autres…

— C'est ce choix difficile et douloureux que j'exerce en te parlant alors que mon fils Louis, qui a huit ans, est toujours retenu en otage par les paramilitaires. Il sera tué si je n'émets pas tous les soirs pour donner des renseignements sur Petra. Voilà, sa vie est désormais entre tes mains, dit-elle en essuyant ses larmes.

— Qu'est-ce que c'est que cette histoire ? s'exclame Jacques incrédule et un peu dérouté.

— Nous venions à peine d'arriver à Barrome depuis Sisteron, lorsque les paramilitaires se sont emparés du village avec la complicité des soldats. Les villageois se sont défendus, mais n'ont pas pu résister. Nous avons été enfermés dans l'église, sans eau et sans nourriture.

— Ça ne me dit pas pourquoi ils t'ont choisie, toi ? insiste t-il

— Parce que j'étais la dernière arrivée, et que personne ne me connaissait. Lorsque les soldats ont demandé une jeune femme et son enfant, les villageois n'ont pas hésité une seconde à me désigner. Que pouvaient-ils faire d'autre après tout ?

— Et que t'ont dit les paramilitaires lorsque tu es sortie de l'église ?

— Je pensais qu'ils voulaient nous tuer pour faire un exemple, j'étais tétanisée. Mais leur chef m'a expliqué ce qu'il attendait de moi. J'ai compris, en les écoutant, que tu avais été repéré lors de ton atterrissage dans l'autre vallée.

— Ils m'avaient donc découvert dès le début !

— Oui, d'après ce que j'ai compris, une patrouille se trouvait là par hasard. Ils ont décidé de te laisser faire, et m'ont ordonné de me débrouiller pour repartir avec toi en ULM. Je dois leur envoyer des messages radios tous les soirs sinon ils tueront Louis.

Jacques se montre méfiant malgré la détresse évidente d'Ève :

— Ève, je suis désolé pour ton fils… Mais j'aimerais comprendre : lorsque je t'ai sauvée du militaire près de Chaudron, tu jouais la comédie et lui aussi ?

— Oui et non, j'étais terrifiée, car je ne pensais pas qu'ils seraient prêts à sacrifier un soldat pour rendre la scène plus crédible. Seul le paramilitaire qui nous surveillait était dans la confidence. Le soldat était vraiment persuadé qu'il pourrait profiter de moi, comme le lui avait promis son "camarade". Une fois livrée en pâture seule dans les collines, j'ai soudainement compris leur plan. Je n'avais pas d'autre alternative que de faire du bruit pour attirer ton attention, en priant pour que tu puisses tuer le soldat avant qu'il ne parvienne à ses fins.

— C'était très risqué comme mise en scène, mais tu as parfaitement joué ta partition… J'ai été complètement dupé, avoue Jacques un brin vexé.

— Je suis vraiment désolée de cette situation que nous subissons tous. Mais je peux t'assurer que je n'ai pas trahi votre confiance et votre hospitalité. Tu connais mon histoire maintenant, et j'ai peut-être détruit par la même occasion la seule chance de revoir Louis vivant, parvient-elle à dire en étouffant un sanglot d'angoisse maternelle.

— Ont-ils parlé d'autre chose devant toi ? Un détail ? Une indication sur leurs plans ? Poursuit Jacques méthodiquement.

— Non, ils n'ont rien dit, je n'en sais pas plus. Je ne suis qu'un leurre qui se débat au bout de son hameçon.

— Pourquoi avoir décidé de me parler plutôt que de protéger ton fils ?

— Parce que j'ai compris qu'il a plus de chance de survivre si je te parle. Le village apporte un peu de sens dans ce chaos… Comprends bien qu'avant de découvrir Petra Alba hier soir, j'étais seule et désespérée. Je ne pouvais m'accrocher qu'à l'espoir de revoir Louis en vie si je vous espionnais. Je n'avais que cette option.

— Et maintenant tu en as une nouvelle ?

— Maintenant, et pour la première fois depuis l'effondrement général, je perçois qu'il y a peut-être d'autres voies pour sortir de cette impasse… Auparavant je n'avais aucune alternative si ce n'est celle de leur obéir aveuglément. Vous m'offrez désormais le choix.

— Lequel ?

— Soit Louis en ressort vivant avec votre aide, et je pourrai peut-être rebâtir quelque chose ici parmi vous, si vous m'acceptez encore. Soit il m'emportera, car je n'ai plus que lui, affirme Ève en le fixant intensément.

Jacques est devant une situation totalement inédite, en proie à des réflexions et des sentiments contradictoires : il est intimement convaincu désormais qu'elle lui dit la vérité. Il n'a aucun ressentiment à son égard, car il comprend le chantage dont elle est la victime, et le choix audacieux que la jeune chirurgienne vient de faire.

Il s'en veut d'être tombé aussi facilement dans le piège tendu, et s'inquiète de la détermination des paramilitaires échafaudant des ruses machiavéliques pour obtenir des renseignements. Il ne faut pas les sous-estimer, il a devant lui la confirmation qu'ils se préparent à attaquer plus tôt que prévu…

Mais par-dessus tout, Jacques est ému par Ève. Il voudrait pouvoir la consoler de sa détresse, lui dire que l'espoir est encore possible, et la prendre dans ses bras pour la protéger. Il n'y peut rien, c'est cet irrépressible élan qui domine totalement les autres considérations, aussi troublant que cela puisse paraître.

Le jeune chef de Petra est pourtant habitué à gérer des situations critiques depuis des années, à prendre des décisions rationnelles, et à rester maître de ses émotions. Ses aventures amoureuses depuis le début de la refondation n'ont jamais suscité chez lui un tel emportement, un tel émoi. Il est saisi par la détresse et la fragilité d'Ève. Ils sont comme deux coques de noix venant de se télescoper au milieu d'un vaste océan en furie. Jacques se contente de tapoter maladroitement sa main en lui disant :

— Tu as fait le bon choix Ève. On va trouver une solution ensemble pour te sortir de cette situation, ne t'inquiète pas, tu n'es plus seule.

— Merci Jacques, merci pour ta confiance, dit-elle en séchant ses larmes.

— Maintenant, je dois rapidement parler avec Nico de tes "révélations". Il se lève difficilement car sa jambe est toujours douloureuse, et va chercher sa propre radio dans la chambre puis la règle sur la bonne fréquence :

— Jacques pour Nico.

— Oui Jacques, je t'écoute…

— Peux-tu venir chez moi s'il te plaît ?

— J'arrive dans cinq minutes, répond Nicolas à l'autre bout.

Lorsque Nico entre dans la cuisine, Ève finit de refaire le bandage de Jacques.

— Asseyons-nous ici, propose ce dernier.

Il doit être midi, tout le monde s'assoit autour de la table de la cuisine, et Jacques révèle le secret d'Ève.

Le stratagème

An 4 après « La chute »

La surprise passée, Nico considère Ève avec méfiance et regarde le talkie-walkie toujours posé sur la table.

— Comment peut-on vous croire après ce qui vient de se passer, et la comédie que vous nous avez jouée ?

— Je n'ai que ma bonne foi à vous proposer, Nico, et aussi le fait que j'aurais pu décider de "rater" l'intervention chirurgicale de Jacques. Je suis de votre côté, simplement je ne l'ai su qu'en découvrant le village hier soir. J'ai du rapidement prendre une décision ce matin car je dois impérativement émettre pour la première fois aujourd'hui. Je n'ai malheureusement aucun autre gage de bonne foi à vous proposer…

— Je comprends votre choix. Mais je réserve encore mon avis sur votre place parmi nous, car nous ne vous connaissons pas suffisamment, et le stratagème des paramilitaires éveille ma méfiance.

— Je suis de ton avis, Nico. Mais il faudrait traiter les deux sujets séparément : premièrement, Ève doit absolument émettre son premier message dans quelques heures, que faisons-nous ? Enfin, comment lui permettons-nous de prouver sa bonne foi, tout veillant à la sécurité du village ?

— Je suis sûr que tu as déjà une idée sur ces deux questions…

— Oui, je pense qu'il faut que les émissions radios vers les paramilitaires de Barrome aient lieu, pour qu'ils pensent que leur plan fonctionne et aussi pour protéger Louis. Utilisons la situation à notre avantage. Cela va nous laisser du temps pour brouiller leur perception. Qu'en penses-tu ?

— C'est malin… Mais que va-t-on leur dire ? demande Nico.

— Ce qu'ils veulent entendre… Inutile de tergiverser, une attaque est inévitable. Je ne vois rien qui puisse les détourner de leur but, et même si nous y parvenions, la menace serait toujours là à nos portes. Nous devons donc essayer de créer les conditions d'affrontement idéales. Sommes-nous d'accord sur ce premier point ?

— Oui, car il est désormais très probable qu'ils débarquent en nombre dans notre vallée dans quelques jours, répond machinalement Nico comme si cela n'aurait aucune conséquence sur leur vie…

— La seule chose que nous pouvons tenter de contrôler à distance, c'est l'intensité de leur attaque, en leur faisant croire que nous sommes moins nombreux qu'ils ne le pensent, et surtout très mal équipés.

— Je vais leur communiquer de fausses informations c'est ça ? demande Ève qui ne ratait rien de la conversation.

— Oui, il faudra minorer les chiffres, tout en restant raisonnable et crédible. Mais imaginez juste un instant, un gros chat gourmand qui a déjà attrapé une souris, et veut immédiatement en attraper une seconde, sans lâcher la première… dit-il en mimant les pattes d'un félin imaginaire.

— Je comprends ! Ils ne vont pas lâcher totalement Barrome…, continue-t-elle.

— Exact ! Je pense qu'ils ne vont pas jeter toutes leurs ressources dans la bataille, car ils doivent aussi maintenir une présence sur Barrome. À ce stade, tu es la preuve qu'ils cherchent toujours à savoir combien d'hommes ils doivent affecter à cette mission, et tu vas les aider à se tromper…

— Et ce sera suffisant ? demande Ève inquiète.

— Non, je suis sûr qu'ils voudront aussi venir sur place pour vérifier que tu ne leur racontes pas d'histoires. Il faut organiser en parallèle des mises en scène qui correspondent à ce qu'on leur dit, pour qu'ils prennent confiance. On laissera donc repartir leurs éclaireurs vers la vallée…

— On va en parler aux autres dans le hameau, et les mettre dans la confidence ? demande Nico dubitatif.

— Oui et non. Oui, pour leur expliquer qu'il y a urgence, et qu'on va se faire attaquer très bientôt. Oui aussi, pour partager la réalité de notre stratégie, qui consiste à berner l'ennemi en ne montrant qu'une partie de notre cheptel, ou en restant cachés dans nos maisons. Mais on ne leur parle pas encore de la participation active d'Ève dans ce plan, car nous allons susciter des doutes sur sa probité et son engagement. Or je crains que nous n'ayons plus le temps pour lancer un débat…

— Le second point que tu as évoqué Jacques, c'est le maintien sous surveillance et le contrôle de notre invitée, sans vouloir vous offenser, Ève…, dit-il en faisant un geste d'apaisement vers elle.

— Ne vous inquiétez pas, Nico, je comprends vos précautions, et je les trouve légitimes. Je suis une inconnue qui est arrivée hier soir dans votre village pour vous espionner et qui, en quelques heures à peine, change d'avis. On serait méfiant à moins…

— Ne vous méprenez pas sur mes intentions Ève, je comprends désormais pourquoi vous faites ceci. Vous avez dû prendre une décision rapide pour ne pas vous compromettre, et votre geste est courageux. Mais nous devons aussi limiter les risques pour les nôtres, n'est-ce pas Jacques ? demande-t-il en cherchant un soutien amical du regard.

— C'est exact. Nous courons suffisamment de dangers comme cela sans en ajouter d'autres. Je propose que David soit mis dans la confidence et ne lâche pas Ève de la journée, sauf lorsqu'elle sera avec l'un de nous. Le soir tu seras assignée à résidence dans ta nouvelle maison, jusqu'au lendemain matin. J'espère que nous pourrons rapidement assouplir ces premières mesures dans quelques jours.

Il est bientôt 13 heures, quelqu'un frappe et entre. C'est Muriel, la compagne de Nico, qui arrive avec le ravitaillement et une marmite encore fumante acclamée comme il se doit par un public affamé.

— J'étais sûre de vous trouver là tous les deux ! Je vais être jalouse, tu vois mon mari plus souvent que moi ! reproche-t-elle à Jacques.

Ils s'attablent tous les quatre, et dégustent un excellent ragoût de lapin mijoté avec beaucoup de champignons et encore plus d'amour. La parenthèse se termine comme elle avait commencé : dans les rires et la bonne humeur, comme s'ils avaient le pouvoir de créer un précieux sursis, une bulle hors du temps. Puis Jacques et Nico accompagnent Ève au futur dispensaire, où David est mis dans la confidence. Le dentiste rassure tout le monde sur le bon déroulement des opérations et sur sa discrétion, aussi légendaire que son accent.

Puis ils se rendent au conseil, où les attendent déjà les trois autres membres. Un rapport détaillé de la mission de renseignement sur Barrome leur est communiqué. Le compte rendu de Jacques plonge l'auditoire dans l'inquiétude. Il n'a pas de difficulté à convaincre les conseillers que l'affrontement avec les paramilitaires est inévitable. Ils comprennent que la seule stratégie possible consiste à essayer de brouiller leur perception. Il ne fait pas allusion à la mission d'espionnage d'Ève et à son ralliement, car il aurait alors été impossible de garder le secret. Jacques préfère prendre le risque politique de se voir reprocher cette omission par le conseil, s'ils ressortent vivants du combat…

Il reste à attendre qu'Ève fasse sa première communication pour confirmer que le stratagème fonctionne. Lorsque l'heure arrive, David, Nico et Ève se retrouvent tous attablés dans la cuisine de Jacques.

— As-tu prévu un code avec les paramilitaires ? demande Nico.

— Oui, il est prévu d'émettre le soir sur le canal 25, à 20 heures précises. Je dois envoyer un double signal en actionnant la gâchette du talkie-walkie si je peux parler…

La vieille pendule marque 19 h 45, Jacques rappelle à Ève les objectifs :

— Pour cette première émission, tu en dis un minimum en expliquant que tu n'as pas encore tout vu, et que tu es considérée avec méfiance. Tu peux dire que tu as déjà compté huit hommes, et sept femmes. S'ils te posent des questions sur les armes, dis que tu as vu des fusils de chasse, mais pas d'armes automatiques.

— D'accord, pourrais-je demander des nouvelles de Louis ? interroge-t-elle inquiète.

— Oui, je te conseille de le faire dès le début de la communication. Explique-leur aussi que tu es consignée dans une chambre, et que demain il est prévu que tu sortes. Évite d'être trop précise à ce stade… Ça ira ? Tu tiendras le coup ?

— Oui, je crois que ça ira, mais restez là, je n'y arriverais jamais seule, dit-elle en regardant le talkie-walkie sur la table.

— Ne t'inquiète pas, lui dit Jacques d'un ton rassurant, on est tous ensemble, on va trouver une solution.

Puis un silence pesant s'installe entre les membres de la petite équipe. Seul le battant de l'horloge égrène les minutes. Jacques examine une dernière fois la radio sous tous les angles, car il se méfie des paramilitaires qui auraient pu cacher une charge explosive en espérant faire des dégâts. Mais la coque et les vis sont intactes. Par précaution, il décide d'aller tester l'appareil dans sa chambre loin des autres. Arrivé dans la pièce, il tourne l'interrupteur avec un peu d'appréhension. Un voyant vert apparaît, confirmant que tout va bien. Il revient dans la cuisine, sélectionne le canal 25, et pose l'appareil devant Ève livide, qui ne cesse de sautiller sur sa chaise en se rongeant les ongles.

— Ça ira…, dit-il sur un ton apaisant.

Il est 20 heures. Jacques lui fait signe. Le médecin s'empare de la radio, et émet les deux "clac" convenus. Silence. Les secondes passent, interminables…

Puis deux "clac" en réponse font sursauter Ève. Elle trouve la force d'approcher la radio de sa bouche et, tremblante, annonce simplement :

— Ève.

— J'écoute ! répond une voix d'homme à l'autre bout.

— Comment va Louis ? interroge-t-elle d'emblée.

— Les renseignements d'abord ! ordonne la voix avec fermeté.

— Pour l'instant je suis consignée dans une chambre depuis hier soir, ils se méfient de moi.

— Dis toujours ce que tu as vu…

— J'ai compté huit hommes et sept femmes.

— Étaient-ils armés ?

— Oui, j'ai vu des fusils.

— Quoi comme fusils ?

— Des fusils de chasse…

— Combien ?

— J'en ai compté six…

— C'est tout ? T'as vu des armes automatiques ?

— Heu non pas encore.

— Ah bon ? Quoi d'autre ?

— Ben je suis enfermée. Mais j'ai pu voir qu'ils avaient du bétail, des moutons…

— Combien ?

— Heu je ne sais pas…

— Ève, il va falloir être plus précise sinon ça va mal se passer pour ton fils…

— …

— Ève ? Tu m'as compris ?

— Oui, ne lui faites pas de mal, je vous en supplie, parvient-elle à dire en étouffant un sanglot.

— Ça ne dépend que de toi, Ève, accomplis ta mission et tu reverras ton fils vivant.

— Je vous donnerai des informations plus précises demain soir, c'est promis… Ils ont dit qu'ils me laisseraient sortir.

— Ok, on va libérer la fréquence. Rendez-vous demain, sois à l'heure !

— Est-ce que je peux parler à Louis… s'il vous plaît ?

Silence. Ève est désespérément seule sur la fréquence, ils ont coupé la communication. Jacques lui prend le talkie-walkie qu'elle serre toujours dans sa main, et met l'appareil hors tension.

— Bravo Ève, ils ont mordu à l'hameçon, tu vas le revoir ton petit Louis. Ne t'inquiète pas, ce n'est plus qu'une question de jours…

Mystification pastorale

An 4 après « La chute »

Ève, "l'espionne repentie", vient de terminer sa première communication radio. David et Nico sont rentrés chez eux, et elle refait le pansement de Jacques :

— La cicatrice est belle, tu pourras marcher plus facilement dans un jour ou deux, c'est une chance…

— Je dirai plutôt que c'est un miracle, Ève. Je ne te remercierais jamais assez de m'avoir sauvé la vie.

— C'est mon métier de sauver des vies, et je ne sais même pas si je parviendrais à sauver celle de Louis…

— Nous contrôlons les paramilitaires tant que nous leur donnons de fausses informations au compte-gouttes. On gagne du temps, on se prépare et on peut essayer d'influer sur l'intensité de la bataille.

— Oui, mais comment parviendra-t-on à récupérer Louis ?

— En séparant leur groupe, en isolant les attaquants, en essayant de décapiter leur commandement et en perturbant leurs renseignements… Nous avons de nombreuses options, et de l'énergie à revendre ! Garde espoir, on va y arriver, car nous savons pourquoi nous nous levons le matin. Nous avons un projet à bâtir, une vision à défendre et cela vaut toutes les armées du monde…

— Je le sais bien, Jacques, je vois ce que vous rebâtissez de vos mains, et le sens que cela vous apporte.

— Nous savons surtout ce que nous risquons de perdre car beaucoup ont survécu à l'enfer. Ils ne veulent pas y retourner, et lorsque les mâchoires de notre piège se seront refermées sur les paramilitaires, ils n'auront pas le temps de faire du mal à Louis. Allez, ne t'inquiète pas ! Je vais te raccompagner chez toi Ève, as-tu assez de couvertures ?

— Je crois que oui, j'en ai une sur le lit au premier étage.

— Je vais quand même t'en donner une autre au cas où, car les nuits sont fraîches en cette saison à Petra.

Ils partent tous les deux en marchant lentement, car Jacques boite toujours un peu.

— Attends, je vais porter la couverture, accroches-toi à moi, lui dit Ève.

Bras dessus, bras dessous, ils gravissent en silence la ruelle conduisant jusqu'au nouveau dispensaire. Jacques est heureux de cette attention qu'il n'assimile pas à un simple geste médical. L'architecte aurait pu faire trois fois le tour du village ainsi. Ève semble aussi très sensible à leur proximité…

Le couple arrive devant la porte de la vieille bâtisse joliment rénovée. Ève lâche Jacques, le remercie encore pour son soutien, et lui souhaite une bonne nuit en l'embrassant du bout des lèvres sur la joue. Il repart le cœur léger, comme un jeune adolescent après un premier rendez-vous…

Le lendemain matin, il se réveille avant le soleil pour accueillir les guetteurs. Le débriefing a lieu dans la salle commune, où Nico les attend déjà avec de la chicorée dans un thermos. Deux sentinelles sur quatre sont arrivées.

— Salut les gars, alors ça a donné quoi cette nuit ? demande Jacques aux deux têtes hirsutes rougies par le froid.

— Rien à signaler, répond l'un d'eux en reniflant, pas de mouvement sur notre versant, rien en bas dans la vallée non plus, le calme plat.

— Et l'autre équipe, a-t-elle été relevée ? demande Jacques en se tournant vers Nico.

— Ben non… En fait ils n'ont toujours pas émis le signal pour que je fasse partir la relève qui se tient prête. J'attends encore trente minutes, et après je commencerai à me poser des questions…

Jacques s'assoit à la table où les hommes se serrent les uns contre les autres en attendant la dernière équipe. Les villageois plaisantent ensemble de choses légères, et cassent la croûte avec le bon pain chaud que leur avait apporté Jean-Pierre, le boulanger du village. Il y a aussi du beurre de fabrication locale, de la charcuterie, des fromages, et du miel de leurs ruches qui produisent d'avantage depuis que les abeilles ne meurent plus en masse pour des raisons "inexpliquées" comme c'était le cas avant "la chute".

— La demi-heure est passée, alerte Nico en regardant sa montre, ils ont certainement repéré des mouvements plus bas dans la vallée. On doit avoir une intrusion d'éclaireurs paramilitaires !

— Oui, mais plus tôt que prévu. Je ne pensais pas qu'ils réagiraient aussi vite, juste après l'attaque de Barrome. Ils ont faim ! On va devoir mettre en place la "mise en scène" dès aujourd'hui les gars ! annonce Jacques.

Il lit plus de détermination que de peur chez ces fermiers, maçons, bouchers ou éleveurs devenus des guerriers par nécessité. Le fait de se sentir épaulés par le clan, leur donne certainement une force qu'ils n'auraient jamais eue seuls en de telles circonstances.

La journée s'organise conformément au scénario prévu : moitié moins de personnes dans les rues et dans les champs, à garder des troupeaux moitié moins nombreux que dans la réalité. La plupart des cheminées sont éteintes, quelques habitants vaquent ostensiblement à leurs occupations, alors que d'autres attendent impatiemment à l'abri des regards que leur tour vienne. Jacques envoie quelqu'un piéger discrètement la sortie de la vallée, à l'endroit où elle se rétrécit pour former un goulet. Les paramilitaires sont obligés de l'emprunter au retour lorsqu'ils ressortiront à la nuit tombée.

Même si certains bons tireurs du village sont capables de facilement faire mouche à plus de trois cents mètres avec les fusils à longue portée, Jacques a finalement décidé de ne pas utiliser cet armement, qui aurait trahi leur niveau d'équipement réel. Il n'aurait pas forcément "collé" avec l'image du petit hameau rural qu'ils voulaient donner. L'architecte a donc demandé de confectionner des pièges rudimentaires, avec des vieux fusils de chasse et des fils tendus sur le passage des intrus qui déclencheraient la pression fatale sur la gâchette en marchant dessus. C'est à la fois basique, mais aussi très efficace, et peut tuer ou blesser sérieusement un éclaireur, tout en maintenant l'illusion d'un équipement grossier incapable de rivaliser avec des armes modernes.

Il faut laisser penser aux paramilitaires que le village est presque sans défense, totalement à leur merci. Pourtant au fil des années, les villageois ont constitué un petit arsenal, les nouveaux arrivants étant généralement toujours mieux armés que nourris. Autant d'armes venant s'additionner à celles trouvées au hasard de leurs explorations dans la région. La plus mémorable, fut celle où ils découvrirent les restes d'un champ de bataille plus au nord dans les montagnes. Un groupe de paramilitaires et une patrouille de soldats avaient livré une lutte sans merci dans ce lieu isolé. Ils avaient compté plus de trente corps, abandonnés sur place sans doute depuis des semaines. L'endroit était jonché de nombreuses armes et d'un équipement de pointe, que les quelques survivants du massacre n'avaient pas pu emporter ni revenir chercher : radios, lunette de vision nocturne, explosifs divers, armes automatiques… Une sorte de supermarché de l'armement high-tech qui confirma aux survivants du hameau que les stocks de munitions du pays étaient finalement beaucoup plus importants que ceux de nourriture.

À Petra qui se prépare au combat, la journée se passe sans incident. Le ballet des figurants cachés dans la salle commune fonctionne à merveille, bien qu'il soit difficile de donner satisfaction à tous ceux qui trépignent pour rentrer les bêtes, préparer le repas, ou continuer les travaux.

Jacques décide d'aller voir l'état d'avancement du dispensaire, où David et Ève s'activent depuis le matin. Chemin faisant il entend quelques notes de musique devant la maison de "Bernie le fou" qui n'est manifestement pas concerné par l'imminence du danger… L'artiste joue "Vertigo" sur sa guitare folk dont les sons se perdent dans les ruelles désertes. L'architecte arrive au dispensaire, où il peut constater que les travaux sont presque terminés.

— J'espère que nous n'aurons pas trop à solliciter tes soins, confesse-t-il à Ève.

— Moi aussi, mais nous sommes prêts en cas de nécessité. Nous avons même un petit bloc opératoire rudimentaire, dit-elle fièrement en faisant visiter la petite salle équipée d'une table en bois et d'un éclairage unique.

Alors que Jacques s'apprête à la féliciter, une détonation retentit dans le lointain. Puis deux courtes rafales d'armes automatiques. Ils se figent. Plus rien… Les chiens du village aboient en contrebas des remparts. Jacques se rend aussi vite qu'il le peut dans la salle commune, où Nico tient anxieusement un talkie-walkie à la main.

— Je viens juste de recevoir le signal pour la relève, dit-il. J'ai envoyé la nouvelle équipe remplacer nos gars qui doivent être frigorifiés. La première détonation, c'était sans doute le piège avec le vieux fusil. Le reste je ne sais pas encore…

Les villageois attendent plus de quarante-cinq minutes avant que la première équipe de guetteurs redescende enfin de la montagne où ils étaient cachés depuis bientôt vingt-quatre heures. Ils arrivent triomphants, mais fourbus. Leurs premières paroles sont pour Jacques :

— Tu en as eu un avec ton piège et ta vieille pétoire ! Il est resté sur le carreau !

— Racontes… invite Jacques se faisant le porte-parole des habitants de Petra impatients de savoir ce qui s'était passé…

— Eh bien, ils sont arrivés par le bas de la vallée la nuit dernière. Ils étaient trois, armés de fusils automatiques et de lunettes de vision nocturne. On les a repérés immédiatement, mais on n'a pas bougé !

— Vous avez bien fait, les gars, rassure paternellement Jacques.

— Puis les éclaireurs se sont camouflés sur les hauteurs près du petit cabanon "Pierredon" où on range les charrues. Ils sont restés là toute la journée, à observer les allées et venues des gamins gardant les troupeaux. Le guetteur reprend son souffle, boit un coup et poursuit :

— Puis lorsqu'ils sont arrivés au goulet en bas de la vallée, le premier est passé, mais le second a marché sur le piège, et il a été touché. Les autres ont tiré quelques rafales, et ont finalement découvert le vieux fusil. Ils ont laissé leur camarade sur place, après lui avoir pris son équipement, ensuite on les a perdus de vue…

Ceux présents dans la salle sont heureux de cette première petite victoire, et congratulent les deux héros du jour. Jacques s'adresse à l'assemblée :

— Notre plan fonctionne bien : nous avons donné à notre ennemi uniquement les informations que nous souhaitions. Ils ont un homme de moins dans leurs rangs, et nous avons gagné une journée pour préparer notre défense. Ce soir, certains d'entre nous iront miner le goulet dans la perspective de la bataille qui s'annonce. Cette nuit, gardez vos armes à portée de main !

Il s'adresse à Nico :

— Il faut maintenir notre vigilance avec nos équipes de guetteurs sur les crêtes, et préparer des charges commandées à distance sur le chemin du goulet. Je pense qu'ils ne vont pas tarder à passer à l'action, sauf si on parvient à gagner encore un peu de temps… Bon, je dois aller refaire mon pansement.

Nico comprend l'allusion, et regarde Jacques rentrer chez lui. Ève et David l'attendent déjà pour l'émission radio vers les paramilitaires de Barrome. Il est bientôt 20 heures, il explique ce qu'il attend à Ève, et ce qu'elle doit dire. Jacques sort le talkie-walkie qu'il avait enfermé à clef dans une armoire, et le pose sur la table. Il vérifie les réglages, et l'allume sur la bonne fréquence. Ève le prend, et envoie le signal convenu. Il est aussitôt suivi du code d'accord.

— Ève.

— Parle ! ordonne la voix à l'autre bout.

— Je suis sortie aujourd'hui, j'ai vu tout leur cheptel : il y a deux vaches, dix moutons, trois chèv…

— On s'en fout ! Dis-nous si tu as vu des armes, interrompt sèchement le paramilitaire.

— Oui j'en ai vu. J'ai compté environ huit fusils de chasse et…

— C'est tout ? T'as pas vu des armes automatiques ?

— Oui deux fusils-mitrailleurs, mais je ne sais pas ce que c'est…

— Ils sont combien en tout alors ?

— J'ai compté dix enfants, j'ai vu dix hommes et douze femmes au total, mais j'ai cru comprendre que d'autres arriveraient demain…

— Quoi ?

— Ben, j'ai compris que des hommes, qui étaient partis dans les alpages, arriveraient demain matin à l'aube, et que le village sera alors au complet.

Silence à l'autre bout de la radio.

— Ok, rappelle-moi demain même heure pour me dire combien ils seront quand tout le monde sera là. Et surtout, compte bien les armes ; essaye de voir ce qu'ils ont, c'est ça le plus important.

— Je veux parler à Louis !

Nouveau silence.

— Attends, dit l'homme à l'autre bout. Puis le talkie crépite :

— Maman ? interroge une petite voix à la radio, sans que la suite de la phrase ne soit audible.

— Oui c'est moi mon ange, ne t'inquiète pas ! Je vais bientôt revenir ! Sois courageux mon petit bonhomme… Elle essaye de réprimer ses sanglots.

— Voilà, tu lui as parlé, fais ton travail, et tu le reverras vivant. À demain.

Le talkie-walkie se tait, Ève s'effondre en pleurs sur la vieille table de cuisine. Jacques et David la consolent comme ils peuvent, lui disant qu'elle a fait le meilleur choix. Puis, chacun rentre chez lui pour reprendre des forces, et se préparer à la prochaine confrontation.

Ce soir-là, Jacques s'endort rapidement. Puis, lorsque la nuit dépouille les hommes de leurs certitudes, il se réveille en sursaut, incapable de fermer l'œil malgré sa fatigue. Le jeune chef pense aux guetteurs qui protègent le village, blottis dans l'obscurité des montagnes. Est-ce le froid, ou bien les doutes qui abrasent le plus leur volonté ?

La confrontation

An 4 après « La chute »

Alors que Petra Alba se découvre à peine dans les premiers rayons d'un pâle soleil d'automne, Jacques sort de chez lui et se dirige vers la salle commune. Il sait que les prochaines heures vont sans doute décider de leur avenir…

Lorsqu'il arrive sur place, la pièce est déserte. L'architecte allume facilement un feu de cheminée dans les braises de la veille, et se réchauffe les mains lorsque les premières flammes apparaissent. Il s'assoit un instant devant l'âtre, le regard perdu dans le flamboiement. Nico le tire de ses réflexions, en entrant bruyamment dans la salle avec son habituel thermos de chicorée et un gros morceau de pain.

— Ami cafetier soit le bienvenu ! lui lance Jacques. Les guetteurs ont-ils repéré quelque chose cette nuit ?

— Non rien. J'ai reçu les signaux pour relever nos deux équipes dans les montagnes, et j'ai fait partir tôt ce matin les remplaçants. On devrait avoir des nouvelles d'ici quelques minutes…

— Alors ça se confirme, c'est pour aujourd'hui Nico.

— T'en es sûr ? questionne son ami avec inquiétude.

— Presque sûr. Lors de l'émission "radio espion" hier soir, ils ont eu la confirmation que nous étions peu nombreux et mal armés. Je suis persuadé qu'ils ne vont pas se poser des questions existentielles trop longtemps. Les paramilitaires sont certainement déjà en train de se préparer pour un assaut à l'heure où je te parle…

— Oui peut-être, mais ils ne vont rien tenter en plein jour, surtout s'ils sont toujours persuadés d'être les seuls à avoir un équipement de pointe pour voir la nuit. Ils vont attendre l'obscurité pour attaquer, et risquent d'avoir la plus mauvaise surprise de leur courte vie… fanfaronne Nico pour se rassurer.

À quelques heures de livrer un combat capital, Jacques partage aussi son anxiété et se concentre sur l'organisation pour tenter d'oublier la boule qui lui noue l'estomac.

— Il faut utiliser notre stock d'explosif agricole, et les charges militaires à notre disposition pour essayer d'en avoir le maximum dès le premier coup.

— On met tout le paquet ? demande Nico.

— Tout ce qui est possible, car ils vont débarquer avec un véritable arsenal, prévient Jacques qui veut surtout éviter une confrontation directe avec des soldats entraînés. Il espère secrètement que cela suffira, et qu'ils ne seront pas nombreux… Il faudra aussi que tu postes les équipes dès la fin de l'après-midi dans les abris en bas de notre vallée, avec de quoi tenir toute la nuit, et des couvertures.

Les guetteurs rentrent enfin dans la salle, tapant leurs pieds boueux sur le perron. Ils émergent de leurs pulls et de leurs bonnets, rougis par le froid et leur nuit de veille.

— Alors, les gars quoi de neuf ? demande Jacques en leur faisant une place près du feu.

— Rien à signaler. Le calme plat à l'ouest comme à l'est. Rien n'est entré cette nuit, c'est sûr.

— Ça confirme qu'ils estiment avoir sans doute assez d'informations. On doit donc se préparer à des actions d'envergure dès ce soir. Vous devriez aller vous reposer, car cette nuit risque d'être très longue…

Les veilleurs, fatigués par leur garde en altitude, ne se font pas prier et rentrent chez eux. La journée se passe sans incident et, les guetteurs postés sur les hauteurs ne signalant aucun mouvement, le village partagé entre la peur et la détermination, peut continuer à préparer la confrontation. Jaques et Nico décident de poster trois groupes de neuf tireurs répartis sur les hauteurs dominant les routes d'accès. Les trois positions retranchées permettent une vue respective croisée, chacun pouvant, malgré la distance, couvrir les arrières des autres. La principale inconnue concerne le nombre exact d'assaillants ennemis…

À l'heure du départ, les familles se séparent avec émotion sur la place dominant la vallée. Ce n'est plus un accrochage isolé avec quelques migrants en haillons qui les attend, mais une collision frontale avec des mercenaires déterminés, dont la nuisible survie passe par la conquête du hameau.

Les yeux rougis, des femmes et des enfants se serrent contre les maris et les pères, en sachant qu'ils ne les reverront peut-être pas. Nico étreint Muriel et Jade, ils ne forment qu'un bloc noyé parmi d'autres, comme pour ajouter une pierre de plus aux remparts de Petra. Les parents de Jacques regardent leurs deux fils se préparant au combat, et ne cachent pas leurs larmes, car tous savent au village que Manu est plus doué en agronomie qu'en maniement d'arme…

— Ne t'inquiète pas Maman, je veillerai sur mon frérot. Avec moi, il ne risque rien… rassure le jeune chef de guerre.

Alors que l'obscurité enveloppe progressivement la vallée de Petra Alba, les trois groupes de sentinelles partent vers l'inconnu. Jacques reste au village pour assister Ève dans sa dernière émission "radio espion". Le tailleur de pierre acquiert la conviction que les paramilitaires ont décidé d'attaquer cette nuit. Ève est parfaite dans son rôle, et donne à son interlocuteur plus bas dans la vallée les informations qu'il souhaite entendre. Elle n'est pas autorisée à parler à Louis, mais ne laisse paraître ni sa tristesse, ni son angoisse grandissante à quelques heures de la confrontation. Elle a l'impression d'être sur des montagnes russes dans le wagon de tête, au moment où il s'apprête à être projeté dans le vide…

Jacques raccompagne Ève au dispensaire, où la femme de David et Camille, une autre villageoise, préparent du matériel. Au travers des vitres, il les voit disposer des ustensiles métalliques sur un plateau. Ils restent tous les deux à l'extérieur.

— Est-ce que tu sais te servir d'une arme ? demande-t-il à Ève en la regardant dans les yeux, comme pour tester une dernière fois sa totale souscription à ce qui se prépare.

— Oui, répond-elle simplement.

Jacques sort alors de son sac un ceinturon enroulé autour d'un revolver dans sa gaine, et le lui tend. Elle le prend, ouvre la sacoche, et découvre un colt 45 en acier chromé.

— Attention, il est armé ! prévient Jacques.

Le médecin du village l'inspecte soigneusement, puis fait basculer le barillet avec une surprenante dextérité pour vérifier qu'il tourne bien.

— Bon je vois qu'apparemment tu es familière avec ce type d'arme, même si celle-ci est un peu grosse pour toi, mais elle est très efficace à courte distance, précise Jacques.

— Je m'y connais un peu : mon grand-père était dans la police, confie-t-elle en remettant le barillet à sa place d'un petit geste précis qui en dit long sur son habitude. Lorsque j'étais ado, il m'emmenait souvent au stand de tir avec lui. Elle vérifie la sécurité, et remet prudemment l'arme dans sa sacoche.

— Je comprends mieux, répond Jacques apparemment rassuré par la démonstration. Ève, je voulais te dire… Enfin, on n'a pas vraiment eu le temps de se parler depuis ton arrivé, alors s'il devait m'arriver quelque chose cette nuit… Il cherche ses mots, en se demandant subitement si le moment et l'endroit sont bien choisis. Mais ce qu'il ressent est plus fort que la peur et le doute. Enfin, si tout ceci se finit bien, j'aimerais qu'on prenne le temps de mieux se connaître, si tu le souhaites évidemment…

Ève adresse un sourire bienveillant au grand gaillard maladroit qui se tient devant elle. Le dispensaire diffuse une faible lumière dans la ruelle plus que centenaire où dansent déjà leurs ombres réunies. Et même s'ils n'ont pas besoin de voir pour savoir, ils remercient la pénombre alliée, qui dissimule l'instant de trouble partagé.

— J'ai confiance en toi Jacques. Ne laisse pas un de ces sauvages faire du mal à mon petit Louis, lui dit-elle en déposant un furtif baiser sur ses lèvres avant de rentrer promptement dans le dispensaire.

Jacques la regarde disparaître, puis se dirige vers les portes des fortifications, heureux de cette marque de tendresse qui atténue la tension du moment. En redescendant, il croise des habitants en armes restés au village pour protéger les enfants, alors que d'autres sont déjà en embuscade. Ils sont vingt-sept au total dont deux femmes qui ont souhaité se joindre aux défenseurs. « Pourvu que nous n'ayons pas à regretter nos choix. Il est trop tard maintenant… »

Anne et Julia, qui veillent aux allées et venues en bas du hameau, entrouvrent un seul des lourds vantaux en bois, et lui souhaitent bonne chance alors que la nuit l'enveloppe déjà dans son linceul. Il s'équipe de lunettes de vision nocturne et entend le couvercle de Petra se refermer derrière lui. Après avoir vérifié son arme, il se met en marche et rejoint sa position au bout de trente minutes. Jacques arrive enfin au poste du "goulet", où l'attendent les huit tireurs de son groupe, partagés entre la volonté d'en finir vite, et la peur qui se lit distinctement sur leur visage. Le jeune chef les rassure comme il peut par quelques mots et par des gestes d'encouragement. Il affiche sa détermination avec calme, et ne laisse rien paraître de ses propres appréhensions.

Plus haut à l'est, il devine aux jumelles, parce qu'il en connaît l'emplacement exact, le poste où Nico est embusqué avec d'autres combattants. Il l'imagine, lui aussi, rassurant ses hommes et les préparant au combat. À l'ouest, rien ne permet non plus de détecter les mâchoires du piège qui n'attend plus que de se refermer sur ses victimes. Tout est prêt, c'est le moment de vérité, celui où les villageois verront si leur stratagème fonctionne…

Dans leurs abris rudimentaires en pierre, les combattants se préparent à veiller, en organisant des tours de garde de deux personnes. Pendant ce temps-là, les autres essayent de prendre un peu de repos, en se serrant les uns contre les autres, comme une meute de loups entourée par d'insondables abîmes. Jacques enfonçant son bonnet, prie pour qu'il ne gèle pas durant cette nuit de pleine lune, et assure le premier tour de garde. Il observe les siens emmitouflés sous des couvertures, tentant de prendre du repos. Mais qui aurait pu dormir dans un tel moment ? Ils sont vingt-sept remparts prêts à bondir au moindre bruit suspect… « Savons-nous vraiment ce qui nous attend ? » s'interroge-t-il une dernière fois. « Nous risquons de tout perdre en une seule confrontation. »

Les heures passent, interminables et glacées. Lorsque minuit arrive, Jacques laisse son tour de garde, et va occuper la place encore toute chaude de son infortuné remplaçant. Allongé sur le dos, il regarde la voûte céleste scintiller au-dessus de leurs têtes et mesure la distance qui les sépare du néant. C'est dans cette position qu'il est alerté par un guetteur qui lui fait signe dans l'obscurité ! Il doit être environ une heure du matin…

Un champ électrique parcourt instantanément les combattants qui s'accroupissent derrière les rochers dans un silence absolu. Une telle coordination a quelque chose de terrifiant, constate Jacques fasciné par ce que des hommes, généralement peu enclins à la violence, peuvent devenir pour défendre leur survie.

À cent mètres sur leur droite à peine, il les voit. Une colonne de dix paramilitaires progresse sur le chemin "du goulet", passant en contrebas de leur guet-apens. Au comble de l'inquiétude, le jeune chef de guerre repère aussi deux autres meutes d'assaillants qui se faufilent sur les versants ouest et est. Il doit y avoir au moins trente paramilitaires, divisés en trois secteurs ! Ils sont plus nombreux qu'il ne l'espérait.

Jacques a le temps de se demander si les mercenaires ne se doutent pas de quelque chose, ou pire encore, s'ils n'ont pas été trahis… Il écarte cette dernière possibilité, se refusant à admettre qu'elle pourrait aussi faire partie des possibles. Avec vingt-sept fusils contre trente, ils n'ont pas le droit à l'erreur, ni à l'hésitation. Il observe les attaquants qui avancent inexorablement, armes au poing, balayant du regard les hautes herbes et les taillis alentours. L'architecte tente de contrôler la peur qui irradie désormais dans chacune des cellules de son corps et manque de l'asphyxier. Il connaît pourtant cette sensation, pour l'avoir expérimentée à de nombreuses reprises. Mais sans doute jamais avec une telle intensité auparavant… « Suis-je une proie, ou bien suis-je un prédateur ?», se répète t-il en enlevant la sécurité de son arme.

Son cœur bat à tout rompre, et il doit contrôler sa respiration pour ne pas faire de bruit. Un bref regard vers ses hommes lui confirme qu'ils sont tous en état d'alerte, tendus comme la corde d'un arc, à la fois forte et fragile, fatale et inoffensive. C'est pourtant dans cette position qu'il faut encore attendre que les colonnes soient bien engagées sur les trois périmètres, et que les derniers miliciens se trouvent à la hauteur des charges explosives installées. Il doit veiller à ce que les trois groupes ennemis se trouvent simultanément aussi proches que possible des bombes artisanales qu'ils ont confectionnées. Ils sont maintenant à moins de quarante mètres de leur position, et il peut apercevoir le panache de leur souffle dans l'encre de la nuit. Ils sont incroyablement silencieux, et ne communiquent que par petits gestes codés, ils s'accroupissent, écoutent, sondent, hument l'air, puis repartent vers leur but tels des fauves méfiants. En cet instant, les légendes terrifiantes qui entourent les paramilitaires et leurs exactions ébranlent plus encore ceux qui ont peut-être le sentiment de s'attaquer à plus fort qu'eux. Il vérifie une dernière fois que sa radio est bien allumée sur la fréquence convenue, et pense un bref instant à tous les combattants de Petra Alba, l'oreillette vissée au talkie-walkie, le doigt sur la gâchette, attendant le signal comme une délivrance…

Puis au "top" radio, il fait sauter toutes les charges explosives devant eux. Dans un énorme fracas, elles projettent des éclats de roches acérées qui fauchent quelques vies venues pour en prendre d'autres. Sur les vallons alentours, d'autres explosions sourdes confirment que la première phase de l'attaque simultanée fonctionne correctement.

Malheureusement, la riposte des paramilitaires rescapés est à la hauteur de leur surprise et de leur arsenal. Ils mitraillent copieusement les trois positions retranchées en tentant de se replier. Une grenade explose à quelques mètres à peine de Jacques, Youssef s'effondre à ses côtés. Pas le temps de s'occuper de lui.

Jacques lâche quelques rafales, mais il a du mal à distinguer des cibles dans le nuage de poussière qui tapisse désormais le bas du vallon. Des balles sifflent de toute part au dessus de leur tête, ou se figent profondément dans le sol en une sorte de pluie étrange qui émet de petits sons mats et presque anodins… Il se plaque contre le mur de pierre, et surveille brièvement plus haut les positions de Nico et Philippe. Leurs postes sont aussi en plein sous les cumulus de l'orage, brièvement éclairés par la foudre des grenades. Dans son équipe, deux hommes sont déjà à terre. Vont-ils y arriver ? Il a du mal à déglutir. Les autres continuent de tirer dans un vaste concert funèbre auquel il se joint en serrant les dents, et en tentant une nouvelle fois d'accrocher une cible. Il touche une masse sombre qui s'effondre, et cherche immédiatement ailleurs de quoi assouvir sa rage d'en finir une bonne fois pour toute. Il sait maintenant que la haine et l'envie d'éradiquer les intrus feront ricocher les projectiles sur lui. Il est invincible, il ne craint plus rien, la mort peut le frôler. À chaque fois qu'il tire, le recul sec de son arme contre son épaule, l'invite à arracher d'autres trophées. Autant d'encoches profondes qui scarifient irrémédiablement son corps et son esprit. Puis les tirs s'espacent, des ombres se replient et s'évanouissent dans l'épaisse végétation. Les paramilitaires battraient-ils en retraite ? Jacques les aperçoit s'extraire péniblement de la vallée qui leur résiste. Ils fuient ! Défaits par une poignée de paysans déterminés. Maintenant les gémissements remplacent les détonations. Le vallon n'est qu'un vaste champ de bataille fumant, où les plaintes des blessés des deux camps se mêlent indistinctement et montent vers le ciel. Du ventre de pierre qui les a protégés, les combattants de Petra ne peuvent réprimer un unique cri rauque et primal. Une affirmation territoriale sourde et humiliante repoussant plus encore l'ennemi en déroute. Dans la matrice ensanglantée, un villageois s'occupe d'un ami blessé qui geint, il fait signe à Jacques que c'est terminé pour Youssef. Et bien qu'il redoute ce moment, le chef de guerre fait le point avec les autres postes sur une fréquence cryptée:

— Situation à l'Est Nico ? demande-t-il à la radio en tentant de réprimer le tremblement de ses mains.

— Il nous faut un rapatriement d'urgence ! On a deux blessés, dont un grave chez nous ! crie son ami.

— Ok, on va organiser ça, répond calmement Jacques. Situation à l'Ouest ?

Silence…

— Ici Jacques, situation à l'Ouest ?

— Pierre est mort, et on a aussi un blessé grave, répond Philippe d'une voix monocorde.

Jacques ajoute à la consternation de tous lorsqu'il annonce la mort de Youssef. Mais il ne faut pas qu'ils se laissent emporter par la tristesse, car il redoute que d'autres vagues meurtrières reviennent… Il donne ses ordres :

— Ok les gars, on se reprend ! Nous devons tenir les positions. Deux hommes par poste partent en évaluation, les autres les couvrent, commande-t-il avec une force retrouvée.

Il laisse ses tireurs pour couvrir sa zone de leurs armes, et sort avec Charles-Edouard, le menuisier, pour évaluer les dégâts. Malgré le froid, Jacques transpire à grosses gouttes, et serre son arme contre lui, prêt à faire feu… Les deux hommes descendent prudemment de part et d'autre du chemin, et s'approchent avec mille précautions. Des corps immobiles semblent flotter dans le nuage de brume qui persiste. Est-ce l'antichambre du paradis ou celle de l'enfer ? La scène et irréelle. Jacques trouve deux assaillants morts. Un peu plus loin, Charles-Edouard l'appelle :

— Celui là respire encore ! Mais il est dans un sale état. Bon sang ! On fait quoi ? demande t-il complètement paniqué.

— Et que veux-tu qu'on fasse ? Pas besoin d'être médecin pour voir qu'il ne passera pas la nuit, diagnostique Jacques en se penchant sur le mourant demi-inconscient qui geint doucement, la jambe arrachée et une plaie béante au ventre.

Pour Jacques, la décision est aussi évidente que brutale. La médecine de Petra est incapable de faire quoi que ce soit pour lui.

Le peu de matériel médical dont ils disposent doit aller aux siens, et non pas aux agresseurs. Inutile de se raconter des histoires.

— Ne compte pas sur moi pour tuer un homme de sang froid ! rétorque Charles-Edouard en comprenant les funestes implications des paroles de Jacques.

— Il est condamné, ses blessures sont beaucoup trop graves. Et puis, en quoi est-ce différent de ce qu'on vient de faire à l'instant ? interroge Jacques en chuchotant.

— Ben… ce n'était pas pareil. On était loin… Je n'ai pas trop vu sur qui je tirais… argumente Charles-Edouard.

— Je vais m'en charger, rassure Jacques en dégainant son pistolet 9 millimètres. Le chef de guerre ôte la sécurité, vise le mourant, hésite un instant, puis détourne le regard alors que l'arme de métal froid claque dans sa main. Elle pèse une tonne. Ils entendent deux autres tirs rebondissant entre les flancs des montagnes. Jacques n'a pas donné de consigne particulière à ce sujet, mais les combattants semblent tous partager la même froide détermination… Au passage du goulet, ils comptent huit corps de paramilitaires, puis remontent vers l'abri sans échanger ni mot ni regard.

Au point radio suivant, Nico annonce neuf paramilitaires morts, et le groupe de Philippe, sept. C'est terminé. Ils ont décimé vingt-quatre paramilitaires en moins de dix minutes. C'est une victoire militaire terrifiante et absolue payée au prix fort. Mais Jacques pressent qu'ils doivent rester sur leurs gardes jusqu'aux dernières heures de la nuit dans l'hypothèse, peu probable, d'une seconde vague d'attaque.

— On reste en alerte, personne ne bouge une oreille ! ordonne t-il à la radio.

Avec une lampe, il envoie aux villageois le signal convenu en cas de victoire. Ils doivent écouter avec anxiété les tirs, et les échanges radios plus bas dans la vallée. Le tailleur de pierre imagine sans problème la liesse de ceux restés à protéger les enfants contre la barbarie. Assiégé par le néant lors d'une nuit sans nom, il est aussi devenu un barbare pour défendre les siens.

Amère victoire

An 4 après « La chute »

Au petit matin du monde d'après, les combattants transis par le froid n'ont presque pas dormi de la nuit et grelottent dans les premières lueurs de l'aube. Les villageois comptent deux morts dans leurs rangs. Les blessés graves ont été rapatriés durant la nuit au dispensaire où Ève a pu opérer, extraire des balles et recoudre. Les agresseurs ont battu en retraite, mais peut-on vraiment appeler cela une victoire ? Le clan émerge d'un cauchemar où la peur et l'absence d'alternative les ont poussées à commettre un massacre dont personne n'est fier à la lumière du jour. L'adrénaline des combats et de la victoire s'est dissipée, laissant apparaître sous leurs yeux la vérité crue. Jacques sait que tout le monde a hâte de rentrer, il donne les ordres par radio, et sécurise le repli :

— À tous les postes : deux tireurs restent en position pour couvrir leur zone jusqu'à ce qu'on les relève. Les autres peuvent lever le camp.

Le groupe du "goulet" redescend de son promontoire dans une épaisse végétation couverte de rosée. Leurs vêtements déjà humides s'imprègnent plus encore des brumes matinales qui perlent sur les genêts. Arrivé à la hauteur des corps, Jacques demande à ce que toutes les armes et l'équipement soient enlevés. Ils reviendront plus tard dans la journée avec le tractopelle pour les enterrer.

Leurs victimes ont entre vingt et cinquante ans. Les a-t-on forcés à venir jusqu'ici ? Ont-ils été enrôlés de force au hasard de leur errance ? C'est ici, dans un petit vallon des Alpes-de-Haute-Provence, que se termine leur histoire.

En attaquant Barrome, et en réservant le même sort à la population de Petra Alba, les miliciens ont choisi leur camp ainsi que les éventuelles conséquences de leurs actes. Les villageois dépouillent sans émotion apparente les vaincus, et les laissent aux corbeaux. Lorsque la troupe arrive sur la place du village, les familles se retrouvent avec beaucoup d'intensité. Ils sont partagés entre la joie d'avoir repoussé la menace et la tristesse qu'inspire la disparition des leurs. Les combattants fourbus rentrent enfin dans leurs foyers, et laissent le conseil se réunir dans la salle commune pour discuter des prochaines actions.

— Et qu'est-ce qu'on fait maintenant ? demande Philippe visiblement abattu et énervé.

— Qu'est-ce que tu veux qu'on fasse ? répond Jacques. On n'a pas le choix : il ne faut plus les lâcher ! Il faut descendre jusqu'à Barrome, venger les nôtres et libérer le village. Nous ne pouvons pas attendre ici que la menace se renforce pour revenir dans quelques semaines.

— Notre but n'a jamais été de libérer Barrome qui a ses propres problèmes, mais de défendre nos vies, et celles de nos enfants, répond immédiatement Isabelle. Je ne vois que des risques à se laisser emballer par notre victoire, et tenter de reprendre Barrome. Ce n'est plus notre combat.

— Oui je suis d'accord avec toi, enchaîne Philippe. Il me semble que le choc que nous venons de porter à notre adversaire suffira à le dissuader de poursuivre son expansion… Et puis combien en reste-t-il maintenant ? s'inquiète-t-il soudainement.

— Nous avons tué vingt-quatre paramilitaires au total cette nuit. Leur chef n'est apparemment pas dans le lot. Je dirais qu'il doit en rester une petite vingtaine, sans compter les villageois qui n'auront pas le choix, répond Nico les traits tirés par sa nuit de veille.

— Très bien, nous sommes plus de quarante fusils avec les femmes, et je sais que nous sommes plus en sécurité ici à attendre qu'ils montent nous chercher, plutôt qu'à avancer à découvert plus bas dans la vallée, conclut Philippe. Qu'en penses-tu, Jacques ?

— Je pense que nous sommes plus nombreux, que nous avons un armement supérieur et que nous avons marqué les esprits cette nuit. La question, une fois encore, c'est de savoir ce que l'on va faire de cet avantage… Doit-on se contenter de cette victoire, et laisser les paramilitaires à nos portes en espérant naïvement que rien ne se passera ? Ou bien doit-on frapper un grand coup ? Je dois vous avouer que je suis partisan d'une descente jusqu'à Barrome.

Jacques s'en veut en peu de tenir un tel discours. En d'autres circonstances, peut-être aurait-il milité pour une attente prudente derrières leurs remparts. Mais sa promesse à Ève de sauver Louis est plus forte que ses scrupules. Le jeune chef y voit surtout une occasion de définitivement supprimer l'ennemi. Il décide alors de sortir son dernier atout :

— Je voudrais aussi vous faire part d'une information importante qui pourrait changer votre analyse de la situation…

Des visages interrogatifs se tournent aussitôt vers Jacques qui leur raconte la vraie histoire d'Ève. Il leur explique qu'elle avait préféré tout leur dévoiler dès son arrivée au village, et ne pas les trahir, au risque de voir les événements se retourner contre elle. À l'heure où il leur parle, son fils est toujours retenu en otage par les paramilitaires. Les membres du conseil se montrent désolés d'apprendre le chantage dont Ève est la victime. Pour le principe, ils reprochent à Jacques et à Nico leur décision. Mais ils restent toujours réservés sur la nécessité de poursuivre les combats au-delà de Petra. Les échanges animés entre Philippe et Nico, soutenant son ami, ne parviennent pas à les faire changer d'avis. Jacques, qui avait laissé les opinions s'exprimer, intervient :

— La nuit a été très longue, tout le monde est exténué, voilà ce que je vous propose : comme nous sommes toujours partagés sur ce qu'il convient de faire et que, de toute façon on ne pourrait pas matériellement partir cet après-midi, je vous demande d'en discuter chez vous. Revenez reposés, et décidons ce soir de ce qu'il convient de faire…

Les participants harassés sont heureux d'aller prendre un peu de repos, alors que le village recommence à vivre. Jacques sort sur la place du hameau et marche, entouré des cris des enfants trop heureux de pouvoir enfin sortir après plusieurs jours de confinement. Les activités vont s'adapter à l'hiver, et le village va peut-être accueillir de nouveaux arrivants pour remplacer ceux qui viennent de partir… Il observe la vie poursuivre son cours et ne parvient pas à profiter pleinement de l'instant. En marchant vers le dispensaire l'architecte s'inquiète et se demande comment il va bien pouvoir annoncer la nouvelle à Ève. Il frappe à la porte sur laquelle elle a collé une petite croix rouge découpée sur un kit médical. Il entre, alors qu'elle termine le rangement de la pièce dans laquelle elle a pansé les plaies de Petra. Il peut immédiatement lire de la détresse sur son visage. Elle doit se douter de la suite probable dictée par l'implacable logique de survie du clan. Elle sait bien que la vie de son petit garçon ne pèse sans doute pas grand chose dans ce chaos crépusculaire…

— Alors ? interroge-t-elle déjà résignée.

— Alors… Eh bien, pour l'instant, je n'ai pas encore pu convaincre le conseil de poursuivre jusqu'à Barrome. J'ai reporté la décision à ce soir, ce qui nous permettrait d'attaquer dès demain, si tout le monde est d'accord.

— C'est fichu dans ce cas… dit-elle en s'effondrant en larmes dans les bras de Jacques.

— Non ce n'est pas fichu, il ne faut pas dire ça… rassure t-il en caressant maladroitement ses cheveux. Les jugements sont simplement perturbés par la tension qui retombe et la fatigue qui prend le dessus. Ce soir, après un repos réparateur, les esprits seront plus clairs. Tu verras…

— Non Jacques, ce soir la vie aura repris ses droits, répond-elle en se dégageant. Les foyers seront de nouveau réunis, les enfants verront leur père, les femmes leur mari, et ils préféreront ignorer le danger plutôt que de l'affronter. C'est humain, et je les comprends. Je ferais sans doute comme eux à leur place après avoir risqué ma vie et celle des miens…

— Sans doute pas, Ève, attendons ce soir, et nous verrons bien…

— Je suis contente pour vous, je suis contente pour Petra Alba, dit-elle, résignée. Votre belle histoire va pouvoir se poursuivre. Mais la mienne bifurque ici, Jacques, et nos chemins se séparent. Je ne peux pas rester ici à attendre sans rien faire, que vous preniez une décision que je connais d'avance, alors que Louis est seul au milieu de ces sauvages. Chaque minute qui passe est un risque pour lui...

— Ève, je t'assure que les paramilitaires ont d'autres préoccupations que de se venger sur un petit garçon. Ils viennent de perdre vingt-quatre combattants cette nuit, et les armes qui vont avec… Je peux te dire que leur souci immédiat, c'est leur propre sécurité, ça doit être la panique à Barrome.

— Raison de plus pour ne pas rester les bras croisés ! répond-elle à bout de nerfs, les yeux emplis de larmes.

— Écoute Ève, essaye de te calmer, et repose-toi en prévision de la prochaine bataille. Jacques la prend par les épaules pour la raisonner. Nous ne pouvons pas laisser une quinzaine de mercenaires revanchards se réarmer sans bouger. Nous devons désamorcer ce risque, et tout le monde le comprendra une fois reposé.

— Es-tu sûr de cela Jacques ?

— Je ne peux pas te le certifier, mais le bon sens voudrait que nous poursuivions l'offensive. Je ferai tout ce qui est en mon pouvoir pour les convaincre d'attaquer Barrome, car c'est la seule solution pour être débarrassés des paramilitaires et récupérer Louis. Profite de ce moment d'accalmie pour reprendre des forces, car tu vas en avoir besoin dans les prochaines heures, ce n'est pas fini…

— Je l'espère, dit-elle résignée. As-tu refait ton pansement récemment ? demande-t-elle sur un ton plus professionnel en reprenant le contrôle de ses émotions.

— Heu non pas vraiment, mais je ne sens presque plus rien, tu sais, fanfaronne-t-il.

— Allez, monte là-dessus ! Pas de discussion, ordonne-t-elle en montrant la table de soins. Jacques s'exécute sans rechigner.

Elle inspecte la cicatrice qui a un peu suinté car l'opération est encore récente. Elle désinfecte et change la bande.

— Ça va de mieux en mieux. Il faudrait prendre un peu de repos cher patient.

— À vos ordres docteur, je vais y aller de ce pas, je n'en peux plus… Mes paupières se ferment toutes seules après cette nuit de veille, et je vais avoir besoin de toutes mes forces dès demain. Je te tiens informée de la décision du conseil au plus tôt…

— D'accord dit-elle en reprenant déjà le rangement de son matériel médical.

Jacques sort, rassuré de voir qu'Ève ne se laisse pas abattre. Il espère simplement qu'elle tiendra jusqu'à ce soir… En arrivant chez lui, il s'effondre tout habillé sur son lit sans même prendre le temps d'ôter ses chaussures. Il doit être 12 h 30. Lorsqu'il se réveille en sursaut, il fait encore jour, et sa montre marque 16 h 30. Il entend les joyeuses cavalcades et les cris des enfants au dehors. En prévision du conseil, il prend une douche, se change et mange un peu. Avant de se rendre dans la salle commune, Jacques remonte vers le dispensaire, comme pour dissiper une intuition… L'antenne médicale au rez-de-chaussée est vide. À l'étage, l'appartement désert est bien rangé. Dans la chambre plus rien ne traîne, le colt45 a disparu, plus aucun habit, ni aucun des effets personnels ! Il ressort et se dirige, aussi vite qu'il le peut, vers la salle commune, où Nico discute avec d'autres personnes.

— Nico, t'as vu Ève passer ?

— Non je n'ai rien vu. Pourquoi ? Il se passe quelque chose ?

— Je pense qu'elle est partie seule à Barrome !

Comme pour confirmer son pressentiment, les radios qu'ils ont en permanence à leur ceinture crépitent simultanément. Jacques est le plus prompt à répondre :

— Ici Jacques, à vous…

— Ici poste Ouest, on repère quelqu'un en train de sortir de la vallée, juste avant le goulet avec un sac à dos. On dirait Ève… C'est normal ? On fait quoi ?

— Ne faites rien. C'est normal, pas de problème, over.

Qu'est-ce que Jacques aurait pu dire ou faire à ce stade ? Il ne pouvait pas l'arrêter à distance, alors qu'elle était déjà à plus de trois kilomètres. Il ne pouvait pas non plus ordonner à ses guetteurs de quitter leur poste pour la rattraper, alors qu'il se doutait bien que les paramilitaires allaient envoyer des éclaireurs pour contrôler le bas de la vallée…

— Mais qu'est-ce qu'elle fout bon sang ? demande Nico.

— Elle va chercher son fils toute seule, car elle sait que le conseil va sans doute décider de cesser l'offensive.

— Mais c'est de la folie, elle va droit au suicide !

— Je pense que ça n'a plus trop d'importance à ses yeux…

— C'est de la folie ! ne cesse de répéter Nico, alors que Jacques réfléchit à une solution pour rattraper Ève avant qu'elle ne s'immole inutilement dans le brasier de Barrome.

— Écoute, dit-il à Nico au bout d'un instant, je pars, je vais la rattraper et essayer de la raisonner…

— Hein ? Viens ! ordonne Nico qui l'attrape par le bras et l'emmène dans une autre pièce, à l'écart des villageois présents qui observent la scène du coin de l'œil. Il referme la porte derrière eux, et commence à sermonner son ami :

— Tu ne vas pas t'y mettre toi aussi ? T'es dingue ou quoi ? Ils ont des gars armés sur la zone. Si ça se trouve elle s'est déjà fait repérer, et va se faire descendre…

— Raison de plus pour ne pas perdre de temps, je m'équipe et j'y vais ! répond-il en joignant le geste à la parole.

— Sois raisonnable Jacques…

— Je suis raisonnable, je ne peux pas rester ici les bras croisés.

— Y a-t-il un moyen pour te faire changer d'avis ?

— Aucun.

— Qu'est-ce que je peux faire ? demande Nico qui connait depuis longtemps l'inébranlable détermination de son complice des débuts.

— Rien, mon ami, dirige le conseil de ce soir, et prenez la meilleure décision pour l'avenir de Petra Alba. Ne considérez pas ma décision personnelle comme un argument pour vous jeter vous aussi dans cette aventure à l'issue incertaine.

Temporairement, je l'espère, nos routes se séparent, et je te confie ma tâche. Puis-je compter sur toi pour poursuivre notre projet, et expliquer à mes parents s'il m'arrivait quelque chose ?

— Oui s'il le faut… Mais bon sang, attends encore quelques heures avant que nous puissions gagner ensemble l'avis du conseil ! Tu seras bien plus éloquent que moi, et nous rattraperons Ève plus bas dans la vallée.

— Tu le sais aussi bien que moi, Nico, il sera alors trop tard.

— Mais pourquoi fais-tu ça ? Sais-tu ce que tu risques de perdre ?

— Oui, peut-être "la" vie, mais j'ai le sentiment que je risque surtout de perdre "ma" vie, sans que je ne puisse vraiment m'expliquer pourquoi… C'est plus fort que moi. Je ne peux pas la laisser seule.

— Tu as peut-être quelque chose à me dire ? questionne Nico d'un air entendu avec un sourire en coin.

— Non pas vraiment, il ne s'est rien passé entre nous si c'est ce que tu cherches à savoir, gros ballot... Le moment ne s'y prête guère, tu t'en doutes. Mais tu sais, elle m'a sauvé la vie, et je me sens coupable de ce qui se passe, car je lui avais laissé entendre que nous délivrerions son fils.

—Tu as fait pour le mieux ! Tu as préservé des vies ici au village, et tu lui as montré qu'il y avait un espoir. Tant pis si elle ne veut pas s'en saisir, et attendre un jour ou deux que nous décidions de descendre sur Barrome. Elle a fait son métier en te sauvant la vie, ce n'est pas de ta faute si elle préfère partir seule…

— Écoute, c'est comme ça Nico, tranche Jacques en prenant des armes, et deux paires de lunette de vision nocturne qu'il met dans un sac à dos. Comprends bien que j'exerce mon choix en conscience, et que je sais que je dois être à ses côtés…

— Ok je n'insiste plus. Je préviens les guetteurs pour qu'ils te couvrent jusqu'au goulet, après tu seras seul…

— Non Nico, nous serons deux.

Au secours d'Ève

An 4 après « La chute »

Lancé à la poursuite d'Ève, Jacques se retourne plusieurs fois pour admirer la beauté du site et se convaincre de la force qu'il en retire. La nuit n'est pas encore tombée, et il sait que derrière les remparts ses amis, dont Nico, ne le lâcheront pas des yeux tant qu'ils pourront cheminer avec lui… De chaque côté, sur les flancs des montagnes qui s'assombrissent progressivement, les snipers quadrillent les alentours dans le viseur de leur arme pour assurer sa protection. Le tailleur de pierre se sent invincible.

Arrivé au "goulet", il contourne dans l'indifférence la terre fraîchement retournée sous laquelle les paramilitaires reposent désormais. Une croix marque l'emplacement. Jacques traverse l'étroit défilé rocheux bordé de falaises marquant la fin de leur vallée protectrice. Le grondement de la cascade lui indique qu'il se rapproche du vieux pont qui enjambait jadis le ravin. Ils l'ont fait sauter pour couper l'ancien chemin envahi par les herbes. Un ingénieux système de cordes et de poulies installées au-dessus du vide, permet de traverser. Ève l'a utilisé, et a renvoyé les cordes pour Jacques, comme une main tendue entre leurs deux histoires.

C'est ainsi qu'il quitte son univers, et prend pied dans celui d'Ève, de l'autre côté du précipice. Il reste un moment attentif au silence, essayant d'y déceler un mouvement, un souffle, une intention bonne ou mauvaise…

Les sens en alerte, le guerrier de Petra progresse l'arme à la main, en laissant derrière lui la petite nation dans son creuset. D'épais nuages obscurcissent la lune, et il lui reste environ six heures de marche dans le froid avant d'atteindre Barrome. Il s'arrête pour boire et ajuster ses lunettes de vision nocturne. Ève a dû faire une halte quelque part car, sans équipement spécifique, elle ne peut pas se déplacer en pleine nuit. Il va la rattraper…

Il se remet en marche en faisant des arrêts réguliers, scrutant attentivement les hauteurs, et tous les endroits qui auraient pu servir à lui tendre un guet-apens. À chaque détour du chemin, il s'attend à voir une patrouille de paramilitaires occupant le territoire. Jacques reste à couvert tant qu'il le peut, mais traverse aussi de grandes étendues sans arbre ni bosquet. Il fait alors une cible facile pour un bon tireur malgré toutes ses précautions. Mais le jeune chef avance ainsi sur un kilomètre sans rencontrer de résistance, lorsqu'il entend un coup de feu !

C'est le bruit sourd du colt 45 d'Ève, il le reconnaîtrait entre mille. La survie conduit à développer des sens inattendus, qui peuvent parfois s'avérer utiles. Jacques se fige, fusil pointé dans la direction de la détonation, qui est aussitôt suivi par plusieurs rafales d'armes automatiques. Ève est en danger. Un nouveau tir du colt 45 claque, elle est encore en vie ! Il faut se hâter…

Il progresse rapidement dans les hautes herbes, et s'abrite derrière un rocher. Pas un bruit. Les assaillants doivent essayer de trouver un autre angle de tir pour atteindre Ève, qui a dû se cacher dans la végétation. Soudain, il voit des éclairs partir d'un promontoire sur sa droite, il cherche, identifie, et ajuste une cible dans la lunette de visée nocturne. Une croix verte graduée se superpose sur un paramilitaire embusqué au loin. Il presse une seule fois la détente.

Alors que sa victime roule vers le bas du monticule où elle s'était postée, le jeune guerrier cherche déjà un autre contact dans son viseur, car il est évident que ce soldat a un ou plusieurs ailiers. Ont-ils repéré sa position ? Il attend un instant le doigt sur la gâchette, mais aucun tir ne vient le menacer…

Jacques décide de ne pas quitter sa position, guettant des déplacements alentours. Les secondes, puis les minutes passent. Un silence minéral l'enveloppe. Lui et cet espace ne font plus qu'un. Le tailleur de pierre de Petra sent une énergie barbare sourdre dans ses veines, et son souffle calme rythmer sa détermination.

Il perçoit un mouvement furtif qui précède une rafale assassine partie de derrière un arbre, sur sa gauche. Il a juste le temps de se mettre à plat ventre, alors que le rocher qui l'abrite vibre des impacts des balles qui lui étaient destinées. Il riposte dans la direction d'où vient l'attaque afin de se dégager et de mieux s'abriter. Jacques n'a aucune chance de toucher son assaillant, mais veut mieux se protéger pour éviter des tirs qui seront sans doute de plus en plus ajustés…

Il rampe de l'autre côté de son rocher où d'autres tirs, provenant de sa droite l'accueillent ! Il est encerclé. Les paramilitaires sont deux au minimum. Est-ce une petite patrouille qui part aux renseignements dans la vallée de Petra Alba ? Ou l'avant-garde d'un groupe plus important ?

Dans tous les cas sa situation n'est pas brillante car lui, et Ève qu'il n'entend plus, sont tombés en plein dessus. Jacques se plaque le plus possible au sol dans une dépression du terrain, car sur sa droite il n'a presque rien pour le protéger. Il essaye de voir à gauche… Impossible de détecter qui que ce soit depuis sa position. Il lève la tête à droite, et se fait immédiatement dissuader par des rafales qui se plantent dans le sol sous son nez.

Il est bel et bien coincé. À tout moment, il doit s'attendre à ce que ses attaquants trouvent de meilleurs angles de tir. Il pense un moment appeler son clan à Petra, mais deux principales raisons s'y opposent : la distance qui les sépare, et surtout sa décision de partir seul. C'est donc seul qu'il doit trouver une solution. Jacques laisse néanmoins son talkie-walkie allumé. Puisque son assaillant de droite n'a manifestement toujours pas bougé, il fait demi-tour et repart en sens inverse. Le jeune guerrier espère que l'autre paramilitaire a quitté sa position initiale. Jacques rampe sur quelques mètres carrés qui lui paraissent être des hectares, tant chaque centimètre parcouru le rapproche peut-être d'une mort certaine. Dans le viseur de son arme, qui glisse devant lui tel un serpent, il ne voit rien qui puisse accrocher une victoire ou simplement un espoir de salut…

Soudain, deux détonations quasi simultanées retentissent sans qu'il parvienne à en déterminer précisément leur provenance. Il roule instinctivement contre le rocher pour se protéger, mais il n'est pas la cible de ces tirs, il le sait déjà… Il attend quelques secondes, puis son talkie-walkie confirme son intuition :

— Nico pour Jacques ?

— Oui Nico, je te reçois cinq sur cinq. C'est vous les gars ?

— Ouais, on est juste derrière toi sur ta gauche. On vient d'en avoir deux. Combien y en a-t-il ?

— Je ne sais pas, mais j'en ai déjà eu un, répond Jacques en essayant de repérer ses amis dans la direction indiquée. Mais il ne voit absolument rien, ce qui le rassure sur les capacités des siens à se camoufler…

— Jacques ?

— Oui ?

— On t'écoute, c'est toi qui as une meilleure vision d'où tu es. Prends le commandement.

— Ok les gars, quelques tireurs restent en couverture à l'arrière, les autres passent par les flancs, ordonne le chef de Petra.

— Reçu.

Quel soulagement de savoir que la cavalerie est arrivée ! Jacques ne sait pas combien de combattants sont descendus de Petra Alba, mais le simple fait de les savoir à ses côtés lui redonne l'espoir qu'il avait commencé à perdre une poignée de secondes auparavant. Il surveille la zone devant lui dans son viseur, et rien ne bouge. Puis les deux groupes d'attaquants le dépassent, ils procèdent à un lent mouvement d'encerclement, ils sont au moins huit tireurs par flancs.

— "Clair" à gauche.

— "Clair" à droite.

— Ok, les gars. Ève est cachée droit devant, vers le sud. On va progresser en ligne jusqu'à ce qu'on la trouve. Attention, elle a une arme et sait s'en servir ! Alors signalez-vous avant de vous mettre à découvert ! C'est parti.

Il sort de sa cachette et rejoint son armée qui avance de rocher en rocher, d'arbre en arbre telle une onde que rien n'aurait pu arrêter. Un des combattants, sur un petit promontoire devant lui, lève soudainement un poing fermé au-dessus de sa tête, imité par toute la colonne qui se fige. L'homme a repéré quelque chose… Quelques secondes s'écoulent, puis la radio crépite :

— C'est Ève ! Elle est blessée !

Tout le monde reprend sa progression en conservant ses distances. Jacques a envie de courir, mais reste concentré sur sa marche tant qu'il n'est pas en sécurité.

— Déployez-vous autour de la zone, et établissez des positions dans un rayon de trois cents mètres, ordonne-t-il, car il sait que la colonne va devoir s'arrêter plus ou moins longtemps selon la gravité de la blessure.

Il arrive près de l'ancien mur de pierre derrière lequel Ève a vainement tenté de se protéger. Il tressaille en la découvrant inanimée, le visage ensanglanté. David s'affaire déjà autour d'elle avec une petite lampe frontale, et donne les informations au fur et à mesure de ses découvertes :

— Elle a été touchée à la tête, la balle n'est pas entrée, et a juste frôlé le lobe temporal sans fracturer la voûte crânienne… Les tissus ne sont pas trop endommagés, ça saigne beaucoup mais c'est normal, je vais recoudre ça. Avec cet examen superficiel, je ne peux pas déceler s'il y a des lésions cérébrales, ou des hémorragies intracrâniennes…

— Crois-tu qu'elle a une lésion interne ? demande Jacques au comble de l'inquiétude.

— Reviens quatre années en arrière, trouve-moi un scanner, ou un IRM, et je te répondrais ! Compte tenu de la plaie, et de l'absence de fracture, je suis obligé de prendre le pari que non… En tout cas, il faudra évidemment approfondir tout ça dans notre antenne médicale… Le rythme respiratoire est normal, le pouls est lent, mais stable.

— Elle s'en sortira alors ? insiste t-il auprès de son ami.

— Oui, rassure David en poursuivant toujours consciencieusement ses examens. Il soulève les paupières, et y dirige le faisceau lumineux afin de contrôler la dilatation des pupilles… Les réflexes photomoteurs sont normaux, marmonne-t-il c'est bon signe. Il vérifie aussi sa tonicité en tapant sur les genoux et les coudes qui réagissent immédiatement. Je ne décèle pas de séquelle fonctionnelle à ce stade…

— Alors ? Alors ? ne peut s'empêcher de demander Jacques qui guette le moindre geste de David.

— Difficile à dire, la perte de conscience est un signe de commotion cérébrale. Mais elle me semble "légère", le pronostic vital n'est pas engagé pour le moment… Il faut la rapatrier sur Petra dès que possible, dit-il en sortant son matériel pour faire des points de suture sur la plaie.

Jacques sait qu'Ève est entre de bonnes mains, et qu'il faut tenter de raisonner ses craintes. Il doit absolument s'extraire de cette préoccupation qui aurait pu le faire vaciller. Lui, qui avait surmonté sans faillir tant d'épreuves, se retrouve comme privé d'une promesse. Désormais, le chef de guerre ne doit plus se concentrer que sur les siens qui se sont aventurés, de son fait, en dehors de leur territoire. Il s'adresse à Nico qui est resté à côté d'eux :

— Ça fait plaisir de voir du soutien les gars, je me sentais un peu seul…

— Lors du conseil tout à l'heure, on a décidé à l'unanimité de poursuivre l'attaque jusqu'à Barrome pour détruire la menace dans l'œuf.

— C'est la meilleure stratégie Nico, on le sait toi et moi. On vient d'en avoir encore trois, ils sont sans doute moins de quinze maintenant. Combien sommes-nous de notre côté ?

— Sans compter David, on est vingt-quatre opérationnels avec toi. Tous les hommes de Petra sont là.

— C'est parfait ! Écoute, il nous reste deux heures de marche pour arriver à Barrome, où il se peut qu'ils n'aient pas entendu les tirs. Avec un peu de chance ils ne seront pas en alerte maximale…

— On peut l'espérer…

— Je propose d'attaquer au petit matin en trois groupes distincts devant rester en contact visuel permanent : un premier groupe fait diversion et débute l'assaut par la route normale, en "arrosant" de tirs pour leur faire croire que c'est par là que nous descendons en nombre de la vallée.

— C'est à ça qu'ils doivent s'attendre aussi… Ils vont se masser de ce côté-là.

— Oui mais au préalable on aura positionné deux autres équipes sur le flanc ouest en passant par Saint-Paul. Un groupe de sept snipers reste sur les hauteurs, et élimine tout ce qui bouge. Et un dernier groupe d'assaut, dont je prendrai le commandement, occupe la partie ouest du village, et essaye de les prendre à revers…

— Sur le papier ça me semble plutôt bien. Mais c'est la première fois qu'on organise un tel assaut… s'inquiète Nico.

— Nous avons démontré la nuit dernière, et depuis quatre ans que nous savions nous battre. On ne va pas se mettre à douter maintenant ! Puis, il s'adresse à David qui finissait de recoudre la plaie d'Ève à la lumière de sa lampe.

— David, je te laisse gérer le rapatriement avec…

Dans le faisceau lumineux, Ève bouge imperceptiblement la bouche, puis elle entrouvre les yeux. Elle regarde autour d'elle, d'abord David puis Jacques :

— Louis…, est le premier mot qu'elle chuchote.

— Ne t'inquiète pas Ève, tout va bien… Sais-tu où nous sommes ?

Elle secoue négativement la tête, le sang séché colle ses cheveux châtains.

— C'est normal, après un tel choc, rassure David, plutôt rassuré de voir sa patiente émerger de sa brève perte de conscience… Les souvenirs reviendront avec le repos. Je vais prévenir le dispensaire par talkie, pour que l'on vienne la chercher en civière.

— Parfait, et tu nous rejoins lorsque l'équipe arrive pour l'emmener, c'est ça ?

— Oui, maintenant qu'Ève est consciente ça devrait aller. Je ne peux pas faire grand-chose non plus…

— Bon d'accord, je préfère t'avoir avec nous sur Barrome au cas où… Il s'adresse doucement à Ève, mettant un genou à terre près d'elle :

— Écoute Ève, les hommes du village nous ont rejoints cette nuit. Nous sommes vingt-quatre pour aller libérer Barrome et le petit Louis… Tu comprends ?

Elle hoche la tête, et des larmes tracent des sillons sur ses joues salies. Jacques les essuie tendrement du revers de la main. Il s'approche un peu plus d'elle :

— Je te promets de le ramener à Petra sain et sauf, dit-il en lui prenant la main et en la serrant délicatement. Elle répond faiblement à sa douce pression, comme pour lui transmettre le peu de force qu'il lui reste encore.

Le combat final

An 4 après « La chute »

La colonne des vingt-quatre combattants de Petra Alba, en route pour libérer Barrome, progresse à la lisière du bois, entourée par une nuit d'encre. Au loin, l'horizon évoque déjà les pâles lueurs de l'aube, la terre n'a pas renoncé à tourner.

Lorsqu'ils arrivent à la dernière bifurcation avant Barrome, Jacques vérifie que les talkies-walkies sont bien réglés sur la même fréquence, que les montres sont synchronisées, et rappelle les consignes :

— Début de l'attaque à 7 heures précises. Ciblez uniquement ceux qui nous menacent directement, car il se peut que des villageois enrôlés de force, se rendent dès le début. Je vous demande donc de ne presser sur la détente qu'en cas de certitude, ou de mise en danger de l'un des nôtres.

Jacques pense déjà à "l'après libération", et ne veut pas créer de ressentiment entre les deux villages, alors qu'ils viennent en libérateurs. Il voit au-delà, et cherche ce qui pourra réunir les hameaux entre eux, lorsque les menaces immédiates seront repoussées. Il ne veut pas qu'emportés par leur élan et la testostérone, les villageois en oublient l'esprit de la refondation.

Ils se séparent en trois groupes qui cheminent parallèlement vers un même objectif. Les sentiments qu'il éprouve en ces instants sont complexes : c'est la première fois qu'ils partent à l'assaut d'un objectif en dehors de leur petite vallée, mais il sait ce qu'il doit faire. Pour l'instant, il ne ressent nulle peur, seule la détermination prévaut. Il n'aurait certainement pas pu imaginer commander un tel assaut avant "la chute" lui, le jeune urbain insouciant et plutôt pacifiste. Mais tout a tellement changé depuis quatre années… C'est la refondation de Petra, qui lui donne cette conviction, et il assume l'ambiguïté apparente d'une situation où ils défendent dans le sang des autres, la paix des leurs.

Au bout d'un quart d'heure de marche ponctuée d'arrêts d'observation, Jacques arrive enfin sur la crête dominant Barrome. Sur sa gauche, l'équipe de snipers de Nico s'installe déjà entre des roches d'où ils dominent tout le village. Jacques doit maintenant progresser vers une position intermédiaire, située au pied de la colline, d'où il pourra ensuite pénétrer dans le hameau. C'est un moment critique, car ils doivent cheminer sur une portion presque à découvert, équipés de leurs lunettes de vision nocturne. C'est sans doute à cause d'elle qu'un combattant de son groupe trébuche, et déclenche un petit éboulement dans le pierrier en contrebas.

Tout le monde se réfugie immédiatement dans la végétation, tandis que quelques pierres dévalent toujours les pentes, risquant de donner l'alerte. Jacques observe anxieusement l'entrée ouest du village… Les secondes, puis les minutes passent. Aucune alarme ne se fait entendre. Il est surpris de la désinvolture avec laquelle les défenses de Barrome sont organisées. Les paramilitaires, habitués à terroriser les populations, ne s'attendent sans doute pas à voir débarquer un village entier à leur porte, malgré l'avertissement pourtant sans équivoque de la veille. Enfin l'heure "h" arrive, et Jacques ordonne le début de l'attaque au groupe chargé de la diversion, qui lâche immédiatement quelques rafales. Elles s'intensifient au fur et à mesure que les paramilitaires investissent leurs positions de défense et viennent, comme prévu, se masser sur le flanc nord du village. Alors que les quatorze combattants du groupe de Jacques finissent de descendre la colline et atteignent les premières maisons, il entend les snipers qui fauchent méthodiquement les premiers défenseurs. Il compte sept détonations ce qui fait théoriquement sept victimes supplémentaires, qui s'additionnent à celles qu'ils ont déjà faites dans la forêt. Il estime qu'il doit rester moins de dix paramilitaires actifs dans la place…

En représailles, un obus de mortier explose au-dessus d'eux, non loin de la position des tireurs d'élite qui répondent par d'autres tirs, visiblement plus précis ceux-là, puisque le mortier se tait définitivement. « Sans doute, un ou deux de moins » décompte Jacques alors qu'il conduit l'assaut terrestre et pénètre dans le hameau. Son équipe se faufile dans les ruelles désertes. Les combattants inspectent toutes les maisons ouvertes et faciles d'accès, ce qui les retarde énormément dans leur avancée, mais reste indispensable à leur sécurité. Arrivé en bordure de la place principale, le groupe d'assaut est accueilli par des rafales d'armes automatiques qui blessent légèrement à la main Stan, l'électricien de Petra.

Les hommes se replient dans une ruelle perpendiculaire, et lui font un bandage sommaire afin qu'il reprenne son poste. Quelques tirs sporadiques ont remplacé la fusillade intense du début de l'assaut. Il ne doit rester que quelques paramilitaires embusqués, c'est le moment le plus dangereux, car le désespoir peut aussi motiver des actes imprévisibles et suicidaires. Il faut en finir le plus vite possible !

Jacques poste deux hommes en couverture aux fenêtres d'une maison centenaire, et sort dans la ruelle pour contourner la place.

— Jacques pour Nico, situation ?

— Il en reste sans doute quatre ou cinq embusqués, faites gaffe !

— Ok compris, Philippe situation ?

— Rien à signaler.

— Philippe, gardez vos positions au nord, et surveillez le camp et la route.

Plus haut sur les crêtes, les snipers de Nico les suivent à distance, en essayant de sécuriser leur progression au travers de leur lunette de tir. Le jour s'est levé. Alors que son groupe arrive à l'angle d'une rue, ils aperçoivent deux hommes en civil qui se dirigent vers eux les mains en l'air. Les combattants de Petra les tiennent en joue, en restant à couvert jusqu'à ce qu'ils arrivent à leur hauteur…

— On se rend ! On se rend ! crie l'un d'eux. On est du village, ne tirez pas.

Alors qu'ils s'apprêtent à les rejoindre, une détonation retentit sur la droite, l'un des deux hommes s'effondre à moins d'un mètre de Jacques. L'autre parvient à se réfugier derrière le mur en plongeant. Jacques attrape l'homme blessé toujours à terre, et le fait glisser sans ménagement jusqu'à lui, alors que des balles sifflent dans l'air. Il parvient à le mettre en sécurité. L'homme est blessé à la jambe, et Jacques espère que David ne tardera pas à les rejoindre sur le lieu des combats. Il ordonne qu'on les attache, et qu'un homme de son groupe les garde dans une maisonnette. Il s'adresse à eux comme pour s'excuser :

— Écoutez les gars, on ne vous connaît pas, même si on se doute que vous êtes de Barrome. Nous vous attachons pour plus de sécurité, si vous êtes vraiment du village, vous comprendrez…

— On comprend.

— Bien. Sais-tu où sont les tireurs embusqués ?

— Oui, il y en a deux dans l'ancienne mairie, dont leur chef. Il doit en rester encore un ou deux autres, mais je ne sais pas où… Ils ne lâcheront pas, et se battront jusqu'au bout…

— Très bien, on va s'occuper d'eux alors !

Jacques sort dans la rue avec ses hommes, et s'approche de la mairie curieusement silencieuse. Puis des tirs fusent depuis le premier étage et le rez-de-chaussée ! Jacques avance, mais les autres sont ralentis dans leur progression par la farouche résistance des paramilitaires. Jacques se plaque contre la façade, il arrive à proximité de la fenêtre d'où les salves d'arme automatique partent. Il prend une grenade, la dégoupille silencieusement, puis la lance dans l'ouverture. Une forte explosion fait vibrer le sol. Il pénètre immédiatement dans le bâtiment de la république, et découvre dans la pièce du bas, un jeune paramilitaire mort. Mais ce n'est pas leur chef qui doit se trouver au premier étage. Jacques monte lentement l'escalier du vieux bâtiment. Arrivé à mi-palier, il évite une rafale tirée depuis une pièce en retrait.

Il répond en tirant dans sa direction, gravit les dernières marches pour se cacher derrière un pilier d'où il tire une nouvelle salve directement au travers de la fine cloison d'époque. Il croit entendre l'agresseur tomber, mais reste derrière son pilier. Les secondes passent sans qu'il ne puisse détecter de nouveaux signes. Puis, alerté par le parquet qui craque dans une pièce voisine, Jacques change immédiatement de position, fusil d'assaut pointé vers la menace en mouvement.

Soudain, dans l'entrebâillement d'une porte, à la limite de son champ de vision, le chef des paramilitaires surgit en faisant feu. Jacques à juste le temps de plonger derrière un muret d'où il réplique en touchant mortellement son adversaire. Le milicien se fige dans un dernier rictus, puis s'effondre. Jacques se relève et s'approche pour vérifier du bout sa chaussure qu'il est bien mort. Il ne sait pas si le dégoût qu'il ressent alors concerne le bourreau de Barrome qui vient de rendre son dernier souffle, ou la violence insoupçonnée dont il fait preuve. Depuis quelques jours, le chef de Petra détruit sans faillir ceux qui les mettent en danger… Serait-il devenu lui aussi un prédateur ? En ressortant de la pièce, il donne les ordres à son équipe :

— Sécurisez le bâtiment, puis fouillez les maisons unes à unes. Trouvez Louis, ils ont bien dû l'enfermer quelque part… Il prend sa radio :

— Jacques pour Nico, situation ? demande-t-il avec autorité, encore sous l'emprise de l'adrénaline.

— Pas de contact visible depuis tout à l'heure répond simplement Nico.

— Bien, on vient d'en avoir deux supplémentaires. Il doit en rester encore un ou deux maximum. Je sécurise l'église avec cinq hommes, et j'envoie une autre équipe pour ratisser le village. Couvrez-les depuis votre position !

— Ok reçu.

— À tous, restez vigilants, danger ! prévient-il.

Un calme apparent est revenu dans Barrome presque libéré. Jacques ne veut pas que ses hommes s'endorment sur la nouvelle victoire qui commence à se dessiner. Ils crieront au miracle plus tard, lorsque tout le monde sera revenu à Petra sain et sauf…

Soudain, il entend des tirs soutenus provenant de l'endroit où il a envoyé l'équipe en reconnaissance. La radio crépite enfin :

— Jacques, on vient d'en avoir deux de plus ! On a un blessé léger. On arrive…

— Reçu, continuez de fouiller les maisons, trouvez Louis, puis rendez-vous sur la place.

Il se dirige vers l'église avec ses hommes. Ils avancent toujours en groupe compact, chacun ciblant un endroit différent, comme une forteresse mobile que rien n'aurait pu abattre. Arrivés devant la grande porte de l'église, ils soulèvent la poutre qui la condamne, et entrouvrent un des deux battants.

— Ici c'est les hommes de Petra Alba ! On est venu vous libérer, vous êtes là ? crie Jacques.

Après un court instant, une voix résonne à l'intérieur de l'édifice :

— Oui, on est là… on peut sortir maintenant ?

— Non, attendez encore un peu, on finit de sécuriser les maisons alentour. Ils sont combien au total ?

— Il y en avait vingt-un hier soir, répond un autre homme dans l'église.

Le compte doit y être, se dit Jacques qui demande par talkie aux snipers de rester en position sur les hauteurs au cas où…

Au bout de trente minutes, tout le monde converge enfin vers la place, sans qu'aucun tir ne se fasse plus entendre. Les Barromois sortent un à un, partagés entre la joie, l'incrédulité, et les pleurs. Le parvis s'anime comme un jour de marché. Un petit village amputé se retrouve se serre, se console. Beaucoup de femmes et d'enfants, peu d'hommes. Jacques compte vingt-neuf villageois, dont sept hommes, plutôt âgés. Il se souvient d'avoir vu trente et un habitants lors de son expédition de surveillance quelques jours auparavant. Les paramilitaires ont dû continuer à terroriser la population en prélevant des vies… Il interroge un homme dans la foule :

— Où se trouve l'enfant qui s'appelle Louis ?

— Le fils de celle qui venait juste d'arriver de Sisteron lorsque les paramilitaires ont débarqué ?

— Oui c'est ça !

— Ils l'ont emmené dans le camp des militaires dès les premiers jours, on ne l'a plus revu depuis…

Une inquiétude foudroyante s'empare de Jacques. Il désigne deux combattants de Petra pour l'accompagner, et se dirige en courant à l'extérieur du village. Chemin faisant, il a le temps d'envisager le pire… Le groupe entre dans l'enceinte protégée par des sacs de sable, et entreprend de fouiller les six containers servant de casernement. Jacques pénètre dans celui qui fait office de quartier général. Sur la table à cartes, il trouve le même talkie-walkie que celui d'Ève. Un de ses hommes à l'extérieur, l'appelle :

— Jacques tu devrais venir voir…

Il sort précipitamment, et se dirige vers Gilles posté devant l'entrée d'un autre container entrouvert. Jacques pousse la lourde porte rouillée, et peut distinguer dans la pénombre un petit corps allongé sur un matelas posé à même le sol. Son cœur s'arrête de battre… Puis la forme bouge et se recroqueville sur elle-même. Il confie son arme à Gilles, et entre aussi doucement que possible, espérant ne pas effrayer l'enfant. Les paramilitaires ont dû l'oublier ici, depuis au moins deux jours après leur défaite dans la vallée de Petra… Une assiette et une bouteille d'eau vides sont posées sur la table. Jacques allume sa lampe pour donner un peu de clarté, et prend soin de ne pas braquer le faisceau directement sur Louis. Le petit prisonnier est attaché par la cheville avec une chaîne cadenassée. Il s'accroupit à mi-chemin pour établir le contact en douceur…

— Je m'appelle Jacques…chuchote-t-il, et toi ?

L'enfant ne répond pas, et se blottit plus encore dans son coin, tentant de se cacher derrière sa couverture miteuse.

— C'est ta maman, Ève, qui m'envoie te chercher. Tu vas bientôt la voir, elle t'attend. Le prénom de sa mère provoque un sursaut immédiat, et un regard d'interrogation. Il faut beaucoup de temps et de patience à Jacques pour pouvoir enfin s'approcher un peu plus de Louis, en essayant de gagner sa confiance. Il ne cesse de lui parler d'une voix apaisante. L'enfant se met à répondre aux questions, commence à s'animer avec l'espoir de revoir sa maman. Il mange et boit ce que Jacques lui propose, son visage s'éclaire en même temps qu'il comprend que son calvaire est peut-être terminé... Jacques demande à Gilles d'essayer de joindre Petra pour prévenir Ève que son fils est en sécurité. Au bout de quelques minutes d'essais, ils parviennent finalement à joindre par radio le groupe qui vient de rapatrier Ève au village. Selon Muriel, elle est très faible, et ne peut pas parler. Entretemps, Jacques a cassé le cadenas, et Louis accepte finalement la main tendue l'invitant à sortir à l'air libre. L'enfant cligne des yeux et se plaint du soleil qu'il n'a pas vu depuis des jours. Jacques sort une vieille paire de lunettes de sa poche et la donne au gamin, ravi de ce cadeau inattendu qui lui donne un air de libellule. Accompagné de Louis qui ne le quitte plus, Jacques revient sur la place principale, où les habitants de Barrome et les combattants de Petra Alba fraternisent. Nico lui apprend que les paramilitaires en nombre ont presque épuisé toutes les vivres pour l'hiver. Les miliciens s'apprêtaient, telle une nuée de sauterelles, à fondre sur Petra...

— On a pris la bonne décision, Jacques.

Une femme d'une quarantaine d'années vient spontanément se présenter à lui, pour confirmer que l'urgence immédiate concerne l'alimentation.

— J'ai besoin d'un inventaire de ce qu'il reste pour estimer combien temps vous pourrez tenir... pouvez-vous faire ça ? demande Jacques.

— Oui bien sûr, comptez sur moi. Mais pourrez-vous nous aider ? interroge-t-elle avec inquiétude.

— Je vais en parler au village, et nous allons voir ce que nous pouvons faire.

Jacques n'avait pas imaginé une seule seconde devoir être solidaire d'une crise alimentaire dont il n'est pas responsable et ce, juste avant l'hiver. Fort heureusement, les récoltes de Petra ont été abondantes. Leurs réserves sont pleines, et il sait que la solidarité des siens s'exprimera spontanément jusqu'à un certain seuil au-delà duquel il faudra faire des choix et discuter. Pour l'instant, la première étape consiste à avoir une vision objective sur l'état réel des stocks de Barrome. Il décide de laisser du monde sur place pour cette mission. Les villageois sont soulagés et heureux que Jacques leur propose de poster quelques combattants pour assurer la sécurité du hameau. C'est pour lui, un moyen de contrôler la vallée d'un peu plus loin, et surtout de tisser des liens entre les villages. Les célibataires de Petra se proposent les premiers pour aider à la reconstruction, et protéger toutes ces femmes seules…

Jacques, en les taquinant, accepte d'en laisser quatre sur place avec pour mission de regrouper les armes, d'aider les villageois à remettre de l'ordre, et de contrôler l'inventaire des vivres. En période hivernale, les champs ont moins besoin de bras. Par ce geste symbolique, Jacques souhaite privilégier la construction d'une communauté d'intérêts avec Barrome. Sa proposition est appréciée à sa juste valeur par les villageois, qui découvrent leurs précieux voisins après une si longue période de repli gouvernée par la peur et la méfiance. Jacques promet de revenir sous peu pour discuter de la manière dont Petra pourra les aider à passer l'hiver.

Les combattants se regroupent, chargent quatre chevaux d'armes prises aux paramilitaires, et quittent le village en colonne, sous les remerciements des habitants. En tête, Jacques porte Louis sur ses épaules, car ce dernier est paniqué à l'idée de monter sur un cheval. Peu importe à Jacques, car l'évocation des futures retrouvailles avec Ève le remplit d'une incroyable énergie, et il se demande finalement qui, de lui ou de l'enfant, porte vraiment l'autre…

« Terra incognita »

An 4 après « La chute »

En cette fin d'après-midi, la colonne des combattants arrive enfin en vue du roc rougeoyant de Petra Alba. Derrière le hameau, le soleil et l'ombre luttent pierre par pierre pour la possession des cimes de la montagne. Louis a finalement accepté de monter sur un cheval avec Jacques, et pose des questions en rafale :

— C'est là-bas qu'elle est ma maman, dans le château ? J'aurai des copains et des copines au village ? Et toi t'as des enfants, diiiis ?

Il tente de répondre à ses interrogations qui vont s'accélérant au fur et à mesure que le but approche. Pour la première fois depuis longtemps, Jacques est serein car ils peuvent marcher dans une vallée où les dangers immédiats sont écartés. Chemin faisant, un villageois se porte à sa hauteur :

— Crois-tu qu'on aura assez de vivres pour aider Barrome durant l'hiver ?

— Rassure-toi, nos greniers sont pleins ! Je pense que nous pourrons partager avec eux quelques denrées de base afin qu'ils puissent survivre non ?

Le villageois semble gêné par la question de Jacques.

— Heu… Oui sans doute. C'est que je ne voudrais pas qu'on manque à cause de Barrome…

— Ne t'inquiète pas, tu ne donneras de tes réserves personnelles que si tu le souhaites…

La réponse semble rassurer le combattant qui retourne en arrière du groupe. Jacques le voit discuter avec d'autres. Les survivants de Petra partagent indubitablement une même conscience et une même douleur matricielle. Mais ils appréhendent différemment les raisons de "la chute", leur nouvelle réalité, et la manière de se reconstruire. Le chaos n'a pas changé l'humanité comme par miracle, il n'a pas lavé ce que l'homme recèle de peur, d'égoïsme et de violence…

Ces défauts se retrouvent à Petra comme ailleurs, mais le village a un projet de refondation qui permet, pour l'instant, de canaliser des énergies proportionnelles aux appréhensions révélées par l'effondrement. Alors, Jacques veille en permanence à ce que l'espoir puisse trouver des prises dans la réalité, et fait en sorte que chacun comprenne le rôle qu'il peut jouer dans l'édifice qui se reconstruit par la base…

Il faut expliquer, comprendre, imaginer, expérimenter et mettre en œuvre de nouvelles solutions qui demandent des ajustements permanents, car les explorateurs cheminent en "Terra incognita". Les habitants explorent des terres inconnues en matière de rapports sociaux, de collaboration, de solidarité, de gestion de la violence, de travail collectif, d'innovation, ou d'échange… Jacques sait qu'il en faudra encore du temps pour se défaire des schémas et des conditionnements du "monde d'avant".

Depuis qu'ils ont un toit solide, des réserves et une relative sécurité, ils sont plus enclins à s'entraider et à échanger, le plus souvent gratuitement ou bien en faisant du troc. Pour l'instant, le but de la refondation n'est pas l'enrichissement personnel, mais plutôt la recherche de la satisfaction des besoins élémentaires tels que la sécurité, l'alimentation et, au-delà, la redécouverte d'une certaine "joie de vivre". Jacques espère que cette finalité restera le principal moteur de leurs actions dans le futur.

Pour leurs échanges quotidiens, les habitants utilisent un système simple dans lequel ils établissent de gré à gré la valeur de leur troc. Il suffit de comptabiliser le nombre d'unités nécessaires à l'échange d'un kilo de patate cultivé par Manu, l'ex ingénieur agronome, ou une fenêtre posée par Laurent... Cela permet à l'un et à l'autre de se rendre service, sans avoir à échanger de l'argent. C'est Pierre qui avait expliqué aux autres, et mis en place ce dispositif existant avant l'effondrement sous le nom de système d'échange local, ou SEL. Il est utilisé à Petra sur un réseau informatique, et comptabilise les échanges en fonction du temps passé, ou de la valeur produite. Jacques et Janice se sont déjà posé la question de la robustesse de ce système, très efficace pour organiser des échanges entre quarante personnes en vase clos. Ils se sont demandé s'il tiendra le coup dans la durée, lorsqu'il sera partagé avec d'autres villages. Ils verront bien...

La longue remontée vers Petra a permis à l'architecte de réfléchir à tout le chemin parcouru depuis son atterrissage mouvementé en ULM quatre années auparavant. Durant cette éternité, ils n'ont ni imaginé ni rêvé Petra, elle s'est progressivement imposée d'elle-même, telle une évidence.

Lorsqu'ils arrivent au pied des remparts, Louis ne tient plus en place. L'enfant veut voir si le château est réel, ou en papier comme dans les livres que lui lisait sa maman... Dès que ses pieds touchent le sol il va immédiatement poser ses mains sur les énormes pierres et s'exclame :

— Mais il est "en vrai" ton château, Jacques !

Lorsque les deux grandes portes s'ouvrent comme dans un conte, Jacques se délecte de l'émerveillement de Louis. Le gamin n'arrête pas de tourner sur lui-même pour tout voir, et se convaincre qu'il n'est pas dans un rêve. Il manque de trébucher à chaque pas. La troupe entre dans son fief vibrant des acclamations et de la joie de se retrouver sain et sauf. Jacques demande discrètement des nouvelles d'Ève à Muriel venue à leur rencontre.

— Elle va bien, elle est consciente et peut parler. Elle essayait de vous attendre, mais n'a pas pu tenir. Elle vient juste de s'endormir dans sa chambre au-dessus du dispensaire.

Il est soulagé par ce bilan de santé positif, lorsque Louis le rappelle à sa promesse :

— On va voir maman maintenant ? dit-il, en tirant sur sa manche.

— Oui, répond-il prenant sa petite main dans la sienne en traversant la place centrale qui résonne des scènes de retrouvailles et d'embrassades.

— Elle habite là ma maman ?

— Oui, un peu plus haut, elle a construit un petit hôpital, et une maison pour t'accueillir.

— Et pourquoi elle n'est pas là avec tout le monde à faire la fête ?

— Elle se repose, car elle est un peu fatiguée. Tu vas voir elle est dans son lit, elle sera très contente de te voir…

— Il ne fait pas encore nuit, pourquoi elle est encore au lit ?

— Parce que… Eh bien… Ah cette manie des enfants de toujours poser les bonnes questions ! conclut Jacques. Heureusement, ils arrivent dans les escaliers de la maison. Ils montent en silence, et entrent dans le salon où la cheminée crépite. Jacques traverse la pièce, et pousse doucement la porte de la chambre en essayant vainement de retenir Louis qui trépigne derrière lui. Ève se réveille en sursaut, et ouvre les yeux en entendant le remue-ménage, alors que Louis s'élance vers elle en criant « Maman » !

Il saute sur le lit, et vient immédiatement se blottir contre Ève, qui le serre en pleurant, en l'embrassant, ne cessant de répéter « Mon petit ange, mon petit Ange »…

Jacques préfère s'asseoir sur un fauteuil dans un coin sombre de la pièce. Le jeune chef est submergé par l'émotion des retrouvailles, la fatigue et le sentiment d'avoir franchi une épreuve qui les a tous rapprochés. Il reste à contempler silencieusement la beauté de cet instant qui comble l'espace. Il est heureux comme jamais auparavant. Une joie libératrice et jubilatoire, dans laquelle il peut totalement s'oublier.

Ils demeurent ainsi tous les trois, respirant d'un même souffle. Puis, Ève cherche Jacques du regard. Il est toujours assis dans la pénombre. Elle lui tend une main reconnaissante, il s'avance, la prend, et entre aussi dans la lumière.

A Dieu

An 4 après « La chute »

Le village se serre dans le minuscule cimetière de Petra, et les murs ne sont pas assez grands pour contenir tout leur chagrin. Les habitants conduisent Pierre et Youssef, morts lors de l'embuscade, dans leur dernière demeure.

Un instant auparavant, dans les ruines de la petite chapelle, une cérémonie œcuménique a rassemblé croyants, incroyants, fidèles et infidèles dans une même communion.

Le fils de Youssef a récité quelques sourates du Coran, et Lise a lu un passage de la Bible avec le ciel pour seul toit. Ils ont perdu la vie en protégeant Petra et la refondation. Leur sacrifice a permis de barrer la route au chaos, et a renforcé la flamme de leur renaissance.

Jacques évoque, entre rires et larmes, la mémoire des premiers labours en l'an 1, avec Pierre qu'il avait surnommé le "Maître des bœufs". Il loue aussi le courage de Youssef, et rappelle ô combien ses recherches sur les semences et les plants leurs avaient été précieuses…

Lorsque la terre de Petra recouvre les deux sépultures, ils se recueillent une dernière fois au sommet de la colline. Elle est au sommet du monde. Quelques belles voix, accompagnées à la guitare par Bernie en pleurs, entonnent un dernier chant.

Enfin, les habitants redescendent ensemble, entourant affectueusement les familles des défunts. Ils finissent par s'éparpiller vers mille tâches nécessaires à la continuation de la vie…

Le convoi

An 4 après « La chute »

Plus d'une semaine s'est écoulée depuis que les combattants de Petra ont vaincu les paramilitaires. Lila de Barrome a établi une première liste des besoins urgents par radio avec Janice. Les villageois ont spontanément puisé dans leurs réserves personnelles, afin de constituer un important stock qui permettra à leurs voisins de passer l'hiver en toute sécurité. Les habitants de Petra ont surmonté leurs craintes, celles qui paralysent les choix et les actions. Jacques a rassemblé sept hommes qui l'accompagneront pour acheminer les vivres avec un tracteur et sa remorque. Ils le laisseront aussi sur place afin que Barrome prépare ses cultures avec plus d'efficacité. Le groupe a prévu de partir le lendemain matin de bonne heure pour arriver avant midi, passer une nuit sur place, puis remonter le jour suivant.

Petra se prépare pour son quatrième hiver, et Jacques apprécie particulièrement cette phase de l'année, car elle fait suite aux intenses travaux de l'été. Elle emprisonne le hameau dans son nid douillet de neige pour plusieurs mois, les mettant à l'abri de toute intrusion. Le village, totalement coupé du monde, vit alors au ralenti, comme pour mieux écouter les pulsations de son cœur. Les contingences se réduisent au suivi du cheptel qui reste dans les étables, et cela laisse alors plus de temps pour soi et pour les autres.

Les enfants, quant à eux préfèrent rivaliser en ski, luge, snowboard, et tout ce qu'ils peuvent inventer pour glisser… Ils sont souvent rejoints par les adultes les plus casse-cou, qui n'hésitent pas à gravir durant des heures la montagne du Cheval-

Blanc. En ce dimanche après-midi ensoleillé, alors que chacun vaque à ses occupations, Jacques se rend à l'autre bout du village pour voir Ève toujours convalescente. Il fait un détour par chez ses parents et les trouve au coin du feu en train de discuter avec Manu. Son père et sa mère sont très impliqués dans la vie du village et la transmission de savoir-faire oubliés. Ces activités rendent moins douloureuse l'absence de Clara dont ils sont sans nouvelles depuis quatre ans. Les deux frères espèrent que leur sœur est en vie, quelque part en route vers Petra, ou heureuse là où elle se trouve… Jacques prend ensuite congé de sa famille, et se dirige vers le dispensaire où il est venu quotidiennement soutenir Ève et lui montrer toute l'attention qu'il lui porte. Les deux amis se sont encore rapprochés. Lorsqu'il arrive sur place, il ne la trouve pas dans l'antenne médicale, et monte directement à l'étage. Elle commence à se lever depuis deux jours. Debout près de la fenêtre donnant sur les montagnes, elle souffle sur une tasse de chicorée, tout en admirant les exploits de Louis jouant à la luge avec les autres enfants.

— C'est incroyable ! s'exclame t-elle, radieuse, voyant son invité arriver. En une semaine il s'est fait de nouveaux amis… Mais regarde-le gambader dans la neige comme si rien ne s'était passé ! Dit-elle en éclatant de rire.

Il est vrai qu'en très peu de temps, tous les deux se sont rapidement intégrés à la vie du hameau. L'école, qui n'est qu'à quelques maisons de là, rythme désormais les journées du petit Louis, et Ève veut déjà reprendre ses consultations, car elle ne tient plus en place malgré sa blessure…

— Comment vas-tu aujourd'hui ? demande Jacques en l'embrassant affectueusement sur la joue.

— Complètement remise, dit-elle en réajustant coquettement son foulard destiné à cacher les cheveux que David avait dû raser.

Tout en parlant, elle sort une seconde tasse, et sert Jacques. "Le rituel de la chicorée" est devenu un prétexte à leur rendez-vous quotidien depuis que la vie a repris son cours normal.

— Nous descendons demain à Barrome en tracteur avec une petite équipe pour apporter ce que nous avons collecté ici, et les aider à préparer les beaux jours…

— Je suis vraiment contente que vous ayez pu réunir autant de vivres et que vous leur laissiez un tracteur. Grâce à Petra, ils vont pouvoir passer l'hiver, dit-elle en apportant une tasse sur un plateau.

Elle vient s'asseoir tout contre Jacques. Ils restent ainsi un moment à siroter leur infusion, à échanger des petits regards complices, conscient de goûter à l'exaltation silencieuse d'un commencement. Jacques pose sa tasse devant lui, prend celle d'Ève et la met à côté de la sienne. Elle ne feint pas l'étonnement lorsqu'il se retourne enfin vers elle pour lui donner un baiser effleuré sur la joue, puis sur les lèvres. Ils sont submergés par le souffle chaud de l'attente qui consume. Jacques l'étreint tendrement, craignant de lui faire mal, tellement elle semble frêle et vulnérable dans ses bras faits de pierres taillées. Ils se lèvent, se dirigent vers la chambre sans parvenir à défaire leur étreinte, puis referment la porte sur l'intensité de l'instant…

Plus tard, en fin d'après-midi, ils se retrouvent côte à côte à regarder par la fenêtre les enfants qui jouent toujours dans le soleil couchant. Silencieux, ils partagent le même rêve.

Louis rentre tout joyeux de son après-midi de liberté, et saute comme un cabri dans la pièce en criant :

— Demain c'est l'é-co-leu ! Demain c'est l'é-co-leu !

On a rarement vu élève aussi joyeux de retourner en classe avec ses petits camarades. Ils proposent à Jacques de rester à dîner. Ce dernier accepte volontiers, mais doit auparavant passer vérifier le chargement du tracteur devant partir pour Barrome. À l'extérieur du hameau, il est accueilli par ses amis, dont Nico un brin taquin :

— Ben alors, on ne t'a pas beaucoup vu cette après-midi ! dit-il en finissant de tendre les courroies sur la bâche qui couvre les caisses de vivres.

— Je plaide coupable… avoue Jacques un brin empourpré en levant les mains au ciel. Bon, c'est toujours d'accord pour un départ demain à 6 h 30 ? Ça convient à tout le monde ?

La meute approuve, exhalant des panaches de vapeur dans la nuit qui tombe. Jacques laisse la petite troupe, et repasse chez lui pour se faire beau. Puis il se rend chez Ève, où la table est déjà mise avec trois couverts près de la cheminée. L'image lui plaît bien. À peine est-il entré et assis, que Louis saute sur ses genoux pour lui narrer ses exploits de l'après-midi. Jacques l'écoute avec attention en regardant Ève, occupée à finir de préparer le repas. Leurs regards complices et leurs sourires se croisent sous l'avalanche de mots, de gestes et d'exclamations de Louis. La petite famille passe à table, alors que le jeune skieur mange tout ce qu'on lui présente. Tombant de fatigue, il ne termine pas son repas, et va se coucher avant le dessert. Ève revient à table, et ils dégustent les bons fromages locaux, puis un gâteau qu'elle a pris le temps de cuisiner. Ils discutent de tout et de rien, des projets d'Ève, de ceux de Jacques, de leur vie avant "la chute". Ève a été mariée, puis a divorcé lorsque Louis avait cinq ans. Ce qu'elle découvre de sa nouvelle vie lui plaît, la chirurgienne regrette simplement de ne pas avoir plus de matériel médical à sa disposition. Mais, quatre années après "la chute", plus personne n'évoque la possibilité que tout ceci redevienne "comme avant". La menace des camps de réfugiés, les foyers épidémiques, les migrants armés rôdant toujours et la destruction des infrastructures rendent impossible un rétablissement général à moyen terme. Aussi, l'idée que tout se refonde progressivement depuis la base, sans attendre passivement qu'une solution globale soit décrétée un beau jour d'élection, a fait son chemin. De toutes les façons, ils n'ont pas le choix…

La discussion se prolonge ainsi, mais pas trop longtemps, car Ève et Jacques ont très envie de se dire d'autres choses…

L'architecte repart chez lui assez tard dans la soirée et, alors qu'il marche dans les ruelles désertes de Petra, il savoure cet instant de calme et de sérénité qui semble ne pas avoir de fin.

L'envol

An 4 après « La chute »

Jacques se lève avant le soleil, et s'habille chaudement pour affronter la longue descente vers Barrome. À l'extérieur, il s'attarde un instant pour admirer l'aube : les contreforts Alpins sont toujours dans l'obscurité. Leurs crêtes sombres découpent un ciel orange vif, strié de fins nuages bleu nuit où scintillent encore quelques ultimes étoiles. Aux pieds des remparts, le chef de Petra retrouve une partie des hommes déjà là avec tout leur équipement et leurs armes. L'expédition est théoriquement sans risque, mais il est hors de question de sortir de leur vallée sans protection. La troupe attend "Bernie le fou" qui, comme à l'accoutumée, est le dernier… L'artiste arrive en courant, les cheveux en bataille, à moitié débraillé sous les railleries amicales de ses camarades. Lorsque le groupe est enfin au complet, ils partent sur le versant ouest par l'ancien chemin vicinal à moitié disparu. Il témoigne que les deux hameaux ont bien été reliés dans des temps anciens. Cette route surplombe celle qui passe par le goulet, elle peut être empruntée par le tracteur chargé de vivres et les chevaux.

Après plusieurs heures sur le chemin cahoteux, le groupe transi de froid parvient enfin en vue de Barrome. Les guerriers paysans n'ont rien rencontré en route, à l'exception du vent de glace tourbillonnant qui tranchera bientôt la vallée en deux. Ils sont accueillis par le village au complet, et se retrouvent tous au chaud, dans la salle principale de la mairie. Jacques prend des nouvelles de ses hommes restés sur place, et dont certains se sont fait de nouveaux amis…

Ils vont constituer un précieux lien entre les communautés. Le village a un peu changé d'allure et a été nettoyé. La vie normale semble avoir repris son cours. Les visages sont néanmoins marqués par l'épreuve, la fatigue et l'angoisse du lendemain. Il faut rapidement redonner de l'espoir et une vision à long terme à tous ces gens à peine sortis de leur cauchemar. Clarisse, qui fait office de coordinatrice locale, accueille les combattants de Petra et donne la parole à Jacques :

— Merci Clarisse, comme promis, nous vous avons apporté de quoi passer l'hiver, selon la liste qui a été établie entre Lila de Barrome et Janice de Petra… Nous vous laissons en prime un tracteur et du matériel pour les champs.

Des exclamations et de sincères remerciements fusent de part et d'autre, comme pour saluer l'improbabilité d'un tel geste dans les circonstances chaotiques actuelles. Certes, Jacques avait donné des gages de sérieux, mais les habitants de Barrome attendaient aussi des actes, peinant à se convaincre que leurs proches voisins puissent ainsi partager leurs réserves et leurs technologies aux portes de l'hiver…

— Nous faisons cela avec un grand plaisir et, comme vous l'a expliqué Clarisse, pour une ambition qui pourrait être commune si vous le souhaitez… En résumé, nous espérons que ceci n'est que le commencement d'échanges plus réguliers entre nos deux villages. Car nous pensons qu'il est non seulement possible de développer des complémentarités entre nous, mais aussi vital d'assurer une défense collective.

Clarisse, confirme ce que Jacques vient de dire :

— Mes amis, comme vous le savez, Petra nous propose un projet ambitieux dont nous avons déjà discuté entre nous cette semaine. La démarche permettra de subvenir à nos besoins, d'échanger des productions complémentaires, mais aussi d'assurer une surveillance commune afin que ceci ne se reproduise plus. Enfin, je laisse "Jacques de Petra" vous expliquer tout cela plus en détail…

C'est la première fois qu'on l'appelle ainsi. Lui et Petra ne font plus qu'un. L'architecte est à la fois ce qu'il a pu modestement refonder de ses mains, mais aussi le futur de cette inspiration. Il est Jacques, qui se construit au travers de ses actes, bons ou mauvais, mais il est aussi Petra, vers laquelle il tend, comme l'on tend humblement vers un inaccessible absolu. Il est "Jacques de Petra".

— Nous vivons toujours sous la menace permanente du camp de Manosque et de ceux des autres vallées, rappelle t-il. Dans quelques mois, dans une année tout au plus, tout risque d'exploser à nouveau… Nous devons donc nous organiser dès à présent pour ne plus subir d'attaques dont la fréquence augmente, tout comme le nombre d'assaillants…

— On est tous d'accord là-dessus, mais comment comptes-tu t'y prendre ? demande Pascal, un des rares quadragénaires de Barrome rescapé des massacres.

— Eh bien, nous devons nous mettre en position d'intégrer certains migrants lorsqu'ils arrivent à nos portes, plutôt que de les rejeter sur les routes, car ils vont alors grossir les contingents des paramilitaires…

— L'idée est belle sur le papier, mais n'est pas facile à mettre en place compte tenu du nombre de personnes qui passent, et de nos difficultés actuelles en matière de gestion des vivres. Nous ne pouvons même pas subvenir à nos propres besoins ! rétorque Pascal.

— Tu as raison. C'est pour cela qu'il faut préparer un plan d'intégration réaliste, afin d'assimiler les migrants dès l'année prochaine. Il faudra produire plus cet été, et rénover assez d'habitations durant l'hiver, pour recevoir plus de monde dès que possible. Nous devons être en nombre suffisant pour faire face aux menaces.

— On voit bien l'intérêt de ce que tu nous dis, Jacques, et nous en avons parlé avec Clarisse. Mais nous sommes isolés pour construire ce dispositif, argue une autre participante.

— C'est la raison pour laquelle Barrome et Petra doivent unir leurs efforts. Nous n'arriverons à rien si nous restons repliés sur nous-mêmes, et nous risquons d'être de nouveau exposés à la première invasion venue… Est-ce que c'est l'avenir que nous voulons préparer à nos enfants ? Attendrons-nous, sans rien faire, qu'une nouvelle horde déferle dans notre vallée et nous impose sa loi ? Demande Jacques en provoquant l'assistance qui sursaute à ses interrogations. Il est satisfait de cette réaction, et continue de tisonner les esprits :

— Car c'est ce qui vous attend dès cet été, si vous ne préparez rien… Barrome étant un lieu de passage obligé vers les vallées, vous serez de nouveau envahi par des migrants qui, faute de pouvoir devenir vos amis, deviendront vos ennemis, car ils n'auront pas le choix. Et ce choix, c'est à vous de le créer dès maintenant, c'est à vous de le bâtir…

— Jacques nous ne sommes plus qu'une petite trentaine, quelques hommes encore vaillants et des enfants… Que veux-tu que nous fassions ? argue une autre participante.

— En effet, vous êtes une trentaine, si nous continuons à nous comporter comme si nos villages étaient une fin en soi, et se suffisaient à eux-mêmes. Vous êtes une trentaine, si nous pensons qu'il est plus intéressant de vivre sur un mode villageois hérité du Moyen Âge !

Jacques attend que ses mots produisent leurs effets, puis poursuit :

— Mais si nous ajoutons Petra à ce total, nous sommes plus de soixante-dix ! Mes amis, nous sommes une petite nation ! Nous avons un territoire capable de nous nourrir, et d'accueillir encore du monde. À la fin de l'été prochain, nous serons plus de cent cinquante !

La salle est sensible à cette évocation.

— Vous savez, rien ne nous oblige à faire ce que nous faisons. Nous pourrions attendre tranquillement à Petra, puisque notre confort et notre sécurité sont désormais assurés. Nous pourrions écouter la voix intérieure qui nous susurre de limiter nos efforts à nous-mêmes. Nous pourrions continuer à reproduire les schémas qui sont l'essence même de notre chute… Les visages se ferment, car tous comprennent que Jacques exprime honnêtement la part de la nature humaine qui résonne le plus distinctement dans ce chaos millénaire.

— Et pourtant… nous avons décidé d'avoir une autre ambition pour demain. Et cette ambition, nous voudrions la partager avec vous. Je crois que nous portons en nous une souffrance commune, dont nous pouvons faire quelque chose de positif… Elle est en vous, elle est en moi, et nous sommes persuadés que cette leçon de l'histoire peut nous aider à rebâtir un avenir différent. Nous avons collectivement acquis une maturité que nous n'avions pas avant "la chute"…

Jacques observe l'assemblée réunie devant lui. La souffrance semble bien être la matrice qui révèle certains buts, et transcende les peurs. Elle est l'énergie première conduisant l'humanité à la renonciation ou à un fragile envol. Aussi fragile que la promesse d'une chrysalide pouvant se transformer en papillon pour une nouvelle vie, ou rester au stade du ver qui ronge les âmes. Et ce qu'il propose aux habitants de Barrome, c'est un envol. Un espoir à la mesure du désarroi. Il sait, pour l'avoir bâti quatre années durant à Petra, que le modèle fonctionne, et qu'il peut désormais être essaimé pour acquérir sa propre existence. Jacques veut que d'autres s'en emparent pour que l'intuition initiale lui échappe et se répande bien au-delà des vallées en refondant un projet à taille humaine.

— Mes amis, nous sommes devant une alternative assez simple : vous pouvez vous contenter de l'aide alimentaire que nous vous apportons, et nous respecterons votre décision. Chacun rentrera alors chez soi…

Les têtes dodelinent négativement dans l'assistance, refusant cette option, en attendant la suite de la proposition de Jacques :

— Mais vous pouvez aussi saisir la main que nous vous tendons pour développer un avenir dont nous serons les modestes inspirateurs. Évidemment, il serait utopique de croire qu'il s'agit de "la" solution parfaite, et nous allons inévitablement générer de nouveaux problèmes… Mais je suis persuadé que nos villages nous permettrons de développer nos propres solutions à notre échelle; l'échelle d'un homme.

Jacques observe les visages d'anonymes, d'amis, il a l'impression de se voir dans leurs yeux, ils reflètent ses propres espoirs. Il y voit un consentement bienveillant, de l'enthousiasme, et surtout une nouvelle détermination.

— Nos villages sont une partie de la réponse, et nous sommes l'autre partie. À part la peur et la méfiance, rien ne nous empêche de partager les solutions disponibles, et d'imaginer de quoi demain sera fait en reliant nos initiatives… Veillons simplement à ne pas croître au-delà du raisonnable, afin que chacun puisse apporter son énergie à un projet de refondation compréhensible, qui restera à taille humaine.

La spontanéité de Jacques semble communicative. L'assistance l'a d'abord écouté avec attention, presque méfiante, scrutant toutes ses intonations et ses silences. Puis il a progressivement acquis leur confiance, les a dépouillés de leur réserve au fur et à mesure qu'ils découvrent le sens profond de son inspiration et sa transparence. Alors, certains acceptent de partager ce rêve car il atténue les souffrances d'aujourd'hui, d'autres, parce qu'il permettra, avec un peu de chance, de transformer demain…

Peut-être est-il un illuminé, ou un idéaliste après tout… Mais ses actes et sa générosité parlent au-delà des discours. Il a le regard de ceux habités par un souffle qui les dépasse. Est-ce un don ou un pouvoir surnaturel ? Difficile à dire, mais il semble être capable de voir par-delà le présent, il en revient avec un message simple que tous peuvent comprendre, car il n'a rien de mystique ou de dogmatique. Il est à la fois une pure idée, tout en étant ancré dans le réel et dans l'action. Devant l'enthousiasme général, Jacques propose à Clarisse de constituer des groupes chargés de mettre en place l'architecture d'échange entre Petra et Barrome. Un groupe s'occupera de la création d'une défense commune, un autre du partage des moyens techniques et agricoles disponibles, et le dernier, de la mise en commun du système d'unité d'échange déjà en place à Petra. Deux des quatre hommes que Petra a laissés la semaine précédente souhaitent rester plus longtemps pour aider à la mise en place. Jacques est satisfait de cette proposition et, après en avoir discuté avec Nico, l'accepte.

Les prochains mois d'hiver s'annoncent plus intenses que prévu, et la salle de la mairie vibre de l'enthousiasme et des envies qui s'y découvrent. L'énergie concentrée en si peu d'espace redonne des raisons d'espérer, même aux plus sceptiques. Réunis autour d'un but commun, à la fois proche par son réalisme, et ambitieux par sa perspective, les survivants prolongent les discussions tard dans la soirée. Jacques évoque la nécessité de rallier à leur organisation d'autres villages dont ils sont sans nouvelles. Il explique l'intérêt de mailler le territoire dès l'été prochain, afin de rapidement sécuriser leur coup de pioche, et afin d'inscrire leurs efforts dans une ambition commune. L'architecte dévoile progressivement sa vision de petits villages interconnectés, subvenant localement à leurs propres besoins et refondant des poches de civilisation, qui ensemenceront à leur tour le canton, le département et, pourquoi pas, la région… C'est ainsi que de nombreuses nouvelles idées jaillissent spontanément. Elles viennent enrichir la proposition initiale telle des sources fraîches alimentant un ruisseau qui va grossir pour déferler en torrent dans les vallées environnantes. Jacques se rappelle des terribles conditions de "la chute", quatre années auparavant. C'est un édifice tout entier qui s'était effondré sur lui-même sous sa propre masse. Sans doute parce que plus personne ne le soutenait vraiment, et attendait plutôt d'être soutenu par lui… "La chute" était une rotation forcée de l'histoire, un cycle naturel. Mais en réduisant les alternatives des survivants à l'essentiel, elle les a brusquement forcés à reconsidérer leurs liens avec ce qui les entourent. Ils repartent d'une "feuille blanche" et sont riches, non pas de matérialités, mais de possibles. C'est sans doute la seule vraie richesse capable de transformer l'élan en envol… Car les Babylones étaient allées vite et loin, sans réellement permettre à leurs habitants de décoller.

Peut-être que l'homme, réinvesti du sens des choses, ne gâcherait pas cette nouvelle chance… Peut-être pourrait-il de loin en loin relier les villages entre eux, refondant ainsi une vicilisation dont il serait enfin le centre…

FIN

Remerciements à mes relecteurs critiques, à ceux qui m'ont encouragé les jours de doute, aux obstétriciens des idées, aux aviateurs avertis, aux inquisiteurs du participe passé, et surtout à mes belles, pour tout ce qu'elles m'inspirent.

Ce roman vous a plu ?

Vous pouvez contribuer à sa diffusion,
en donnant votre avis, et en le conseillant sur le site :

www.vicilisation.com

Achat en ligne directement auprès de l'imprimeur :

http://www.lulu.com/spotlight/Vicilisation

Editeur : Crmsector – France
www.vicilisation.com

Imprimé en France par Lulu.com
Imprimeur : Lulu.com

Dépôt légal : Février 2011
ISBN : 978-2-9525238-0-6